尤
今
小
语

尤 今
（新加坡）
著

寸寸土地皆故事

地中海那 马车夫

海天出版社
（中国·深圳）

图书在版编目（CIP）数据

地中海那马车夫：寸寸土地皆故事 /（新加坡）尤今著. — 深圳：海天出版社，2016.1

（尤今小语系列）

ISBN 978-7-5507-1473-1

Ⅰ. ①地… Ⅱ. ①尤… Ⅲ. ①散文集－新加坡－现代 Ⅳ. ①I339.65

中国版本图书馆CIP数据核字(2015)第241415号

地中海那马车夫：寸寸土地皆故事
dizhonghai na machefu: cuncun tudi jie gushi

出 品 人	聂雄前
责任编辑	林凌珠 许全军
责任校对	陈少扬
责任技编	梁立新
装帧设计	知行格致

出版发行	海天出版社
地　　址	深圳市彩田南路海天综合大厦7-8层（518033）
网　　址	http://www.htph.com.cn
订购电话	0755-83460202（批发） 83460239（邮购）
设计制作	深圳市知行格致文化传播有限公司
印　　刷	深圳市新联美术印刷有限公司
开　　本	787mm×1092mm 1/32
印　　张	9
字　　数	180千字
版　　次	2016年1月第1版
印　　次	2016年1月第1次
印　　数	1-5000册
定　　价	32.00元

海天版图书版权所有，侵权必究。
海天版图书凡有印装质量问题，请随时向承印厂调换。

目 录

一壶清茶喜相逢	1
『你要交换东西吗?』	17
西瓜恩	22
养马的女人	28
穴居的柏柏尔人	34
寸寸土地皆故事	38
不老的现代神话	50
弱肉强食的世界	56
犯罪的渊薮	71
刚柔并蓄重传统	75
南非暴力的阴影	79
风流总被雨打风吹去	85
爱手金	97
汪洋里的风帆	111
头巾的故事	121
地中海那马车夫	126
开罗那温馨的一天	132
伊曼	139
河内那三轮车夫	148
好朋友	154
快乐的哲学	160
罂粟花魂缠在苗族村	167
普吉岛上的马兹	174
玉石泪	183
林中水上逍遥游	186
黑色的稻米	192
自绘人生图案的女人	198
徘徊于美丽和死亡之间	206
没有窗口的世界	217
她心里挂了颗钻石	220
含笑的雪山	224
烙红的铁棒	232
他脚板的那层白	238
马达山上的奇缘	243
龙脊山上的黄金梦	252
风雨桥上的侗族	259
莽莽草原情	266
后记	277

一壶清茶喜相逢

柏柏尔人 如假包换

我是在摩洛哥的长途公共汽车上邂逅哈山的。

我和日胜,由摩洛哥北部大城菲斯(Fez)南下丁格尔(Tinghir,又译廷吉尔),买不到相连的座位,只好分开来坐。

趁着车子还没有开动,我为远方的朋友飞快地写着明信片,这时,有个影子轻飘飘地落在明信片上。我抬起头,看到一张黧黑的脸:不算老,可是,宽宽的额头上却莫名其妙地睡着好些乱七八糟的皱纹;短短的头发,毫不驯服地卷来卷去;唇上的八字须,没有经过很好的修剪,顽皮地伸进了嘴巴里。此刻,这张脸,还有,脸上那双圆圆的眸子,全都浸在柔和的笑意里。

指了指我的明信片,他以流畅的英语问道:

"你究竟是在画图呢,还是在写字?"

我看着那一个个东歪西倒、好似喝醉了酒一样的字,忍不住笑了起来,大言不惭地应道:

"中国字,一向具有图画的美感,每个字,都是一幅立体的画!"

他双眼发出湛湛的亮光,说:

"美!的确美!我们柏柏尔人的语言,就没有这种优势了。"

"啊？你是柏柏尔人？"我坐直了身子，讶异万分地盯着他，问，"你真的是柏柏尔人吗？"

他豪迈地笑了起来，露出了白晃晃的牙齿：

"是的，我是货真价实的柏柏尔人，如假包换！"

柏柏尔人（Berber）是非洲土著，目前，总共有一千多万柏柏尔人散居于摩洛哥、突尼斯、阿尔及利亚、利比亚和埃及等地。这些为数众多的土著，大部分是目不识丁的劳役者，男性土著或当农民，或为牧民；女性呢，则从事家庭工业，如制陶、纺织等等。

摩洛哥原是柏柏尔人居住的地方，公元8世纪，阿拉伯人到来后，摩洛哥社会便发生了重大的变化，伊斯兰教迅速地传播并成为摩洛哥的国教，新的经济和社会秩序逐步确立。

有关阿拉伯人和柏柏尔人的人口比例，摩洛哥官方始终不曾正式公布，因此，众说纷纭。有人认为是四六之比，有人透露是三七之比，较为中肯的说法是各占一半。

谈起许许多多在贫穷线上挣扎却又乐天知命的柏柏尔人，哈山叹息着说：

"柏柏尔人最大的问题是不注重教育。老一代的人是文盲，年青一代，甚至年幼一代，也还是文盲。"说着，哈山从裤袋里取出了一样东西，在我面前晃了晃，说，"你看，这是什么？"

那是一只铜质的羚羊角，尖尖的角儿，闪着亮亮的光。

"这是柏柏尔人的精神象征——象征着他们追求自由、崇尚自然的心态与性格。一般柏柏尔人，胸无大志，不思进取，只要有足够的食物果腹，便于愿已足。实际上，教育对于生活素质的改善太重要了。"哈山说着,做了一个揉面的手势,续道,"就以做面包来说吧,把面团发好,随意烘烘,做出硬如石头而又处处龟裂的面包,固然可以果腹,但是,选择上好的小麦,讲究酵母与面团的比例,妥善地控制火候,却可以做出金黄酥软的上等面包。目前,大部分柏柏尔人甘于食用粗糙坚硬的面包,只因为他们没有机会领略另一种面包的美妙。"

真是妙喻!

目前在菲斯大学就读英文系的哈山,很幸运地有一个眼光长远的祖父,自小便严厉地督促他向学。他以充满感情的声音忆述童年往事:

"我早年丧父,连父亲的面孔也记不得了。从4岁那年开始,祖父便教我识字,7岁时送我上学。记得有一次,我逃学,祖父发狠地用粗长的手杖打我,把我打得皮开肉绽。从那时开始,我便不敢再做逃兵了。以后,我在书中悟出了一个全新的天地,深深着迷,不必祖父督促,自己发奋读书。小学毕业后,由政府保送上中学,一分一毫学费都不必缴交。我的家乡古鲁拉玛(Gurrama)没有中学,祖父亲自把我送到离家几十里外的小镇律曲(Rich)。我上了大学后,祖父才去世。他活了94岁,我一直都称他为爹。"

中学毕业后,哈山并没有直接进大学。他和朋友合股,经营一间小小的杂货铺,售卖食品和各种日常用品,除此之外,每逢星期五,他都风雨不改地到镇上热闹的市集去,售卖摩洛哥人最喜欢吃的椰枣。如此日夜拼搏,每个月净赚摩洛哥币3500元(约合新币超500元)。辛辛苦苦地工作了一年多以后,他用赚来的4万多元在故乡古鲁拉玛为守寡多年的母亲买下了一幢房子，这才心安理得地到菲斯去上大学。

现在，正是大学暑假，他回去探望母亲。为了给母亲一个惊喜，他事先并没有通知她。谈到这儿，他忽然邀我："我的故乡古鲁拉玛，不在旅游点内，不过，如果你想看看柏柏尔人的村庄，体验体验柏柏尔人的生活，欢迎你到我家来小住几天。"

哇！这个邀请，太富诱惑力了！可是，安全吗？见我沉吟，他又飞快地说：

"你是我尊重的远方朋友，你来住，膳宿费都不必给。我们柏柏尔人，都是脚踏实地的人，说一是一，说二是二。"

这几句话，触动了我，我和日胜，因此将计划好的行程做了临时的改动，随着他，在小镇律曲下车，转搭计程车，到他的故乡古鲁拉玛去。

绚烂风情　心旌动荡

律曲这地方，一看，便叫人双眼发直：啊！实在太漂亮了！

一幢一幢、一排一排，全是平顶的砖砌屋子，窗口髹成鲜丽明亮的大蓝色，屋身偏又漆成俗里俗气的橙红色，两种绝不相配的颜色碰在一起，居然形成了一种虚幻的瑰丽。更绝的是，房屋被层层泥褐的山峦包围了，远远望去，好似屋子都嵌在群山里。这日有风，风势忽缓忽急，山云骤聚骤散；又是落日时分，夕阳如熟透的橘子，慢慢、慢慢地掉落在群山的怀抱里，那种绚烂的风情，着实令人心旌动荡。

走去乘搭计程车时，哈山频频举手，和迎面而来的人、擦身而过的人热诚地打招呼，他神情愉快地说：

"中学7年，我都寄宿在律曲，所以，这儿等于是我的第二故乡哪！"

经过一个热闹的市集时，我忽然灵机一动，对哈山说："买点东西，今晚由我下厨，煮顿好饭好菜来尝尝，好吗？"

哈山很高兴，频频点头。

我买了米、茄子、洋葱、青豆、番茄，又转到肉铺去，想买鸡，可是，很失望地，只有羊肉。哈山说：

"羊肉好哇！买条羊腿，再买点羊脂网，加上一点羊肝，今晚，我来做个典型的柏柏尔烧烤大餐给你们吃。我的母亲，还会烘烤新鲜的面包呢！"

东西买齐了以后，我们便去乘搭计程车了。

律曲距离古鲁拉玛有33公里的路程。一路上荒山野岭，行人绝迹。

车子在笔直的泥路上沉默而寂寞地飞驰着、飞驰着，我蓦然产生了一种"不知身在何处"的荒谬感。约莫过了一个小时，哈山指了指前方，说道：

"快要到了。"

前面，群山轮廓隐约可见，山脚下有点点璀璨的灯光，好似发亮的碎石诡谲地落了个满坑满谷。车子驶进了村子，左弯右拐，终于，停在一幢平顶的屋子前。四周黑漆漆、静悄悄的。我们把行李取下车，哈山大力敲门、大声喊娘，可是，又敲又喊，搞了老半天，一点动静也没有。凄冷的月色，大片大片地洒下来，硬生生地将我们放大了的影子模糊地印在粗糙的泥地上，给人一种幽冥神秘的感觉。就在我打了一个寒战时，忽然听到有人喊哈山的名字。

是一个十来岁的男孩，他一边说着柏柏尔话，一边把一串锁匙交了给哈山。

哈山收下了锁匙，转身对我们说道："真不巧，我母亲昨天上我姐姐家去了。我姐姐住的村子，离这儿，大约有50公里的路程，她会在那儿逗留一个星期左右。这串锁匙，就是她交托给邻居代管的。"

天生友爱　有粮共食

开了门，进屋去。屋子很大，布置得很简陋。起居室里放着一张矮矮的桌子、几张小小的木凳儿；厨房有个污黑的传统灶子，还有个油垢满布的煤气炉。收拾得十分干净的，是睡房，地板上还铺着鲜丽的地毯呢！几粒赤裸裸的灯泡，毫无情趣地从空中直直地垂下来，孤芳自赏地散发着幽幽的亮光。

哈山笑嘻嘻地说：

"我的屋子，分成前后两个部分。前面这一部分，是我与母亲共住的。后面那一部分呢，是用来关养牲畜的——明天一早，带你们去看看。"

正说话间，邻居前来敲门，送来了一大碗米色的面糊、一大个圆圆的面包。哈山把东西收下，转头对我们说道：

"住在我们这个村子，谁也饿不着肚子的。柏柏尔人天生友善、友爱,如果自己有一个刚够饱肚的面包而邻居无饭可吃,那么,他一定会把面包掰成两半,俩人分着吃。如果哪家哪户饭食无着,随便敲敲别家别户的门,一定讨得着吃的!"

这时,我觉得饥肠辘辘,便催促哈山动手做晚餐。

他以一把锋利的刀子把肥大的羊腿剖成两半,顺着纹理去骨,将肉切成小块,用盐、橄榄油、姜粉、薄荷粉、胡椒粉,还有一种颜色血红的土产香料,把腿肉腌了,串在铁枝上;然后,把羊肝切成颗粒状,再用羊脂网裹成条状,搁置一旁;取出小小的炭炉,放入炭块,生火,煽火。整个起居间,霎时烟雾迷蒙。

我逃去厨房,淘米煮饭,之后,用橄榄油把切好的茄子慢火煎香,再做个洋葱煎蛋、清炒青豆,最后,煮个蛋花番茄汤,便大功告成了。把煮好炒就的东西端到起居间,丰丰富富地放满了整张矮矮的方形木桌。

哈山邀请他那当警察的邻居前来共享佳肴,大家狼吞虎咽,吃得十分畅快。

吃完以后,警察唤他妻子过来帮忙收拾碗碟,一堆孩子鱼贯而入。我一数,呜哇,不得了,一、二、三、四、五、六、七,足足七个哪!最大的才13岁,最小的还驮在背上,而他妻子,年方二十八!

哈山读出了我眼里的惊讶,说:"这是典型的柏柏尔人家庭,传统而保守,早婚、多生,上一代没受教育,下一代也不受教育,孩子就好像是野生植物一样,粗生,粗长,粗活。"

孩子围在矮桌旁,风卷残云地吃着桌上的残羹剩饭,我难过地别转了头,假装看不见。

哈山刚才只用了半条羊腿来做羊肉串,现在,他把剩下的半条羊腿放进竹篮里,吊在屋外的竹竿上。

"这里风大,在48小时之内,肉质可以确保不坏;不过,48小时之后,如果还吃不完,便得用盐腌了,做成咸肉。"

夜的古鲁拉玛,像座原始森林,静,而且,黑。村人早睡,而那些未睡的,又为了节省能源,早早把灯熄了。

我们坐在屋外的大石上,仰头看天。天,毫无心机地黑着。

由于黑得十分彻底,天幕上的星星,也就显得格外的明亮、格外的璀璨。

哈山嘱我朝某个方向仔细看。我看了老半天,除了星星,还是星星,看不出,也看不到别的东西。他耐心地指着三颗排成一直条线的星星,告诉我:那是一匹正在奔驰的马。然后,他又指着另外四颗排成正方形的星星,解释说:那是马车。那辆马车,被神气的骏马拉着,直直朝北奔驰而去。

"到撒哈拉大沙漠旅行或进行贸易活动的商人,往往只能利用气温较低的夜晚来赶路。晚上的沙漠,处处黑得伸手不见五指,天上的星星,便成了可靠的指南针。我多次进出撒哈拉大沙漠,都是依赖这辆马车来引路的!"

经他一解释后,天上那两组星星,落在眼里,果真像足了骏马与马车,也果真有了让人惊叹的生命力。

当无情的大自然威胁了人类的生存时,不同的民族,都会以自己的智慧想出化险为夷的方策。利用天上的繁星来指引道路，便是柏柏尔人在"适者生存"的条规下体现出来的民族智慧。

这晚，很累，尽管地毯散发出一种油腻的异味，可是，我竟不觉其臭，酣眠到天亮。

养蜂取蜜　养牛挤奶

我是在动物乱七八糟的叫声里醒过来的，鸡啼、驴吟、马嘶、牛叫、羊鸣，还有溪水潺潺、妇人捣衣、孩童戏水的声音。

起身，发现哈山已在厨房煮水泡茶，忙着准备早餐了。原本在起居间摆着的矮桌矮凳，也移到厨房来了；其中一张矮凳，还放着一个以毛毯织成的圆形垫子呢！我毫不客气地在垫子上坐了下来，那垫子，软软的，好不舒服。哈山用个托盘，把一碟橄榄油、一碗蜂蜜、一钵牛油捧了过来，把东西在桌上一一摆好后，看了看我，脸上突然露出了欲言又止的尴尬，半晌，搓了搓手，说：

"现在，什么都有了，就是缺了面包。"说着，指了指我的垫子，又说：

"你，正坐在面包上面呢！"

我吓了一跳，赶快站了起来——哟，那块被小毛毯包着的圆形阿拉伯面包，早已被我坐得扁扁的、烘得热热的！

哈山若无其事地打开小毛毯，取出面包，掰出一大块，蘸了蘸橄榄油，津津有味地吃了起来，一边吃，一边面有得色地说：

"瞧，这橄榄油，多纯净！几年前，我在附近买了块小小的地，种了73棵橄榄树。每年12月，橄榄成熟之后，我雇人采了，送去村子的磨坊，利用驴子来磨取橄榄油。去年收成好，总共磨出800公斤的橄榄油呢！我留下足够全年烹用的油，多出的，便以每公斤摩洛哥币25元的价格卖给村里的杂货店；至于那些不能食用的橄榄，我还贱价卖给陶瓷制造厂，充作烧窑的燃料呢！一物多用、一本万利哪！"

见我吃不惯橄榄油，哈山把盛牛油的碟子推向我，说：

"你试试这牛油吧，是我自己做的。"

"牛油！"我惊叹，"怎么做？"

"简单得很！我养了一头牛，早上、下午，各挤一次牛奶。挤好的牛奶，搁置一旁，不去动它。8小时后，最上面的一层，便凝成固体状态的牛油了。"

那牛油，有股淡淡的腥味，我吃不惯，转而蘸蜜糖吃，一边蘸，一边半开玩笑地说：

"这蜂蜜，也是你养蜂酿制的吗？"

没有想到，他居然一本正经地点头称是：

"我在屋顶的平台上，养蜂养了好几年。说起来，养蜂也不是什么难事嘛。我筑了两个蜂巢，买了3公斤活生生的蜜蜂，放进去。在春夏两季里，收取它们酿制的蜂蜜。"

"你收取蜂蜜时，它们不叮你吗？"我傻分分地问。

"当然叮啦！"哈山笑了起来，"我全身由头至踵，包裹得密密的，好像一个太空人呢！蜂巢有两个出口，我用烟来熏其中的一个出口，蜜蜂受到刺激，纷纷从另一个出口逃走，我便从从容容地把蜜糖收取回来。老实说，养蜂取蜜，工作少、本钱小，利润却很高，去年，我便足足收取到40升的蜜糖。可是，我的母亲无法忍受蜜蜂在屋里屋外飞来飞去所造成的骚扰，我才忍痛把蜂巢捣毁！"

吃过了早餐，哈山兴致勃勃地说：

"来，带你们去看看我亲爱的生活伙伴。"

哈山打开了贮藏室的大木门，外面，是一个极为宽敞的露天庭院，苍蝇之多，叫人看了全身起鸡皮疙瘩。和露天庭院相连的，是一间堆满稻草、散着粪味的大房间，里面，乖乖地站着一头牛、一头驴。

"养牛，是为了牛奶的供应；养驴，是当作交通工具。"哈山解释说，"我母亲去市集买东西、去串门子，都是骑它的。"

从露天庭院左侧的木门走出去，外面，有个鸡寮，养了12只鸡，还有将近10只小鸽子。

哈山拨开层层相叠的稻草，东摸摸、西觅觅，转瞬间，便寻出了几粒闪着光泽的鸡蛋，新鲜得叫人几乎想活活地把它们吞进肚子里。

我发现哈山不论养任何东西，都有个很现实的原因。我看着那十来只小小的鸽子，一时却揣摸不出养鸽的好处。

"吃呀！"哈山面不改色地应道，"鸽子是和平的象征，看着它们，心境平和；吃了它们，内心宁静！"

噫，哈山这门怪论，听了怪恶心的！

潺潺清溪　源于高山

从大门走出去不远，是一条水色清澈的小溪。妇女们蹲在溪畔，一边用木棒捣衣，一边闲话家常。孩子们在溪中跳上跳下，戏水、泼水，点点笑声掉落在溪水里，激起了一圈又一圈的涟漪。

哈山指着那条小溪，问我：

"这溪，有个很特别的地方，你注意到了吗？"

平常的小溪，流势缓慢，可是，眼前这溪，却水势湍急，哗啦啦、哗啦啦地流着，水声潺潺，不绝于耳。

"这溪，源于高山，日日夜夜，流动不停。溪水洁净，而且，水质清甜。它是古鲁拉玛村的宝溪，我们洗涤衣物、烹饪饮用、洗脸洗澡，全靠它。"

正说话间，邻居那妇人，提了个大桶，前来汲水。

昨晚屋里光线不足，看不清她的面貌，现在，在明媚的阳光下打量她，才发现她的额头和下巴，都奇异地刻着蓝色的花纹。

哈山告诉我，在脸上刺纹，是柏柏尔人古老而美丽的传统之一。她们认为刺花有驱邪的作用，可以当作终生保佑的护身符；此外，她们亦觉得在脸上刺花，可以使自己看起来更加美丽动人。有趣的是，每个图案的选择，都有它内在的含义，比如说：菱形图纹能保佑人免受饥饿之苦；太阳图纹可保身体健康；十字形图纹代表出入平安；"V"字形代表事事顺利。至于哈山邻居妇人额上那双"Y"字形的图纹，则显示了她追求婚姻幸福的心态，表达了她渴望与丈夫白头偕老的美丽心愿。

大部分柏柏尔女性在 8～11 岁时，便开始在脸上刺纹了，刺纹的过程原始而简单：她们将锅底的锅灰、碾碎的豆叶或蓝色的染料涂在皮肤上，然后，用缝衣针、剃刀或荆棘的叶针来刺割皮肤，使颜色永永远远地渗入皮肤内。刺好以后，终生不褪色哪！"

妇人友善地拉着我的手，说了一串柏柏尔话。

哈山笑着翻译给我听：

"她说，她愿意义务帮你在脸上刺纹，现在就动手。"

我忙不迭地摇手婉拒了。天生热诚的柏柏尔人，老是希望将自己所拥有的东西无私地与他人分享，我虽然不曾接受她的善意而在脸上刺花，可是，她乐于分享的这种可贵的品质，却在我心田里刻上了一朵隽永的心花！

文盲率高 令人痛心

古鲁拉玛村的居民，约有3000人，大部分以务农为生。哈山带着我们沿溪而下，进入了一个林子，林子里分别种了杏子、李子、桃子、橄榄、扁桃等等。此外，还有一畦畦的农田，种着马铃薯、大葱、玉蜀黍（玉米）等等，给我一种"大地丰盈无限好"的感觉。

哈山指着那硕果累累的橄榄树对我说道：

"现在，我只有寥寥的73棵橄榄树，以后，赚了钱，我计划买下一整片土地，种上至少1000棵橄榄树；然后，在村子里设立一个现代化的炼油厂。你知道啦，提炼橄榄油，利润是很高的。一旦有了足够的经济能力后，我便会着手发展古鲁拉玛村。要发展古鲁拉玛村，首要之务是建设学校。"哈山口沫横飞，越说越兴奋，"我们摩洛哥，有广袤无边的土地，有丰富的天然资源，可是，我们的人民，依然在贫穷线上挣扎又挣扎。为什么？我们柏柏尔人，有的是肯劳作的双手,有的是愿互助的美德,可是,为什么大家都得节衣缩食过日子?我告诉你,关键只有一个:教育!我们的人民不重视教育!摩洛哥文盲率之高,是叫人痛心的!"

一点儿也没错,教育为立国之本。我把新加坡靠人力资源而使国家"从无到有"的立国经验简单地说了,他专注地听、赞许地点头。

谈着谈着,我们渐渐地走到了一个废墟前。屋子已全坍塌了,剩下的断壁残垣,在无人眷顾的寂寥中,默默地缅怀昔日的繁华绮丽。

"我年纪小的时候,常来这里跑动。当时,屋子虽然已废弃了,可是,还保留着完整的屋形。这些具有历史意义的建筑,应该被视为古老的遗迹而妥为保管的。可是,村民无知,当他们要建屋子而找不到足够的木条时,便来这儿大肆破坏,把屋子的横梁和栋梁,一一拆除;结果呢,梁去屋倒,成了个名副其实的废墟!"

哈山一面说,一面摇头叹息。

这时,有个孩童,骑着瘦瘦的驴子,由远而近。驴子颈上那一小串铃子,随着它的起步落步,发出了清脆好听的声响。驴子与古迹,完美地融合成一个和谐的整体。

从废墟穿越果林,披着薄薄的阳光,来到了古鲁拉玛村的中心广场。人人一见到哈山,都迫不及待地跑过来,与他紧紧拥抱、互吻脸颊,彼此以柏柏尔语热烈地、热切地、热诚地、热情地畅述别后种种。正说得热闹时,有个七八岁的小男孩,骑着自行车,紧紧张张地冲了过来。哈山高兴地迎上前去,听他说话,半晌,回过头来,一脸都是飞扬的神采,还有,满溢的笑意。

"我的未婚妻,知道我回来了,差她的小弟弟来请我上她的家,共用晚膳。"哈山顿了顿,又说,"现在,不如大家一起上她那儿坐坐吧?"柏柏尔人盛行早婚,哈山的未婚妻法蒂玛,今年才15岁。

哈山计划明年大学毕业后,便回乡娶她。令人惊讶的是,哈山是饱学之士,法蒂玛却是位目不识丁而又足不出户的村姑。这样大的一种差异,使我忍不住开口问道:

"你们——是父母做媒撮合的吧?"

"才不是呢,是自由恋爱的!"哈山做了个顽皮的鬼脸,接着,却又正色说道,"老实地说吧,我与她,虽然相差了十多岁,可是,大家同在一个村庄长大,喝同一条河的水,呼吸同一个空间的空气;有着同样的思想,守着同样的习俗,彼此都好像是在同一个模子里铸造出来的,真说得上是心心相印哪!在大学里,社交自由,我也曾经结交过一些阿拉伯女友,她们活泼、时髦、善于辞令、喜欢跳舞,作为交际的对象,还能凑合凑合地寻些乐儿,但是,如果娶回来做终身伴侣,却总觉得有许多地方难以沟通!"

没有想到思想开放的哈山,在婚姻上却坚守着柏柏尔人的传统。

法蒂玛的家,在溪水源源流经的地方。我们抵达时,正好看到她和另外三个女人一起蹲在溪畔,洗一种专门用以烹煮摩洛哥传统美食的双层蒸锅。

哈山温柔地唤她:"法蒂玛!"

她抬起头来,饱满圆润一如苹果的脸颊,立刻泛起了美丽的红晕。好似不曾听到爱人的呼唤,她迅速低下头去,使劲地刷洗锅子。溪水哗哗地流,她的心怦怦地跳。

哈山要求我为他俩合拍一张照片,可是,说好说歹、软求软哄,她却只一味轻轻地摇头,脸上那两抹红晕,好像不小心滴落在宣纸上的墨汁一样,大大地扩散到脖子来。后来,还是大家站在一块儿,勉强合拍了一张,才作罢。

哈山当翻译,我们和法蒂玛的家人寒暄了一阵子,便告辞了。

一走出来,便被哈山一位开茶店的朋友扯住了,硬要我们去他的店歇歇。一坐下,他便以拳拳之忱,捧来薄荷茶与各式糕点,殷殷劝食。许多路过的人,看到哈山,都迅速地迈了进来,嘘寒问暖、道长话短。

啊!一壶清茶喜相逢,古今多少事,都付笑谈中。

忽然觉得,哈山像一只蜜蜂。他在菲斯筑了一个暂时的巢,酿制一种唤作"学问"的蜜糖。他不是一只盲飞盲撞、瞎忙瞎乱的蜜蜂。他有理想,他有方向。

采得百花成蜜后,为谁辛苦为谁甜?

哈山心里,有很清楚的答案。

"你要交换东西吗？"

我提着一个大大的纸袋，跟着那个高高瘦瘦的摩洛哥人，穿越了热闹的大街，拐进了一条幽静的小巷，再攀上一道狭窄的楼梯，在大门上轻轻地叩了几下，大门应声而开。

一名眉清目秀的少年把我们引进长方形的大厅内，四面的墙壁，挂满了手织地毯，五彩缤纷，令人眼花缭乱。

才坐下，便有一名裹着紫色头巾、蓄着浓密胡须的中年人走了出来，圆圆的眸子，湛湛生光。他操着流利的英语，说道：

"欢迎，欢迎，我的名字是慕拉。来，先喝杯薄荷茶吧！如果交易谈成了，我们便是好朋友；谈不拢嘛，没关系，我们依然还是好朋友！"

我一面捧着热气腾腾的薄荷茶慢慢啜饮，一面浏览墙上的地毯，心中暗暗琢磨待会儿到底要怎样进行这一项别开生面而又趣味盎然的"交易"。

我和日胜，是为了观赏那险峻陡峭的悬崖绝壁，才转了好几趟车，来到摩洛哥中部这个内陆城市丁格尔的。那高达千仞的山壁，直直的、陡陡的，向上仰望时，不得不为大自然的鬼斧神工而发出啧啧的惊叹。

正当我在心里大声喝彩时，一名高高瘦瘦的摩洛哥人出现了。

彼此搭讪几句后，他便单刀直入地问我：

"你对物物交换有兴趣吗?"

我反问他:"换什么?"

他说:"衣服、手表、电子计算机、化妆品,都可以。我们有款式繁多的手织地毯,任你选!"

我当然抵受不了手织地毯的诱惑啦,于是,约了时间在我下榻的旅舍会合,取了衣服,随他来此。

现在,喝完了薄荷茶,大胡子问我:

"你带来了什么物品?"

我带来的,是一袭崭新的三件式套装——湖蓝色的外套配上同色的长裤,再加一件软绸长袖黑上衣,是最近在香港的时装屋买的。我把它摊开了,放在地上。

慕拉圆圆的眸子,一动也不动,牢牢地盯着那套衣服,默默地在估价。他原本湛亮的眼睛,此刻,更是亮得像两泓清澈的潭水。

半晌,他开口了:

"这套衣服,我很喜欢;现在,轮到你选地毯了。"

说毕,我们以掌相击,发出清脆的声响。刚才那少年,听到声音,手脚利落地把捆成圆筒状的地毯抱了进来,一张一张地摊开。这些地毯,不但色彩绚烂,而且,设计独特,令我目不暇接,兴奋得手脚无处安放。

慕拉沉着地微笑道:

"这些地毯,都是沙漠的游牧民族柏柏尔人的精心杰作。住在沙漠的女人,整个心思都放在纺织上。她们没有任何的设计蓝图,人人发挥自己的想象力。你看看,没有一张地毯的设计是相同的。"

我仔细地看了,果然。

难能可贵的是，每张地毯都寄寓了她们的思想和感情。在穿针引线时，她们把家庭的和谐、友谊的温馨、爱情的美好、宗教的庄严、沙漠的诡谲，全都密密地织了进去，因此，看起来特别地动人心弦。

手织地毯依原料的不同而分成两种：用骆驼毛织的，厚重温暖；用羊毛织的，轻软温凉。小张的地毯，要织上3个月；大张的呢，必须织一整年。

我看中了一张橙色底子的地毯，上面有很多双明察秋毫的眼睛、很多朵五彩斑斓的花，还有很多颗闪烁生辉的星星——眼睛、鲜花、星星，这样的组合，给予人很大的想象空间，我对它一见钟情。

慕拉又以掌相击。少年出来，三两下子，便把其余的地毯卷好、抬走，只剩下这张橙色的。

他盯着我，问："你这套衣服，值多少钱？"

我看着他，问："你这张地毯，值多少钱？"

厅里很静，大家都不吭声。

他说："我的地毯，值600美元。"

我一听，脑门子嗡的一声，突然胀大了好几倍，半晌，应道：

"我的衣服，只值180美元，和你的地毯相差太远了，无法交换。"

他拿起了那套衣服，翻来覆去，仔细审视。看得出，他很喜欢。他拿出电子计算机，"嘀嘀嘀"地算呀算的，少顷，抬起头来，说：

"是相差太远了，但是，你这衣服，我很喜欢，而且，这一两个月，在摩洛哥，有很多婚宴，我相信它有很好的市场。这样吧,你补我一点钱,让我们把交易做成吧!"

"补多少?"

"随你。"

作为一名旅者,我身上的现款不多,可是,我又实在喜欢那张地毯,扳着指头算来算去,只能出100美元,加上那衣服,总值不足300美元。

我硬着头皮,把心中的意思说了,他理所当然地不肯。

双方相持不下时,我突然灵机一动,取出皮包里六卷全新的胶卷,加上一套新加坡硬币,以斩钉截铁的口气说道:"就这些。"他又取出计算机,算了又算,算了再算,终于叹了一口气,说:"好吧!"

交易圆满地完成后,少年欢欢喜喜地给我们捧上另一壶薄荷茶。

慕拉告诉我们,他每年都有整整5个月的时间在撒哈拉大沙漠里,与沙漠居民从事"物物交换"的贸易活动。去年10月,他便联同助手,领着20头骆驼,进入广袤无边的沙漠。

"沙漠白天气温极高,根本无法行路。我们都是在晚上利用星星的指引来赶路的。沙漠治安良好,完全不必担心遇上盗贼而被洗劫一空的问题。最令我们头痛的,是沙漠居民迁移不定的习性。有时,长途跋涉,来到既定的地点,却发现人去帐篷没,白忙一场,好不沮丧!"

昼伏夜行,辛苦了5个月后,慕拉一行人,以沙漠居民所需要的糖、盐、油、面粉、茶叶、橄榄、椰枣、药品、洗头剂、防晒膏、毛线染色剂等等,换回了7000张手工精细而设计独特的地毯,还有多张羊皮与骆驼皮。

"以前，沙漠居民只对生活的必需品有兴趣，可是，最近几年，沙漠里的女性，爱美意识觉醒，开始崇尚时髦的衣服、香水、化妆品等等。至于住在城市里的人呢，越是现代化，便越喜欢古老朴实的手工艺品。正因为大家的要求不同，我们这些从事物物交换贸易活动的，才永远不必担心失业哪！"

从撒哈拉大沙漠返回市区后，慕拉又马不停蹄地带着地毯到邻近国家去从事另一种形式相同而内容迥异的"物物交换"。他到突尼斯去，以地毯换取精致美丽的银质首饰；到阿尔及利亚去，以纺织品换取质地上好的沙漠玫瑰（一种石头）；有时，他也远至南非，去换取珍贵的象牙。

"从事我们这个行业的，对于市场的需求、货品的走势，都必须了如指掌；否则，换来的东西找不到去处，便血本无归了；或者，有时，过高地估计了某些物品的价值，也是很危险的。"

尽管生活奔波而又"危机四伏"，可是，慕拉却深深地感到"物物交换"这个行业，充满了无可抗拒的大魅力。

他与它，已终生结缘。

西瓜恩

坐在杜兹（Douz）这条充满了阿拉伯传统风味的巷子里，我心中涌满了一种不可名状的快乐。

窄窄的巷子里，都是店铺。卖地毯的自我炫耀地展示着七彩缤纷的绚丽；卖香料的不甘示弱地飘送出五味杂陈的气息；铜雕艺匠自得其乐地把非洲风光一点一滴地嵌进铜盘里；藤器织工不甘寂寞地将他半生的汗水织入藤萝、藤筐内。疲累不堪的老牛，拉着陈旧破烂的板车，迈着小步，顾影自怜地走过一串又一串无声的岁月；单纯无知的驴子，驮着大把大把气味浓烈的薄荷叶，踏着碎步，走进沧桑的年代里。

突尼斯人，三三两两地坐在散置于店铺外面的木凳上，抽水烟、喝咖啡，天南地北地聊天。

浸在这古老传统而又热闹美丽的北非风情里，我无酒而醉。

这时，有个瘦子出现了，双手直直地伸到我面前来，手上放着两块石头。这石头，十分奇特，不论从哪个角度看，都像足了蓬勃绽放的花朵。

瘦子脸上，挂着一朵比手上石花更灿烂的笑容，说：

"沙漠玫瑰，有看过吗？"

沙漠玫瑰？嘿，多富诱惑力的名字！

"这种看起来十足像玫瑰花的石头,盛产于撒哈拉大沙漠。它埋藏在沙漠深处,是沙漠地下瑰丽的幽魂。"瘦子絮絮地说道,"要买吗?"

细细端详,丰盈的"花瓣"层层聚簇,没有真花那种圆润饱满的娇丽,却有着一种飞腾跋扈的怒意。啊!神奇的大自然,到底用了怎样的一种力量,才孕育出这样一种生命力充沛的"花朵"啊!

我以每"朵"1丁纳(合1美元)的价格买下了。

瘦子把钱收好,高高兴兴地坐在我身旁谈天。

"明天,带你们去撒哈拉大沙漠,和游牧民族消磨半天,如何?"

杜兹位于突尼斯中部内陆区,许多游客不远千里而来,主要就是想窥探撒哈拉大沙漠神秘美丽的风貌。我们刚才去旅游促进局,就是想探问有关的行程,可惜去得太迟,关门了。没有想到,现在居然有人主动想要替我们安排。我们大喜过望,问他行程。他滔滔不绝地说道:

"早上7点出发,到沙漠游牧民族的帐篷去,和他们共进午餐,品尝沙漠游牧民族特具风味的干烙麦饼,与他们共骑骆驼,观赏大漠风光,再乘车返回这里。6个小时的行程,你们两个人,只收50丁纳(约合50美元)。"

我们觉得这价格非常合理,又觉得这人笑容可掬、和蔼可亲,当即点头同意。

双方心情都很好。他指了指我的大皮包,说:

"在突尼斯别的地方旅行,治安不好,你得小心你的皮包。在杜兹嘛,你就可大大地放心了。我们杜兹人,诚实、快乐、知足!"

我们和这位"诚实、快乐、知足"的杜兹人谈了老半天之后,决定到隔壁一条巷子的小餐室去用晚餐了。约好了明天会合的地点,他突然向我伸出了手,说:

"50丁纳,先给。"

先给?只有傻子才会这么做。我婉转地说:

"明天早上7点,你来旅舍载我们时,便给你!"

"不行!我需要这钱来买汽油!"

我坚持不给。他脸上挂不住了,一片乌云汹汹地卷了上来,质问我:

"你难道不信任我?"

我说:"这不合交易原则。"

他说:"早晚都是要给的,不如早点给我,方便我做事!"

我应:"不行!"

双方僵持不下,终于,他翻脸了:"拉倒算了!"

他气冲冲地走了,留下气冲冲的我。

我们兴味索然地走到另一条巷子去,走进餐厅,用餐。

这时,又有另一个人尾随而来,头发一圈圈鬈鬈的,大圆脸,左边的脸颊上,有一道浅浅的刀痕。

他开门见山地说:

"刚才那人说要带你们到沙漠去,你们没答应把钱先给他,是你们的运气,老实告诉你们吧,他是个骗子。我呢,是很有经验的导游,曾经带游客多次进出沙漠。"

说着,他把手上的一本小相册放在桌上,说:

"你们翻翻看。"

我翻了,都是他和沙漠游牧民族合拍的照片,照片拍得极好，充分展现了沙漠那种风沙迷蒙、广袤空旷的特色。

"刚才，那骗子和你们的对话，我都听到了。这样好吗？一切按照你们和他议定的进行，我明天驾吉普车到旅舍去接你们，现在，你们一分钱也不必先给，等行程结束后，你们再给我 50 丁纳。"

合情合理，一口答应。

大圆脸爽快地伸出手来与我们相握，说：

"一言为定啦，我的名字是阿都拉，明天 7 点整，在撒哈拉旅舍门口见。"

山重水复疑无路，柳暗花明又一村。

吃过饭，天色已暗。我和日胜闲闲地在街上散步，看到路边一辆大卡车，载满了圆圆大大的西瓜，在煤油灯的照射下，幽幽地泛着惨绿的亮光。天气奇热无比，一串串汗水蜿蜒而下，看到这些每个售价 1 丁纳的西瓜，我好似遇着了救星。

买了一个，抱着它，走到附近的一家小茶室，向东主借了一把刀，剖开，哇，鲜红无籽。我们就在茶室外面简陋的木桌上，捧着西瓜，大吃起来。鲜甜的果汁，沿喉而下，正吃得痛快淋漓时，眼前突然飘来了一道黑影。抬头一看，是阿都拉。我高兴地让座，邀他共吃大西瓜，他欣然坐下，不过，没有接受我递给他的西瓜，只从怀里掏出一包香烟，抽出，点火，狠狠地吸。乍看他，觉得他年轻，近看却不。眼尾，有一把皱纹静静麇集；皱纹不乱，一条一条，整整齐齐，有若几尾小鱼在沉睡；偶尔笑时，"小鱼"受惊，四处奔逃；左边脸颊上的那一道疤痕，也随着笑声不安本分地跳动着，整张脸，好似发生了大动乱。

见我打量他,他下意识地摸了摸头发,说:

"我这鬈发,是遗传的。我家里有三个妹妹,头发全都卷得好像洋娃娃,长年长日,都不必烫发,不知惹来多少人的羡慕哪!"

"你的三个妹妹,都工作了吗?"

"不,都还在读书。我是老大,父母双亡。我中学毕业后,便牺牲了进大学的机会,出来工作,供她们读书。"

"你真是好兄长。"

"你如果有机会看到我那三个妹妹,就会知道,为她们做出任何牺牲,都是值得的啦!她们不但长得漂亮,而且性格都很温顺。"

西瓜很大,勉强把它吃完后,腹胀如鼓。又聊了一阵子,我便想返回旅舍了。阿都拉把半截烟头丢在地上,用脚踏熄了烟火,说:

"你们要不要到我家里来坐坐?我的三个妹妹,一定很高兴结识你们。我还有许多在沙漠拍摄的照片,想让你们看看。"

我看看手表,现在,只不过是9点多罢了,便点头答应了。

这晚无月,到处都黑黝黝的。他带着我们东拐西走,由大路转入小巷,小巷不但黑,而且,寂静得可以清楚地听到寂静的声音。这时,我的肚子突然痛了起来,想必是刚才西瓜吃多了,肠胃不适。我皱着眉头问阿都拉:"还有多久才到呀?"阿都拉应:"大约20分钟吧!"我估计自己根本无法支撑20分钟,便扯了扯日胜,尴尬地往大路倒退,一边退,一边说:"阿都拉,我忽然想起有点急事要处理，不去你家啦！"只听得背后传来他气急败坏的声音："喂喂喂，你们不要担心啦，杜兹人都很可靠的！"这时，我肠子蠕动得很厉害，也没答话，便风一般地跑了起来。

第二天早上，我们在撒哈拉旅舍等阿都拉，足足等了一个多小时，他踪影全无。

问题到底出在哪里呢？我百思不得其解。

过了几天，在火车上翻阅杂志，无意中读及这一段话：

"在突尼斯，外来游客，千万不要接受陌生人的邀请而贸贸然地上他们的家去，因为有些人会以邀请为名而诱使游客到僻静的地方去，将他们洗劫一空……"

那天晚上，是那个无知的西瓜，将我从危险的境地解救出来！

这是一份无法回报的恩情。

养马的女人

绿光闪闪的橄榄树、结实累累的椰枣树，疏疏密密而又密密疏疏地分布于绵延无尽的海岸线上。微风过处，清澈的海水，温柔起伏。

我坐在安静的餐馆内，从明净的窗口向外眺望，心里发出了由衷的赞叹：

啊，好个美丽的海岛！

这个隶属北非突尼斯的海岛，名字唤作"吉尔巴岛"，位于地中海。由于岛上植物普植，素有"绿洲岛"之称。

餐馆以内，除了我和日胜，就只有另外一位客人，她头发银白而脸棕红，此刻，正用极流畅的阿拉伯话和极响亮的嗓子，与侍者聊天，看来是这儿的常客。过了不久，她点的意大利面端来了，她向侍者要了一瓶辣椒酱，朝盘里的面条狠狠地倒，然后，搅了搅，便风卷残云地吃了起来；接着，又吃羊排，每切一块肉，都先蘸蘸辣椒酱，才送进嘴里。

接触到我的目光，她友善地打招呼：

"嗨！"

我报以微笑：

"哇，你真能吃辣啊！"

她把碟子里剩下的辣椒酱一股脑儿地倒在肉排上，说：

"遗传啊，没办法。我父亲是匈牙利人，餐餐无辣不欢！"

这时，餐馆经理从门外走了进来，上前搂

了搂她，在她两颊上亲了一下，亲昵地说：

"露薏莎！你好一阵子没有来了，忙些什么呀？"

她搁下了叉子，叹了一口气，说：

"上回从突尼斯市订的那一批饲料，出了问题，谷子里掺了一大堆杂质，我打长途电话要求更换，那些鬼东西，一个个推诿责任，我气不过，买了机票，寻上门去，把他们一个个骂得鸡飞狗走！"

餐馆经理眼中爬满了笑意：

"交涉的结果怎么样？"

妇人得意扬扬地应道：

"大获全胜啦！"

餐馆经理朝她跷起了拇指，说：

"露薏莎，硬是您行，真行！您是女强人！"

"女强人？"妇人呵呵大笑，弯起胳膊，突起臂肌，说，"我才不是女强人呢，我只不过是强女人罢了！"

我和日胜都忍不住笑了起来。

她朝我们点了点头，说：

"你们是初来乍到的旅客，永远不会知道，一个女人单枪匹马地在非洲做事，会遭遇到多大的困难！"

"你在这儿，做什么事呢？"我饶有兴味地问。

"我养马。"

"养马？"

"是呀，养了十多匹，租给游客。我的马厩，在地中海畔，距离这儿，大约有2个小时的车程，一吃完午餐，我便得赶回去了。呃，你们如果有兴趣，可以随我去看看呀！"

当然有兴趣呀！我们囫囵吞枣地用过了午餐，便尾随她到停车场去了。

她驾的是吉普车，车门一拉开，我便不由自主地吓了一大跳。

这么脏，这么乱！

细细碎碎的饲料，撒满一车。空的水瓶，大的、小的，许多个，凌乱无章地丢在车座上；黑色的塑胶袋，也不知装满了什么，鼓鼓囊囊的，东一个、西一个，乱七八糟。更糟的是，整辆车，氤氲着一股难闻的臭气，麇集着一群可厌的苍蝇。

露薏莎一边手忙脚乱地收拾着，一边满脸歉意地解释着：

"我养了三条狗，常常带它们出门去，车子很难保持干净啦！"

吉普车在修建得极好的马路上平稳地飞驰着，马路两旁，时而出现成片的椰枣林，时而出现成排的橄榄树；时而看到龙舌兰张牙舞爪，时而看到仙人掌挺拔直立；还有哪，老实憨厚的骆驼、土里土气的驴子、英姿飒爽的马儿，这里那里，伫行着、缓行着、飞奔着。

露薏莎说：

"记得我第一次到突尼斯来时，正是明媚春光无限好的3月份。成群的火烈鸟，聚集在水域旁，艳丽的大红、浪漫的粉红、闪亮的漆黑，汇成了一道一道流动的色彩，实在美得难以形容！也就在那一次，我发现自己爱上了突尼斯！"

露薏莎诞生于奥地利的音乐之都萨尔茨堡（Salzburg），

喜欢大自然雄奇豪迈的风光，热爱高山滑雪、原野骑马等户外运动。十多年前，当她骑马奔驰于萨尔茨堡的大原野时，那匹马，不知怎的，突然发了野性，把她从马鞍上重重地摔了下来。这一摔，几乎要了她的命。她昏迷不醒，在医院里疗养了一段很长的时间。她康复后出院，不久，到突尼斯来度假，没有想到，这一趟旅行，居然改写了她的生命史。

"我来到了吉尔巴岛后，看到那辽阔无垠的土地，看到那浩瀚无边的海洋，不知怎的，心中居然生出了一种撼动，我好像已在这里生活了一段很长很长的时间，土地、海洋、我，彼此相属。那一年，我50岁，我的人生，已经走了三分之二，剩下的三分之一，我要顺自己的心意来度过。就这样，我结束了在奥地利的一切，移居到突尼斯的吉尔巴岛来。"

露薏莎在吉尔巴岛买了15匹马，建了马厩，饲养它们，以每小时8丁纳（约合8美元）的价格出租给游客，让游客享受在地中海畔骑马驰骋的大乐趣。

由于女性在突尼斯没有什么社会地位，她最初来此时，处处碰壁。可是，她天不怕、地不怕，别人的诸种为难，她都看成是对自我的一种挑战。就以建马厩来说吧，这么一项简单不过的小工程，当地人居然开出一个令她咋舌的建筑费，她一气之下，买齐了各种建筑材料，自行设计、自行建造。前后花了两个月，便竣工了。

接着，带给她大麻烦的，是工人。

"最初请来的那几个，懒惰、固执、散漫、不负责任；后来，终于请到一个较为勤快的，正额手称庆时，却发现马鞍屡屡失踪。追查之下,发现是被他偷去卖了。我说了他几句,第二天起来,哼,全部的马鞍,都被剪断割坏了,丢得一地都是,他呢,逃得无影无踪!"她一边说,一边笑,好似说的是别人的事,"你知道吗?我在短短的几个星期里,便把阿拉伯话里的粗言秽语全都学会了,有需要派上用场时,便朗朗上口,如数家珍,连道地的突尼斯人都自叹莫如呢!"

如此拼搏,不累吗?

"累?"她转头看着窗外在高速驾驶之下不断向后退淡化的景物,说:

"你相信吗?我曾有连续不断28小时驾车赶路的纪录。我总认为,人的肉体是受制于精神的,只要精神支撑得住,肉体是绝对不会崩溃的!"

谈着谈着,到了。

那天的天气很好,天和海,都自得其乐地蓝着,蓝得很明亮、很干净、很闲适。

15间马厩,在沙地上排成一条直线。每间马厩,都挂着一个牌子,上面有条不紊地写着每一匹马儿的名字:艾伯、丽莎、玛宝儿、祖戈尔、坦珊尼、安哥拉等。

此刻,马儿都不在马厩里,有些被游客租去了,有些则被拴在外面,享受"日光浴"。

一下车,一条狗便亲热地朝露薏莎扑了过来,好似有一个世纪不曾见到她了。她用鼻子与狗儿的鼻尖相磨,人与狗,脸上都荡漾着笑意。接着,她以碎步朝马儿跑去,狗儿快乐地追随。她穿着奶油色连身衣裤的身影,矫健敏捷、活力满溢。谁会想到,她已年过六旬?

"问候"过她的马儿后,她对我们说道:

"你们随便看看吧,我得带玛宝儿去海边跑跑了。它已经两天不曾外出了,正闹别扭呢!"

说着,她翻身上马,奔驰而去。在强劲的海风里,她那银白的短发,自信而又自得地飞扬着、飞扬着……

地穴里的柏柏尔人

站在泥褐的山头上,低头俯视,我有难以置信的震惊感。

眼前,是一个很大很圆的坑,深约6米而宽达12米。

这个坑,不是死的,更不是空的;它是活的,里面住了许多户柏柏尔人(Berber)。现在,这些柏柏尔人,正好似千年幽灵般,无声无息地在地底深处的石穴里晃来晃去。

这个荒芜贫瘠的小村马特马塔(Matmata),坐落于突尼斯中部。

尽管整个世界都在起着惊天动地的大变化,可是,马特马塔的这一小撮土著,却依然遵循着几百年前的生活方式,在这个与世隔绝的地方,过着落后得令人咋舌的生活。

刚才,当车子沿着弯弯曲曲的山路驶进村庄时,呈现在我眼前的,除了山,还是山,山外有山,山中有山。山不高,光秃秃、干巴巴的,看上去,除了沙石,还是沙石。没有屋子,没有人迹,灼热的阳光,寂寂地落在山头上,整个地方,荒瘠得使人背脊发凉。

然而,一爬上山头,便错愕地发现,这不是普通的山,它"内有乾坤"。山上,这里那里,散布着一个又一个幽幽深深的坑,每个坑,都住着6~8户柏柏尔人。从高处望下去,不似人的居处,倒像是蜂巢、蚁丘。实际上,坦白地说,这些穴居于地下的柏柏尔人,生活内容也无异于蝼蚁,他们终日为了三餐而营营碌碌,只要能填饱肚子,便别无他求了。生活的理想,对于他们来说,不但遥远,而且陌生。

我走到山脚,从一条狭窄而隐蔽的地道,进入了其中一个石穴。

石穴有个露天的庭院,很宽、很阔,拴着驴子和母牛,养着小鸡和小羊,立着骆驼和骏马。驴粪、牛粪、鸡粪、羊粪、骆驼粪和马粪相混合,汇成了一股盘桓不去的浓浊气息,令人欲呕。庭院里,有八扇木门,住了八户人家。有的门扉髹成了橙色,有的髹上了蓝色,色泽里原有的那种鲜丽,早已被沧桑的岁月腐蚀得斑斑驳驳的,不堪入目。

我鼓起勇气,叩门。开门的,是个老人,穿着格子及地长袍,肩上搭着五彩披巾,颈项挂着项链,耳叶垂着耳环,十指戴满戒指,腕上圈着手镯,全都是银质的,闪闪发亮;更叫人惊奇的是,她的脸、她的颈、她的手、她的脚,全都文了图案。这些图案,和她脸上一圈又一圈的皱纹亲亲密密地纠缠在一块儿,根本就已经分不清何者是以岁月为根而长出来的,何者是以传统为据而画上去的!

见我是远道而来的游客,她二话不说,立刻拉开了木门,请我入内。洞穴是长形的,地上铺着自织的彩色地毯,有个面貌俏丽的少妇,拿着一把扇子,坐在一个小炭炉旁边,拼命地为那个小炭炉煽风。炭炉上,蠢蠢地坐着一只不知天高地厚的铜质茶壶。火很小,每煽一下,火里的炭,便软弱无力地红一下、红一下。少妇把耐心和时间搅拌在一起,熬茶。茶热之时,长长的一日,也被她熬熟了。4个小小的孩子，赤裸着上身，百无聊赖地坐在地上，睁着无辜的双眼，盯着我看。地上，有织了一半的小地毯，想必是老妇人的"杰作"。编织地毯是柏柏尔人的拿手本领，迄今已经流传了千百年了。

我在地下深处这个阴凉已极的石穴里待了好久好久，与那户语言全然不通，但却热诚好客的柏柏尔人共饮下午茶，度过了一段快活自在的好时光。这些善良而淳朴的柏柏尔人，在一种我们难以接受而又无法理解的原始方式里过活。在我们眼中，他们所呈现的，不是陈腐的过去，而是落后的现在，还有，渺茫的未来。可是，没有比较，便没有痛苦，显而易见，这些终生蛰居于地下深处石穴里的柏柏尔人，是快乐的；他们的快乐，来自他们的无欲无求，来自他们的无知无识，来自他们的自给自足，来自他们的自求多福……

山穴里的柏柏尔人

站在舍尼尼（Chenini）的山脚下，我向上仰望。那一座高高的山，裂着许多个圆圆的洞口，黑黑的、脏脏的，好似是万年遗迹。

站着，看着。

这些死气沉沉的山洞，突然出其不意地"吐出"了一个又一个活生生的人！

这个具有一千余年历史的村庄舍尼尼，位于突尼斯南部，是柏柏尔人聚居的地方，据说山头的洞穴里总共住了一千余户柏柏尔人。

他们在开凿石穴这一码事上，表现出他们惊人的毅力和耐力，也显示出了"人定胜天"的美好定律。山高、石硬，可是，在那科技不发达而事事凭借双手来完成的古老年代里，他们却克服了种种难以想象的困难，顺着高山的形势，为自己开凿了一个个洞穴，安心地居住在内。

这一住呵，就代代相传地住了一千多年。

他们在这里以自给自足的方式过活。

在平地上，他们种植大麦、小麦、马铃薯、玉米、橄榄、椰枣，尽量利用上苍赐给他们的礼物——土地，来变出他们所需要的粮食。

附近有地下泉水，他们以辛勤的双手，挖出一口又一口深深的井，从而汲取甜美的井水，一扁担、一扁担，慢慢、慢慢地挑上山去炊煮饮用。

"男主外，女主内"，是柏柏尔人多年以来沿袭的传统，在男人忙于农事时，柏柏尔妇女便在家里炊煮三餐、照顾孩子；同时，由于她们都精于编织之道，闲来无事时，便编织地毯和披巾等，卖给阿拉伯人，赚取外快。

我攀上山去。住在洞里的柏柏尔人，见到我，都露出了怡然自得的笑脸。洞里的陈设，说多简陋就有多简陋，只马马虎虎地铺了一张邋里邋遢的地毯，还有几件简单得不能再简单的炊具。

他们的生活，贫瘠而落后，但是，缺乏了教育的辅导，他们安于现状，知足常乐。

一千年前是如此，一千年后的现在，依然是如此；一千年以后呢，是不是也如此？

我似乎听到洞穴里古老的幽魂，齐齐地发出了深深的叹息……

帆布帐篷 出奇简陋

"Safari Park"（野生动物园）一词，源自肯尼亚，因此，到肯尼亚而不去野生动物园住上几天，无异于"入宝山而空手归"。

在野生动物园里，由于动物随意走动而游客生命毫无保障，因此，有关行程全都必须由当地旅行社进行安排。

那天，旅行社的职员用其三寸不烂之舌说动了我们的心：

"如果要真正领略旷野奇趣，你们应该住在营地里。白天，一掀开帐篷，便可以看到野花齐放的美景；夜里，躺在帐篷内，可以清清楚楚地听到动物的吼叫声。整个大自然，就平平坦坦地摊放在你们身旁哪！"

我们听了十分喜欢，立刻安排了三天两夜的行程。

那天早上，从肯尼亚的首都奈罗比（又译内罗毕）乘坐车子，颠颠簸簸地走了一段很长很长的路程，终于来到了举世闻名的马赛马拉国家野生动物园（Masai Mara National Park）。

傍晚时分，浑浑浊浊的暮色，苍苍凉凉地四处弥漫。

下了车子，一看，顿时愣在那儿了，一颗心，也倏地冷了大半截。

这个地方，简陋得超乎想象：10个三角

形的帐篷,凄凄冷冷地排成了两列。帐篷,是以青色帆布扎成的,出奇的小、出奇的窄,人一钻进去,便没了空隙,好似连呼吸都变得有点困难。帐篷内,随意地铺着一块薄薄的、发黄的垫褥。黑蒙蒙的空间里,闷着一股阴阴悒悒的气息,好像有一团未散的阴魂在盘踞着。然而,真正让我觉得心寒的,却是周围全然没有安全的措施——10个帐篷,一个个不知天高地厚地暴露在不设围栏的野地里。万一,万一碰上动物前来袭击,我们手无寸铁,如何抵御?再说,夜半酣眠之际,野象一来,一踹一踏,帐篷和人,霎时便会变作不复辨认的肉饼了。

管理人听了我的投诉,毫不在意地笑着应道:

"你别担心啦,我们已安排了两名守卫,24小时值班,看守这地方。"说着,指了指停在不远处两名身披红巾的土著,说道,"他们都是马赛人。在我们肯尼亚的部族当中,就数他们最凶、最猛、最勇敢,老实告诉你,就连狮子看到他们也得绕道而逃哪!"

我看看那两名守卫,只见他们一手拿着长矛,一手握着铁锤,分别站在两棵大树底下,一副"泰山崩于前而色不变"的漠然神态。

唉,既来之,则安之。我把轻便的行李搁在帐篷外面,这才想起,没有漱洗间。问起时,管理人朝不远处指了指,说:"就在那儿啦!"天!那两个狭窄的小空间,是分别以四块木板草草地围成的,头一仰,还可以看到天上云彩的变化呢!想起旅行社职员所说的那句话:"整个大自然,就平平坦坦地摊放在你们身旁哪。"我不由得发出了无声的苦笑——他可真的没有言过其实呢!嘿呀嘿,我们就得在这个四野寂寂的地方过几天原始的生活了!

入夜以后,整个地方,陷入了一大团浓得难以化解的墨黑里。我们和两对分别来自美国与加拿大的夫妇一起坐在点了蜡烛的长木桌旁,共用晚餐。食物盛在几个圆形的大铝盆里,一切自助。喝了味道差强人意的奶油汤,我取了炸鱼块、水煮包菜、马铃薯和面包,便坐到一旁吃了起来。吃着时,不时有小若拇指的甲虫爬进、掉进盘子里,我不断地用叉子将它们扫走,然而,它们却乐此不疲地一来再来,使我饱受骚扰。正懊恼间,一只不知名的昆虫突然自天而降,不偏不倚地掉落在鱼块上,身子仰着,露出白而不美的肚皮,多根细细的爪子无助地挣扎着,十分恶心,让我胃口全失。

马赛土著 勇杀狮子

我把盘子推开,走到帐篷中央的空地上,看两名守卫用斧头劈柴生火。他们手势灵活,动作麻利,一手执柴,一手拿斧,手起手落,一段一段肥肥壮壮的粗柴,不旋踵便化作一截一截秀秀气气的细枝。柴堆成山后,生火;火起,在熊熊的火光里,我与那两名守卫搭讪:

"听说,你们骁勇善战,连狮子都怕你们,是吗?"

"哪有这回事!"他们齐齐笑了起来,露出了白白的牙齿,"不过呢,以肯尼亚的诸多部族来说,我们马赛族是与狮子接触最多的。"

"为什么呢?"

"根据我们的风俗,每名马赛男子到了16岁时,都必须举行割礼,而在割礼举行之前,我们必须杀一头狮子,以便证明我们已长成了天不怕地不怕的男子汉了。"

"独力搏杀狮子?"我惊疑不定地问。

"当然不是啦!我们会召集一群朋友一起上山或入林去寻找狮踪,一旦找到了,我们便群起围捕。通常制服狮子最有效的方法就是将利矛准准地掷入它的眼睛里,把它弄瞎之后,再乱矛刺杀,而那位即将举行割礼的男子,便得打头阵,负责以矛把狮子双目弄瞎。"

"多半都能得手吗?"

"不是的,我们族人也有很多丧生在狮口底下的。"说着,这位名字唤作昆达的守卫,在闪烁不定的火光里,将他红色围巾下的双腿伸出来,说,"你看,这就是狮子的杰作啦!"

我一看,大大地倒抽了一口冷气。他的双腿,伤痕累累,好似腿上的肌肉曾经被人硬硬地刮下捣烂之后,又再胡乱地敷回去,敷得不好,东凸起一块,西凹下一片,惨不忍睹呵!

昆达耸耸肩,若无其事地说:

"命捡回来了,总算是不幸中的大幸啦!"

25岁的昆达,已经有过五次与朋友围杀狮子的经历了。通常把狮子杀了以后,合力抬回村庄,村人会大事庆祝。庆典过后,他们会把狮皮、狮爪、狮牙一一剥下来,用作装饰品和纪念品。马赛族和其他的肯尼亚人都不食狮肉,一方面是狮肉韧而腥,难以入口,另一方面,有些非洲人迷信吃了狮肉会带来霉运,刻意避而不食。

谈到这儿,昆达突然问道:

"我有几只狮爪,你有兴趣买吗?"

狮爪?哇!狮爪!

看到我双眼闪出兴奋的亮光,他嘱我稍候,少顷,便从帐篷取来了几只狮爪,递给我。那狮爪,弯弯的,尖尖的,质硬如石,尖端处利如刀刃,其中有一只狮爪还紧紧地粘着狮子粗粗硬硬的毛发哪!每只狮爪要价300先令(约合新币7.5元),想到这是他冒着生命危险取回来的,我觉得这售价实在便宜得不像话!然而,相对而言,以肯尼亚一般工人的月薪仅仅2000多先令(约合新币50元)来看,这售价,却又相等于一名工人四个工作日的收入了。

这时,众人吃过晚餐,陆陆续续地走过来,围坐在火堆前聊天。

各人纷纷将自己行囊里的旅游经验取出来和大家分享,谈到惊险处,众人齐声惊叹;说到滑稽的事儿,大家笑得前俯后仰;而当发现彼此在某个国度有着同样不愉快的经历时,又同仇敌忾,同声讨伐。一整个晚上,谈得十分过瘾,十分投机。

等寒风从四方八面吹袭过来时,看看腕表,才惊觉时候不早了,大家互道晚安,回房休息。守卫将火堆弄熄,整个大地,霎时陷入了一种固体状态的浓黑里,那黑,是这么样的浓,把我们的心口都压得沉甸甸的。我们慢慢、慢慢地摸索着,半寸半寸地走着,一摸到了帐篷,便连爬带滚地栽了进去。

坦白地说,那真是令人不忍回顾的一夜。

帐篷里的垫褥,脏,而且,臭。最糟糕的是,我没有准备睡袋,因陋就简地躺在薄薄的垫褥上,湿湿的泥地阴阴地冒出了砭骨的寒意,我手足全都冷得僵直了。

在这万籁俱寂的夜晚里,各种动物的叫声、嗥声、吼声、尖尖的、粗粗的、汹汹的、蠢蠢的,从林野中的各个角落此起彼落地传了过来;听在耳里,凄厉、凄凉、凄冷、凄清,那种感觉,十分不堪。然而,我最担心的还是夜半无人私语时,守卫不堪疲累而沉沉睡去,大象或狮子闯入园地里,踹踏帐篷或掀起帐篷,将睡在帐篷里的人活生生地做成"意大利馅饼",或是当作上天特地恩赐的点心。由于担忧过度,有时,劲风吹动了帐篷,便杯弓蛇影地把草木幻想成兵士,一夜不得好睡。老实说吧,这种情况,在我多年的旅行生涯里,还不曾出现过,因为呀,我一向是连蹲着或站着都能入睡的。

动物极多　声势浩大

次日7时许,我带着惺忪的睡眼草草地用过了早餐,便坐着肯尼亚国家野生动物园特备的开顶面包车去观赏野生动物了。这种开顶车子,比起南非那种四面通风的吉普车,可就安全得多了,既可将车子开到动物身旁,近距离观赏动物的一举一动,又不必担心动物兽性发作而盲目地发动侵袭。因此,在肯尼亚,一般导游都不携带枪械或是其他武器。

肯尼亚的野生动物园地势平坦、土地辽阔、一望无际,欲穷千里目,根本不必更上一层楼。动物都是成群结队地出现的,数目极多、声势极大、景观极宏。

比如说吧,当凶神恶煞的水牛出现时,绝对不会是小儿科似的三两头,而是浩浩荡荡的百余头,黑压压的一大片,很是吓人。水牛头上那一对弯弯的角,不怀好意地闪着诡谲的阴光,远远看去,好似一个个浮动着的黑色咒语。

最喜欢黑斑羚(Impala),金光灿烂的身子上,有着秀里秀气的小斑点,四足细细长长的,形体娉娉婷婷的,煞是美丽。有趣的是,黑斑羚实行一夫多妻制,总是一只雄的领着几十只雌的,雄的叱咤风云而雌的俯首称臣。

我问导游考夫特,这么一大群黑斑羚在林中浪荡,万一碰上猛兽侵袭,单单一只雄的,如何保护得了那么一大群"妻妻妾妾"?

考夫特"嘻"的一声笑开了:

"嘿,保护?它自个儿逃都来不及了,还谈什么保护!反正黑斑羚阴盛阳衰,抛妻弃妾之后,不多久,又会有新的组合了。"

"夫妻本是同林鸟,大难来时各自飞",这黑斑羚,可做得比鸟更绝哪!

大家正看得津津有味时,考夫特忽然兴奋地指着泥地上一个又一个的足印,说:

"啊!狮子!"

司机探头一看,二话不说,立即便启动了车子,发足马力,沿着足迹,追寻而去。由于前一天刚下过雨,泥泞不堪的道路又湿又滑又软,偏那司机,狠劲十足,整辆车子,好似一头失去控制的犀牛,在林野中疯狂地冲来冲去。大家正觉得刺激万分的当儿,忽然,乐极生悲,车子的后轮,惨惨地陷入了软软的烂泥当中,车子在经过了一阵抽搐、一阵哆嗦之后,全然不负责任地死火了。

原本以为只是小小的毛病，没有想到，司机一试再试，车子依然纹丝不动。要命的是，车子上根本没有装置任何可以与外界联系的无线电设备，我们陷入了一种"叫天不应，呼地不灵"的困境里。

司机满头大汗而又满脸尴尬地要求我们下车去。

下车？在这个猛兽随时随地出没的林野里下车？

我们面面相觑，却又无计可施，只好忐忑不安而又不情不愿地开门下车。

担惊受怕 枯候救兵

四野寂寂，只有细细碎碎的风声不断地回响在耳畔。想到我们随时会成为狮腹里的午餐，我有四肢僵冷的感觉，偏偏日胜又雪上加霜地对我说道：

"这个地方，空秃秃的，没树可爬，没丘可躲，最是危险。万一有个风吹草动，你最好立刻跳上车去。"

于是，我只好蠢蠢地蹲在车子旁边的烂泥上等。

好不容易，车子的发动机重新发动了，无奈后轮陷得太深，发动机响如雷鸣，车子依然寸步难移。这时，与我一起呆呆地蹲着傻傻地等的四位异国朋友站起身来，自动请缨，助以推车。皇天不负苦心人，推推推、推推推，终于，车子犹如初醒的狮，猛地向前冲去。大家如释重负，齐声欢呼。可是，跑不了多久，却又倒霉万分地陷入了更大的一堆烂泥中，这一回，不论司机如何努力，那辆再度"休克"的车子都不肯再动一分一寸了。

大家正一筹莫展的当儿，忽见远处有车子经过，满车游客从车顶探出头来,兴致勃勃地浏览大地风光。我们有久旱逢甘霖的感觉,拼命扬声、扬手,可是,也许是距离太远了,对方竟视而不见、听而不闻,车子转瞬便在视野里消失了,四周又恢复了那种令人极度不安的死寂——真有一种"坐以待毙"的绝望感。看看手表,嘿,竟已折腾了两个多小时!实在难以相信,碰上这样的事情,车上竟无半点救急设备!大家的心情都陷于极度的低潮。

这时,忽然听到美国人珍妮以兴奋的声音喊道:

"看,快点看!"

我们顺着她的手势望过去,啊,啊啊啊,那儿,正有几百只牛羚(Wildebeest)朝同一个方向默默地走着、走着。它们那秩序井然的样子,俨然一支受过严格训练的军队。高高低低、大大小小,排成了一条直线,静静地移动着,煞是好看。

考夫特向我们解释道:

"每年到了12月,肯尼亚的草质便变得较为枯涩干燥,牛羚为了能够享用到更嫩更好的草,总是大量地迁移到邻国坦桑尼亚去,到了次年6月,又大规模地迁徙回来肯尼亚。"

物竞天择,适者生存。真是一点儿也不错啊!

过后,又再枯候了约莫半个时辰,远处又来了一辆游览车。这一回,几位男士再也不肯轻易地放弃这个机会了,他们纷纷脱下了衬衫,当作旗帜,迎着风势,扬呀扬、扬呀扬,终于,引起了对方的注意,车子缓缓地停了下来。那位司机,很是机警,注意到我们这儿泥烂土软,不肯把车子驾过来,以免陷入同样的"悲剧"里。他们步行过来,考夫特恳请他们把讯息带回总部，求取救兵。结果呢，"救兵"在将近2个小时之后才姗姗到来。是名副其实的"救兵"——车子里面，载了整整10名彪形大汉，全都长得虎背熊腰，走起路来虎虎生风。说来好似"天方夜谭"，这10位彪形大汉，是以最原始的方法来解决问题的——他们使用蛮劲牛力，把整辆车子从软泥坑里抬起来，一直抬到一个泥质坚实的地方，才稳稳当当地放下来。

平白无故地在烈日底下担惊受怕地枯候了五个多小时，又厌烦又疲累，坐上车子后，人人意兴阑珊。

河马追袭 魂飞魄散

次日一早，再度出游。大地安静无声，小丘温柔美好。远处有一点美丽的金色在闪呀闪的，司机一看，便反应敏捷地飞车驶过去。呵！那是一头硕大无比的狮子，而且，是漂亮得让人几乎窒息的雄狮哪！车子就跟在它身后，缓缓地驶着，彼此的距离是这么、这么的近，近到可触可摸，大家都兴奋莫名。它且走且吼，那吼声，雄浑有力，好似要撕裂整个天空，有一种震撼人心的威武，又有一种叫人心悸的愤怒；一张大大的嘴巴，不安本分地歪来歪去。

考夫特说：

"这是一头饿狮，十分的危险，任何动物，只要走近它，生命便会立刻画上永远的句号。"

司机和导游凭着他们丰富的工作经验，知道狮子的"大本营"就在这儿附近了。车子左弯右拐地转来转去，终于，在一堆矮矮的灌木后方，我们赫然看到二十余头狮子，或躺或坐地聚在一块儿。不远处，动物尸骨散满一地，有鬣狗鬼鬼祟祟地站在尸骨旁，津津有味地吃着粘在骨头上那些残余的腐肉。狮群，眯着眼，懒洋洋地看天、看地、看鬣狗。早上温柔的阳光轻轻地罩在它们身上，形成了一圈又一圈悦目的金光。整个大环境，看起来安全、安静、安恬、安谧，因此，那种叫人心寒的杀机，是无形的、内敛的、阴毒的、诡谲的。

中午，我们到林野中的小河畔用午餐。考夫特分给我们每人一个食物盒子，里头盛了三明治、鸡蛋和水果。河里，这里那里地突现着黑色的物体，好似一块块嶙峋的石头。考夫特告诉我们：那些都是河马，白天浸在水里，动也不动，就像是千年化石一样；到了晚上，它们便会出来寻觅食物。可别看这河马样貌朴朴拙拙、木木讷讷、忠忠厚厚的，当它对人发动攻击时，那种死活不顾的狠劲，足以叫你魂飞魄散；而最令人心惊胆战的是，被河马侵袭者，几乎百分之百难逃噩运，因为它口极大、齿极利，口一张，齿一咬，遇袭者连闷哼的机会也没有，半边身体便被拦腰咬断了。

吃过午餐，考夫特嘱司机载我们到肯尼亚和坦桑尼亚交界的地方看看。那儿，竖立着一块石碑，标明两国的分界点。大家兴致很高，纷纷要求考夫特停车让我们下去拍照。

考夫特沉吟了一下，才勉强地答应，我们一一下车时，他还慎重地嘱咐我们：

"这里猛兽出没，很不安全，你们就逗留在分界石处拍照，拍完就立刻上车。"

我拍完之后,轮到美国人珍妮。她好整以暇地梳了头,整了整衣衫,然而,才一站到分界石上,我们便听到考夫特急促的喊声:

"喂,你们!快点上车!快快快!"

我们一个个化成出弦的箭,"嗖嗖嗖、嗖嗖嗖"地飞上车去,车门一关,司机便赶快发动车子。我们惊魂未定地朝外看去,这才看到一只河马以极快极快的速度、极猛极猛的冲势,发狂似的朝我们这个方向跑过来。车子在跑,它在追,肥肥圆圆的身体,化成了一股黑黑的风,我们全都看得瞠目结舌。

考夫特说:

"刚才,实在危险极了。我原本担心狮子和犀牛会突然出现,但我怎么也想不到竟会是河马!因为按照一般的情况,河马白天绝少离开河床出来走动。我看,这河马,八成是患上了精神分裂症,分不清现在到底是白天抑或是晚上,才会乱跑一通的!"

珍妮戏谑地说:

"我想,它也许是因失恋而发狂哪!"

在众人的一片笑声里,我们继续上路了。

肯尼亚这块大陆,每一寸土地、每一只动物,都尝试以无声的语言向我们娓娓地倾诉丰富已极的故事,处处充满了让人难以预料的惊、悸、悲、喜。我们一听再听,依然百听不厌……

人畜同住 臭气熏天

眼前这 16 所房子，全是以牛粪混合泥土而砌成的，屋身龟裂处处，露出了风吹雨打的疲态。

我俯着身子钻进低矮的屋子里，扑鼻而来的，是牲畜那种强烈的腥膻气息。在傍晚浓黑的暮色里定睛一看，呵，屋子里面，竟然拴着两头懒洋洋的小牛！弯着腰脊，再迈入另一个局促不堪的小房间，那儿，燃烧着的薪柴发出了"噼噼啪啪"的声响。在艳红的火光里，我看到好几个邋里邋遢的孩子，或躺着，或坐着，或站着，无所事事而又神情茫然地瞪着我。

在非洲肯尼亚的马赛族村庄里，连续看了好几所房屋，几乎每所房屋的"内在情况"都是一模一样的：无水，无电，人与牲畜同住，臭气熏天，污秽不堪。

房子外面，倒是一片喜气洋洋的热闹景况。

优游自得的牛，这里那里，处处徜徉；穿得大红大绿的妇人，得意扬扬地把她们精心制作的手工艺品摆在地上，招徕顾客。成堆穷极无聊的孩子，跟在牛群后面吆喝。哞哞的牛叫声、粗犷的喊叫声、欢喜的嬉笑声，像荒山空谷的骤雨，撒得一地都是。

令人难以置信的是，这16所房屋，还有分别住在里面的女人，以及那些数也数不清的孩子和牛只，居然都是属于同一个人的！

这人，此刻，正一脸威严、踌躇满志地看着眼前的一切。

他的名字唤作图堪纳，是马赛人，也是这个马赛小村庄的酋长。

勇猛好斗 坚守传统

目前，肯尼亚大约有3500万人口，按不同的语言与文化而粗略分成四十余个不同的部族。在这些部族当中，马赛族的人口不及百万，但是，他们的名气却是肯尼亚所有部族当中首屈一指的。

马赛族在肯尼亚之所以赫赫有名，主要原因有二：

其一，马赛族勇猛好斗，绝不怕死。他们身上常备长矛、短刀、木槌，时时刻刻处在战斗状态中。当地流传着一则脍炙人口的传说：有"林中之王"之称的狮子，天不怕地不怕，独独怕马赛人，一看到身披红巾的马赛人，就会狼狈地绕道而逃。

其二，随着时代的进步，肯尼亚的许多部族都摒弃了传统的陋习，充分地融入现代化的生活当中；唯有马赛族，到了今日，还一成不变地坚守着过去的奇风异俗，过着与时代全然脱节的生活。

以图堪纳为例，他现年52岁，共有16房妻子，一百多名孩子与孙子。他年龄最大的妻子，45岁，年纪最轻的呢，才8岁。通过翻译，他告诉我，他把这名新娶的妻子安置在刚刚建好的新屋子里，等她12岁时才圆房。

这么多妻子，难道不会起"内乱"吗？

图堪纳一听翻译转告这个问题，便立刻微笑地应道：

"只要有人吵架或打架，我便会把她们分别绑在隔邻的两棵树上，各自给予一根粗大的树枝，让她们在逃走不了的情况下互相抽打。她们一旦知道自相残杀的结果是两败俱伤，谁都不敢再轻举妄动了！"

哟，这倒是个别出心裁而又一劳永逸的解决方法哪！

马赛人习俗中最让人匪夷所思的一点是，同龄同辈的男人可以分享妻子。比如说，好友来访，入夜之后，他可以随意和老友的妻子同住共宿；甚至，他来访时，老友不在，他也可以将自己的长矛插在其中一间房屋的前面，大大方方地登堂入室，与老友的妻子翻云覆雨；老友回来，看到长矛，得着"无言的信息"，自然不去干扰他们，任由他们共赴巫山快活去。

对于马赛族来说，妻子越多，社会地位越高；而娶妻的聘礼一律是牛只。一般娶一位妻子，得付出五头牛给岳家，当然，牛只给得越多，越能显示自己的财富。有些富户，娶一房妻室，动辄用上几十头牛。

偷窃牛只　替天行道

最为滑稽而又叫人难以接受的是，马赛人把偷牛当作现实生活里一种正当而又正常的活动，在他们既定的观念里，牛是上天独独恩赐给他们这个部族的，因此，别的部族拥有牛只，是不符天意的，应该"归还"给他们。因此，他们时常三五成群地潜入别的村庄去偷牛。由于他们一心认定偷牛是替天行道，所以，偷起来不但心安理得，而且理直气壮，那种死活不顾的狠劲，少人能及。

有一回，认识了一名年方21岁便拥有三房妻室的马赛人麦伦比，他一脸得意地告诉我：他目前所拥有的一百多头牛，全都是辛辛苦苦地跋涉了九天九夜从邻国坦桑尼亚偷回来的。他的朋友又妒又羡地说："麦伦比真是幸运，每次偷牛都大有斩获！"麦伦比兴奋地表示，再过3个星期，便是圣诞节了，许多部族会在圣诞前夕大事庆祝，当他们喝得醉醺醺时，便是他下手偷牛的大好时机了，如果这一次再得手，他计划迎娶第四房妻室。平生第一次听到别人如此坦然而又自然地公开谈论自己的"偷窃计划"，那种感觉，十分怪异。

在日常生活中，照顾牛只，是马赛人生活的重心与中心。前述小村庄的酋长图堪纳，便拥有300多头牛，每天由多名孩子赶上山去，让它们在那儿自由地吃草。逢及旱季，附近的草地干秃了，图堪纳便会吩咐孩子们把牛群赶到草丛茂密的森林去，在那儿栖宿。倘若周遭再无嫩草可吃，图堪纳便会把整个家族"连根拔起"，"迁徙"到别的地方去。

马赛人生活简单，饮食也十分简单。他们每天只吃早晚两餐，两餐都以玉米糊和新鲜牛奶果腹，只有欢度佳节或举办婚宴时，才有机会沾一沾荤食。值得一提的是，马赛人有饮牛血的习惯，他们每天都会挑选几头牛，戳破牛颈上的血管，把一定数量的血抽出来，掺和在牛奶里一起饮用。通常同一头牛,每隔一个月才会被抽上一次血。不知道马赛人强壮的体魄和牛血的饮用有没有直接的关系呢?

我问图堪纳:"你最喜欢的食物是什么?"

他不假思索地回答:"玉米糊啦!"

嘿,这个实行多妻制的男人,在饮食上居然"从一而终"!

割耳风俗 沿袭至今

马赛人在外表上与肯尼亚其他部族最大的不同是,他们有着与众不同、一见难忘的耳朵。每个马赛人长到五六岁的时候,不分男女,一律以削尖的木枝在耳垂处戳一个大孔,在孔内置入一段空心的圆木,每隔一段时间,便更换大一点的圆木。旷日持久,耳垂的孔洞越变越大,到了最后,耳朵的下半部,变成了一条中空的椭圆形肉条。根据马赛人的标准,这虚虚晃晃的"耳条",越长越美,最长者可达肩膀。平日居家,便像处理长发一样卷上几圈,缠在上半部耳郭上;兴致来时,便把"耳条"放下来,挂上各种各样缤纷多彩的装饰物;跳起舞来,细细长长的"耳条"和层层叠叠的饰物晃来晃去,煞是好看。

在旅途上,认识了肯尼亚的一位外交官,他笑着告诉我几年前发生的一则趣事。有一回,肯尼亚一名在政府部门担任要职的马赛人出访英国,抵达的当天晚上,英国官员设宴招待他。他将"耳条"卷得整整齐齐、装扮得光光鲜鲜地去赴宴。觥筹交错间,他原本捆得不很紧的耳条倏地松脱,掉下肩膀,英国官员乍然一看,吓得魂飞魄散,以为他的耳朵因为承受不了什么惊人的消息而惨绝人寰地掉了下来!

坚守传统的马赛人,到了90年代的今日①,依然保持着割耳的风俗;如果其他部族的女子想嫁给马赛人为妻,还得"嫁鸡随鸡"地"自行制造"一双"别无分号"的马赛耳朵哪!

在服饰方面,马赛人喜欢颜色鲜丽的布料、形状夸张的饰物,装扮起来,活生生像是一棵摇曳生姿的圣诞树,远远便能攫住他人的目光。正因为这样,现在,肯尼亚大城市里的一些商店,刻意聘请马赛人在门口站岗,一方面充作招徕生意的"活动广告";另一方面,肯尼亚现在治安欠佳,让一个强悍精壮的马赛人驻守在门口,对于那些不法之徒多少也能起些阻吓作用吧!

肯尼亚坚守传统的马赛人,以他们世代流传的生活习俗,为世人撰写出一则又一则不老的现代神话!

---

① 本文写作时间为20世纪90年代。

弱肉强食的世界

黄昏，火红的夕阳落在南非的克鲁格国家公园（Kruger National Park）里，将广袤无边的土地照出一片虚假的绚烂。

我们的车子，在杂乱无章的泥路上行驶着，车轮所过之处，留下了长长的痕迹；偶尔风起，尘土飞扬，痕迹隐没，像是一场又一场令人惆怅的春梦。

东兜西转，眼见夕阳一寸一寸地死去，眼见天色一点一点地黯淡，可是，我们所要寻觅的私人野生动物保护区 Khoka Moya，还是渺无踪影，心情不免焦急。日胜多次把车子停下来，细看地图，可是，由于公园里完全不设路名，只设路标，所以十分难找；倘若在天黑之前找不着那地方，便意味着我们得闷在伸手不见五指的车子里过夜，而这，是十分危险的，万一碰上性子狂野的大象来个乱足践踏，连人带车转瞬便成烂泥。

就在我俩心急如焚时，远处忽然驶来了一辆军用吉普车，车上坐了一名年轻小伙子。日胜把头伸到窗外去，挥手、问路，对方一听，便说：

"我正是 Khoka Moya 野生动物保护区的工作人员，你们跟我来吧！"

我们大喜过望，立刻尾随而去。

克鲁格国家公园是全南非最大的野生动物保护区，也是非洲大陆野生动物最多的地方，五大野生动物（大象、犀牛、水牛、狮子、豹）和其他各种各样的大小动物随意出没。为了到这里来观赏野生动物，我们在新加坡通过传真设备，与经营 Khoka Moya 野生动物保护区的苏珊取得了联系，订了三天的住宿。

一进入营地，长相秀丽的苏珊便热情万分地迎了上来，捧来泡好的咖啡，我们坐在四面通风的茅舍里谈天。

苏珊降生于南非大城约翰内斯堡（Johannesburg），双亲热爱原野生活。她小的时候，时常随同双亲到丛林去露宿，对丛林生出了一份深厚的感情。结婚以后，与志同道合的夫婿保罗，在克鲁格国家公园以签合同的方式，租下了野生动物保护区的 5 万亩[①]地，经营旅游业。

她一脸自豪地说：

"类似约翰内斯堡这样的大城，世界各国都有，可是，野生动物随处走的丛林，却是南非独有的。当我最初在这儿建造木舍经营旅游业时，有人劝我为了安全理由而高筑围栏。可是，围栏一筑，丛林那种完整和谐的格调就会被破坏殆尽了；再说，动物在丛林里自由自在地走动而我困居围栏之内，不是成了动物眼中可笑的困兽吗？"

我们哈哈大笑。

不设围栏，生活既有乐趣，亦有危险。

有一天早上，她坐在不设门窗的茅舍内享用早茶时，忽然来了大小两头狮子，懒洋洋地坐在离她几尺之遥的地方，一坐，便是一整个早上。她生怕成为攻击的目标，不敢轻举妄动，足足有好几个小时，她蠢蠢地将自己凝成一块化石。那一次过后，她便随身携带短枪以策安全。

[①] 5 万亩约等于 33 平方公里。

"有一天傍晚,我正在做菜时,突然传来一阵凄厉已极的叫声。那种痛彻骨髓而又怕至狂乱的惨叫,令人的神经绷得好似随时会爆裂。过后,我才晓得,几头狮子在附近捕杀一头水牛,活生生地撕咬它的肉,它痛极惧极而喊。这种喊声,一连几晚,让我噩梦频频!"

说毕,她指了指高高地挂着的那个"摆饰品",继续说道:

"第二天早上,我在营地附近,看到这个鲜血淋漓的牛头,捡回来,洗干净了,髹上黑白二色,当作标本。"

那牛,十分可怜,大大的嘴巴,被狮子咬成了不规则的锯形;眼窝子没了眼珠,空空洞洞的,茫茫然地对着空空旷旷的天与地,仿佛在对弱肉强食的悲惨现实提出无声的控诉。

苏珊还有一次极为难忘的经历。那一回,她外出归来,三步并作两步地跳上台阶,赫然发现一头野象站在木舍不远处,不怀好意地看着她。她还没做出反应,野象便不分青红皂白地朝她飞奔而来。野象来势汹汹地追,她凄凄惶惶地逃,最后,命不该绝,爬上了一棵老树,才勉强摆脱了它。

"你们知道吗?野象的危险性远比狮子来得高。"苏珊余悸犹存地说,"碰上狮子,只要屏气凝神,镇定地伫立不动,它不会随随便便地发动攻势。当然,如果你沉不住气而拔足奔逃,它一定会飞扑上来,将你咬个尸骨不存。野象呢,表面上看起来,一派平和,实际上,性子狂野,凶性潜伏,追人踩人,是家常便饭。有一回,一头野象用鼻子卷起一名游客,抛掷在地。事后,医生检查这名枉死的妇女，发现她全身骨骼居然没有一根是不碎不裂的！"

苏珊最为喜欢的，是看到羚羊和梅花鹿悠闲地在她所住宿的营地里自由自在地走动。

"真有一家子和平共处的美好感觉！"她微笑地说。

为了吸引这些动物，她刻意在营地周围挖了许多深深浅浅的水坑，让动物进来喝水解渴。

我们住在克鲁格国家公园野生动物保护区的这三天里，苏珊为我们安排了三项晨游、三项夜游。每回出游都长达4个小时。

苏珊表示，由于这儿地方辽阔而动物行踪不定，能够看到些什么景象、观赏到什么动物，全视个人造化；一般而言，最难看到的动物当数狮子和花豹，有一名游客，在这儿住了十余天，都无法一睹狮子的风采哪！

谈着谈着，刚才带我们入营的年轻人，手里拿着一把长长的来复枪，走了进来。他波浪形的鬈发，剪得极短，俏皮地贴在脑勺子上，在夕阳的余晖里，闪着灿烂的金光。长长的眼睫毛下，是一双精神奕奕而又含着笑意的咖啡色眸子。看着我们，他露出了可爱的小兔牙，微笑地说：

"我叫科尔，是你们这几天的丛林导游。现在，准备好了吗？我们得出发了。"

营地外，停着一辆无门无窗、四面通风的军用吉普车。哇！我怎么也不曾预料到，要载我们去看猛兽的，居然是这种"赤裸裸"的车子！

科尔看出我内心的不安，拍了拍他的来复枪，说：

"别怕，有武器保护！"

与我们一起出发的，还有一名唤作莰次的土著，他手里拿着探视灯,坐在车头特设的位子上。

丛林的夜,来得迅速,而且,深沉。出发时,夕阳还娇羞地在天边残红着脸,然而,车行不久,整个大地,只模模糊糊地剩下一片朦胧的黑影,再过不久,整个丛林,便阴阴森森地落入了一种漫无边际的黑暗里。

茨次开亮了探视灯,向左向右不停地照射,一颗头颅,也毫不间歇地朝左朝右灵活地转动着。他圆圆的眼珠,出奇地亮,也出奇地锐利,即使风不吹、草不动,他也知道丛林的动静。每当他的探视灯停在某一个点上,驾车的科尔就赶紧把车子停下。这时,我们眼前,总会出现令人惊叹的景象。

——一大群活泼跳跃的小鹿,结伴夜游,狡黠的眼睛,在探视灯的照射下,闪着好似钻石一般的亮光,煞是好看。

——一只大象,静静地享受夜宵。只见它用长长的鼻子,卷下带叶的树枝,"咔嚓咔嚓"地吃得津津有味。

——四头犀牛,连成一条直线,好似同心协力的样子,慢慢、慢慢地走回家去。

这晚,无星也无月,处处伸手不见五指,车子在丛林里颠颠簸簸、上上下下,野兽的吼叫声此起彼落,不绝于耳,颇有几分阴森的气氛。

突然,探视灯又停了,车子也戛然而止。

科尔轻声说道:

"看。"

探视灯那一柱圆圆的光,正照在一潭池水上。池塘彼岸,有两条狰狞硕大的鳄鱼,正吃力地爬上岸去!

车子继续行驶,来到了一个安全的高地,科尔熄了发

动机,小歇。苁次打开保暖箱,为我们倒咖啡。我一面啜饮咖啡,一面对他发出了由衷的称赞:

"苁次,你的眼睛,简直有神力哪!"

"哪里!"他谦和地答,"我曾接受过3年结合理论与实践的正规训练,再加上长达12年的工作经验,熟能生巧啦!"

苁次所接受的训练包括:熟知动物的特性、辨识森林的道路、防卫和抵御之道;此外,他还得长时间住在丛林中,练习射击与打猎。

"一般人看东西,视线总停留在事物的表面上,但是,我所接受的训练却能使我的视线深入内在层面。"苁次说,"举个例子,在黑夜里看丛林,一般人只能隐隐约约地看到树的影子,可是,我却能越过一棵棵树而看到丛林内部的动静;湖泊或池塘也一样,一般人只能看到粼粼的波纹,可是我却能从湖水的波动看到内部潜藏着的危机。"

谈及在丛林活动的危险性,出乎意料地,他最怕的,不是人人闻之色变的狮子,而是貌似温驯的水牛。

"水牛单独出现时,侵袭性极强,它冲向人时,带有一种致命的狠劲,最为可怕的是,它可以在毫无理由的情况下,疯了般地发动攻势!不过,它的弱点是,当它冲向人时,眼睛总是习惯性地闭得紧紧的。所以, 看到它像旋风一样地冲过来时,你只要机警镇定地闪到一旁去,便可以轻易地避开它了。反复地闪开几次,它累了,冲劲也弱了,你就可以轻易地逃掉啦!"

小歇过后,我们又继续夜游,不过,收获不大,返回营地时,已是9时许了。

茅屋里，已点起了蜡烛，长长的桌子上，摆满了餐具。茅屋外面，生起了一堆篝火，烧烤牛肉的香味，四处飘送。晚餐非常丰富，开胃菜是味道浓腻的牛肝泥，主菜是烤得半熟的牛排，外加金瓜泥、马铃薯、奶油蘑菇、生菜；甜品是盛产于非洲的水果：香蕉、凤梨和柑橘。

我一面啜饮醇香的红葡萄酒，一面与科尔絮絮交谈。

来自约翰内斯堡的科尔，在大学里主修自然资源保护学，毕业后，留在城里工作，但种种人为的限制与规定，却使他痛苦地感觉自己像生活在一个没有围墙的牢狱里。一年过后，他终于忍无可忍，走出城市，走入丛林。

"回归大自然的感觉，十分美丽。许多人一走入丛林，便不分东南西北地迷失了方向。可是，对于我来说，丛林里，不论哪一条大路或小路、泥路或土径，也不管哪一个湖泊或池塘、沼泽或水坑，都有自己独一无二的特征，走过一遍、看过一次，我便能牢牢地记住。"

我想，科尔是天生注定要在丛林里谋生的。

谈起工作的感受，他圆圆的眸子，满满的都是喜悦的亮光：

"我带游客出去，每回都有新的发现、新的享受。可以这么说，丛林里，每个角落、每个时刻，都有令人惊喜的事物静静地潜伏着，等着你去发现、去发掘。"

次日，远处"咚咚咚，咚咚咚"地响起了鼓声，最初蒙蒙眬眬地以为身在梦境中，然而，那富于节奏的鼓声，一声比一声响亮，一声比一声真切。在冷凛的寒意中披衣坐起，侧耳细听，这才发现，那催人的鼓声，就是从离木舍不远的地方传过来的。

看看钟，是凌晨4时许。

啊，是晨游的大好时辰呢！

漱洗之后，跳上了科尔的军用吉普车，科尔快速敏捷地把车子开进了丛林里。

开始的一段路程，除了树还是树，无甚看头；然而，当车子由一条窄路转入大路，眼前展现一大片辽阔的草原时，我不由得惊呼出声：

"哟！"

几十只褐色的小鹿，在绿如绒毛的草地上轻巧地奔跑，在初升的旭阳里，好似无数个快活地跳跃着的金色小音符。

车行不久，又看到几只非洲大羚羊，优游自得地在草地上徜徉。这些非洲大羚羊，身体上有着一个滑稽可笑的特征：每一只羚羊的屁股上，都有一个白色的大圆圈。

科尔笑嘻嘻地说：

"这些羚羊，如厕时不小心坐在油漆未干的马桶上，狼狈地留下了痕迹。"

在我们欢愉的笑声里，科尔突然停下了车子，来个鲤鱼翻身，飞跃下车。

我们以惊讶的目光追随着他，他指着留在地上一道一道的爪印，说：

"瞧，狮子的足迹。"

哇，狮子！我霎时产生了一种毛骨悚然的兴奋。

科尔跳上车来，说：

"现在，我将循着狮子留下的足迹搜寻它的踪影。狮子最痛恨无端端地受到骚扰，所以，你们待会儿看到它，千万得保持镇定地坐在车子里面，不要动。去年，有两名游客,看到狮子懒洋洋地躺在地上,一时兴奋,全然忘了危险,跳下车,趋前去拍照;狮子马上跳起来,扑过去,又抓又噬,两个人当场死于非命!"

一番话,说得我全身起了鸡皮疙瘩。

车子循着狮子的足迹驶着、驶着,我在逐渐加速的心跳里四处张望,那种既爱又怕、既怕又盼、既盼又急的心情,十分刺激。明明要见的,是凶猛无比的狮子,偏偏生出了会晤初恋情人的心情。那种感觉,异样地不调和,也异样地奇特。

突然,非常非常突然地,车子的速度明显地慢了下来,慢、慢、慢、慢,最后,完全停了下来。

万籁俱寂,唯有那风,若有若无地发出了断断续续的悲鸣。

就在眼前三十来米的地方,坐着三头硕大无比的狮子。两头雄狮,正津津有味地吃着一头捕杀不久的非洲大羚羊;一头雌狮,垂涎欲滴地坐在一旁看。

"有东西吃的狮子,是安全的狮子。"科尔轻声说着,重新发动车子,朝近距离的狮子驶去。"哇,简直是在太岁头上动土嘛!"我惊骇欲绝地想道。胆大包天的科尔,将车子愈驶愈近,我屏住呼吸,好似连心跳都停止了。最后,车子在距离狮子十来米处停下,我连狮子脸上的毫毛都看得一清二楚。

三头狮子同时抬头朝我们的车子看,这时,那头饥饿的雌狮觑空把头朝猎物那儿伸过去,想美美地分一杯羹,没有想到,两头雄狮突然凶神恶煞地怒吼起来,声震山宇,连车子也动摇了。我吓得脸青唇白、汗毛直竖,直想弃车而逃。就在这千钧一发之际,手持活动拍摄像机的日胜,不肯"坐"失良机,霍地站起身来,拍。科尔脸色大变,以极快极快的手势把他扯回座位,用紧张的语调低声说道:

"千万别站!你知道吗?在视觉里,狮子误以为整辆车是一个陌生的个体,我们四周虽然没有任何遮蔽的东西,却是相当安全的。你一站起来,狮子便会认出人的形体,再加上你不断地动来动去拍照,它们以为你要侵袭它们,为了自卫,会一起发动攻击的!"

噫!差一点在咫尺之遥的距离里,成了狮子口中的佳肴!

"在丛林里活动的狮子,最爱吃肉多而味美的斑马,其次是非洲大羚羊。"

科尔把嗓子压得很低很低地说道:"只有那些既老又瘦的狮子,无力扑杀上述动物,看到手无缚鸡之力而骨头又特多的人类,才会食欲大起。"

有趣的是,在狮子的世界里,是"男权至上"的。捕获了猎物之后,往往是雄狮先吃,吃够了之后,才轮到雌狮。刚才那头雌狮,想不按牌理出牌,难怪两头雄狮要"大动肝火"了。狮子平均享有 10~12 年寿命,它们之间,常常会为了争夺地盘、霸权、异性而大打出手,有时,甚至因妒忌作祟而把母狮所生的小狮活生生地咬死!

眼前这两头雄狮,有滋有味地吃,吃得嗦嗦作响;那头雌狮,乖乖地坐着,静静地看着,圆圆的狮眼,竟难以遏制地流出几许悲伤。

这时,科尔指了指前方,说:

"嘿,看!"

丛林的另一边,缓缓地走出了另外两头狮子。科尔仔细瞧了瞧,忽然发动发动机,速速把车子开走。

他一边灵活地转动着驾驶盘,一边说道:

"这两头狮子,目光凶狠,而且,尾巴直竖,恐怕不怀好意!"顿了顿,又说,"做我们这一行的,要步步为营,事事小心;因为我们所面对的,是缺乏人性的禽兽。退一步来说,就算我熟悉了动物所有的特性,却也无法百分之百地掌握它们的脾性,当有一天碰上它们脾气不好而我警觉性又不足,就完了!所以,我们必须眼观四方、耳听八面;不是表层地看,也不是随意地听,而是深层地看、刻意地听!"

我的心,依然沉浸在刚才那种恐惧与兴奋交替的奇特感觉里,科尔感同身受,高兴地说:

"你们的运气真不错,第二天便有机会看到林中之王了。有些人,住上整个星期也一无所获呢!当然,除了运气之外,和天气的冷热也有一定的关系。今天天气阴凉,狮子出来四处走动,碰上它们的概率相应较高。平常天气炎热,它们躲在丛林深处休息,踏破铁鞋无觅处哪!"

正说着,赫然又看到了一群狮子懒洋洋地躺在一棵大树底下。

看好,是一群,不是一头!

科尔又来个故技重施,把车子驶得近近的。我可以听到血液汩汩地在我体内流动的那种声音,我可以感觉到凉气在我体内漫开的那种阴寒。手心,大量地沁出了冷汗;双足,不听使唤地簌簌抖着。这时,左边、右边、前面、后面,竟都闲闲走出了一头又一头的狮子,我们的车子,在不知不觉间,陷入了狮子群的包围中。我的眼睛,不由得紧紧地盯着吉普车上的那把来复枪。大家都没有说话,空气里,氤氲着一种濒于爆炸的紧张气氛,十分恐怖。葬身狮口那种鲜血淋漓的残酷景象,一再地在眼前闪现,老实说吧,此时此刻,我真想化作一缕轻烟,飞掉、化掉、溜掉、消失掉。撑着撑着,撑了约莫20分钟,科尔才发动了发动机,慢慢地离开。群狮以目远送,而我们,在松了一口大气的同时,心里也升起了一种"此景不再"的惆怅。

返回营地,香气四溢的早餐已经准备好了,惊人的丰富,麦片、火腿、香肠、煎蛋、炸金瓜球、玉蜀黍泥、面包、水果、果汁、咖啡等,满满地摆了一桌。

我们饥肠辘辘,化身为狂风,把桌上"落叶"一扫而空。

然后,心满意足地坐在树下的木椅上,与苏珊谈天。聊及南非当前的治安,苏珊忧心忡忡地指出:暴力,已成了今日南非人民生活的一部分了;人人携枪自卫,岌岌可危。说着说着,她嘴角泛上了一抹讥讽的笑意:

"亲朋好友知道我打算到丛林来长期生活后,都认为我疯了。可是,坦白地说,以目前南非大城暴力处处泛滥的情况来说,丛林反而变成了一个极安全的地方。"说到这儿,她嘴边那抹讥讽的笑意忽然转成了一抹牵动人心的温柔,"你知道吗?有一回,我早上醒来,在橙红色的晨曦里,赫然看到七头巨狮在我所留宿的木舍外打转。它们那种相依相偎的亲昵,使我看到了禽兽性子极祥和的另一面。我与它们,隔窗相望,有一种圆融和谐的感觉在静静地交流。你且想想,倘若当时出现在窗外的是七个暴徒而不是七头狮子,现在,我还能活着与你坐在这儿舒舒服服地谈天说地吗?"

当然不能。

我们在一番唏嘘感叹里结束了谈天。

稍稍歇息,又乘车漫游丛林。

在小路上,我们见到了丛林中的"窈窕淑女"——秀里秀气的长颈鹿。

细细数了数,总共九只,娉娉婷婷地在散步,怡然自得地展现身上绚烂的斑点。它们不期而然地让我联想起在天桥上以猫步表现千姿百态的模特儿。

在草原上,我们看到了一大群斑马以矫健的姿态傲气十足地飞奔着,身上一圈一圈的黑色线条幻成了一堆一堆令人眼花缭乱的线条。

还有哪,散布四处而生气勃勃的犀牛、水牛、大象、羚羊、小鹿等等,全都各具魅力。

正目不暇接地看得不亦乐乎时,蓦然听到科尔以兴奋的声音喊道:

"啊,豹!"

话声甫落,我便看到一头全身布满圆形斑点的大花豹,以快如闪电的速度一掠而过。科尔发足马力,朝大花豹消失的方向追踪而去。车子驶入草丛里,前进、倒退、右转、左弯;撞倒小树、辗过荆棘;飞越泥坑、横越溪水;灵敏、快捷、狠辣、果断。

然而,那豹,竟在电光石火间消失无踪。

科尔颓然放弃追寻豹踪,他将车子的速度放慢,说:

"对不起啦,追不上,功亏一篑!花豹性子害羞,通常喜欢躲在丛林深处,很少露面,好不容易看到一头,却让它给摆脱了,唉!"

我疑惑地问:

"你刚才发足狠劲来追它,如果让你追上了,难道不会触怒它吗?"

"一般而言,花豹单独行动时,侵袭性不强,然而,如果有小豹在身畔,便变得危险性极强了,因为豹子不但行动快捷,而且会爬树,又力大无穷。我曾亲眼看过一头大花豹把一只重达五六十公斤的非洲大羚羊衔在口里,拖上树去吃!"

返回木舍,享用了一餐极为丰盛的晚餐后,美美地睡了一觉。

翌日,被凌晨4时的鼓声唤醒,翘首窗外,但见纤细玲珑的雨丝漫天飞舞,心境一下子便浪漫起来了。

科尔驾着车子带我们回去昨天与狮子相遇的地点查看狮子是否还在原地。根据他的经验,狮子捕杀了猎物之后,如果一天之内吃不完,它们会待在同一个地点,一直到把猎物吃完为止。有一回,狮子捕杀了一头水牛,一连吃了三天。在那三天里,科尔带游客到同一个地点,都看到它们守在猎物之旁。

到了那地方,狮子踪迹全无,却见骨骸散了一地。非洲大羚羊那遗恨人间的头颅,绵软无力地躺在草地上,眼窝空空的,眼珠子也被吃掉了。一只黑背豺正津津有味地在吞食残留在腿骨上的肉,另外一只鬣狗则不遗余力地在啃食骨头。黑背豺和鬣狗,是一对好搭档,老是把狮子留下的"剩余物质"清理得干干净净,完完全全符合环保的大原则。

科尔跳下车去,蹲在地上,翻来覆去地检查散在地上的骨骸,半响,抬起头来,望着蹲在一旁的我,说:

"有很多细细的骨骼,足以证明这非洲大羚羊怀孕了,而且,已经接近临盆了。也许,正因为它大腹便便,行动不便,才会成为狮子的猎物!"

物竞天择,适者生存。

毛毛细雨,在逐渐发亮的曙色里,变成了一支一支细细的箭,很淡很淡的金色,没头没脑地落了我一脸一身。

啊,"弱肉强食"的悲剧,在非洲深不可测的丛林里,无日不有地上演着。

在人类的世界中,像这样的悲剧,不也日日持续不断地上演着吗?

此刻,蹲在南非幽深的丛林里,看着非洲大羚羊那个断裂了的、死不瞑目的大头颅,我的心,蓦地升起了一股非常非常悲凉的感觉……

犯罪的渊薮

关于南非的索韦托（Soweto），旅游册子是这样介绍的：

"这个地方，是吸毒和暴力的犯罪渊薮，处处充满了令人战栗的敌意。"

那天早上，我们走进旅游促进局，摊开地图，询问到索韦托去的路线。

那位职员，一脸错愕地问道：

"什么？你们想到索韦托去？"

我们一点头，她便用一种"绝无戏言"的语调说道：

"你们的车子一弯进去，我恐怕下一辈子才能与你们再见了！"

她的表情和语气，使我们不敢掉以轻心，乖乖地听从劝告，找了个导游，由一个熟悉路况的司机驾了一辆面包车，郑重其事地进入这个坐落于南非大城约翰内斯堡的黑人聚居区索韦托。

黑人导游达坡表示，索韦托黑人聚居处最初形成于1932年，住在这儿的，总共有九个部族的黑人。根据官方的统计数字，索韦托人口400万，然而，如果加上有增无减的流动人口，聚居在这儿的人，恐怕多达700万。由于人口数目庞大，区内总共设有约140所小学、134所中学、25所高中，还有一所大学和一所教育学院。索韦托的医院，是全非洲规模最大的，共有6000个床位，每年平均出生于此医院的婴儿多达3万名。为了方便居民出入，有一万辆小型的公共汽车每日穿行于全区。

在索韦托黑人聚居区里，住屋的类型，因居民收入的不同而有霄壤之别。富人区的房屋，宽敞而美丽，一幢幢洋楼，设计雅致，花木扶疏。中等入息者，住在一排一排红瓦屋顶的砖砌牢固房屋里，据说这些屋子很多都是向政府贷款买下的。

车子行经这些外观整洁的住宅区之后，慢慢地，进入了索韦托的贫民窟。

一看，差点昏厥过去。

真是一个糟透了的世界。

全都是锌板屋，以最简陋的方式搭成，一间间四四方方的，好似一个个全无生命力的小木匣，毫无规格、歪歪斜斜地立在邋邋遢遢的泥地上。为防大风把薄薄的锌片屋顶掀掉，居民都因陋就简地在上面压些沉沉的石块。屋子的密度极高，一间又一间，绵延数里，挤挤逼逼、大气难喘地挨在一块儿。屋子之间狭小已极的通道，堆满了垃圾，苍蝇飞绕，臭气熏天。

导游达坡指出，在索韦托，总共有九个类似这样的贫民窟。这些贫民窟，没有电力与水源的供应，政府每天以水车将水运载给他们；夜晚一来，整个地方，便陷入伸手不见五指的恐怖黑暗中。

南非的失业率高达40％，许多聚居于索韦托的贫民，没有受教育的机会，又找不到工作。长期在饥饿与贫苦线上挣扎的结果是，他们豁出性命，铤而走险，或扒或偷或抢，或持械作案或非法贩毒。使情况更为恶化的原因是，许多寄居于此的流动人口，在约翰内斯堡找不到工作，又回不去原来的地方，便只能发狠地以非法的手段来维持生活了。最最可怕的是，许多人都拥有枪械，所以，动辄拔枪杀人，使索韦托贫民窟成了一个令人闻名丧胆的地方。

达坡以半戏谑半认真的口气说道：

"索韦托贫民窟的居民，拥车率极高，马赛地（即奔驰车）和宝马这些豪华车，比比皆是。至于汽车的来源嘛，你们随便想想，便知道答案了。"

当我们的车子行经一个围着铁丝网的地方时，达坡连忙指着停在空地上那几百辆汽车，说：

"看看看！这些，就是最近警员从索韦托起回的失窃车子，总数有四百多辆哪！至于那些没有被起回而迅速被转售的，数目肯定更大了！"

被指为"犯罪渊薮"的索韦托贫民窟，是个"暗藏杀机"的地方。任何人，尤其是身揣盘缠的游客，在没有识途老马带路的情况下闯入这儿，便等于是把羔羊送入虎口，有去没回。

令人觉得难以置信的是，分散于索韦托的9个贫民窟，每一个面积都大得惊人，一眼望过去，迤迤逦逦的，根本看不到尽头。那种凌乱不已而又龌龊不堪的情景，那种挤迫已极而又简陋至死的居住环境，令人看了着实心重如铅。它们全都无声地揭示了同一个事实：对于这儿的居民来说，昨天、今天和明天，都同样是黑暗的、痛苦的、没有希望的。

离开索韦托之前，我们的车子转入了贫民窟一个小小的市集里。瘦瘦的贫民妇女，养出了肥肥的母鸡；母鸡静静地立在笼子里,她快乐地守在笼子前,犹如守着一个金黄色的梦。疲倦的中年妇女,在沙飞尘扬的泥地上铺了塑胶布,上面堆着死气沉沉的旧衣裳;没有顾客,她意兴阑珊地敞开胸前的衣服,饥肠辘辘的小婴儿急切地吮吸她那也许并不丰盈的乳汁。卖杂物的小伙子,将零零星星的物品摆满一地,扭开收音机,在震耳欲聋的非洲音乐里,扭腰摆臀,自我寻找廉价的快乐。还有,经营肉摊的中年汉子,无聊而又无奈地看着一群一群的苍蝇大胆而贪婪地叮食摊子上的猪肉、猪肝……

　　车子离开了索韦托,朝约翰内斯堡的市中心驶去,仅仅15公里,眼前便出现了截然不同的景象:宽敞平坦的公路、矗天而立的建筑、气派豪华的旅馆、纸醉金迷的夜总会等等。在这里,衣着时髦的绅士淑女,挥金如土,不知今夕是何夕……

刚柔并蓄重传统

一踏入坐落于南非东北部这个祖鲁族村庄里,我便闻到玉蜀黍那股含蓄自重的香味儿。一位豆蔻年华的少女,赤裸着上身,自在而又自豪地露着一双坚挺的乳房,拿着一根粗粗长长的木质勺子,正起劲地搅动着锅里的食物。那一口沉重的大黑锅,快快乐乐地坐在一堆旺盛地燃烧着的薪柴上。她所烹煮的,是祖鲁族每日不可或缺的玉米糊。细如白雪的玉蜀黍粉,在锅里翻滚呻吟时,喷出了一蓬一蓬白烟,溢出了一团一团香味。

南非的原始部族很多,生活习俗也大异其趣,其中祖鲁族是南非境内最大的黑人民族。过去,祖鲁族的生活接触面极窄,到了19世纪末,受西方影响的祖鲁人才日渐增多。迄今为止,许多接受现代新式教育的祖鲁人,生活方式已经完全城市化了。然而,在南非偏远的地区,住在原始村庄里的祖鲁人,却还是保留着原来的传统习俗和宗教信仰。

像我所置身的这个村庄,祖鲁族所住的屋子,便是由树干和茅草扎成的,呈现可爱的半圆形。弯身从低矮的门洞钻进去,散发着腥味和霉味的泥地上,铺着薄薄的草席,席子上,搁着硬硬的木枕。虽然这种屋子外表看起来简陋不堪,可它具有"夏凉冬暖、防水防晒"的大特色呢!一般而言,茅草每隔3年必须更换一次,可是,树干却可以用上整整15年。

祖鲁族盛行一夫多妻制,过去,男婚女嫁靠的是媒妁之言,现在呢,却盛行自由恋爱。男女双方邂逅后,如果"落花有意而流水有情",女的便会回家做一串项链,项链所用的珠子越多,表示爱意越深;男的接到项链而将它挂在颈上,就意味着双方已共浴爱河。这时,双方家长便紧锣密鼓地共同协商聘金数目的多寡了。

在现代化的都市里,聘金的"行情"是1000～3000兰德(约合新币400～1200元);然而,在原始村庄里,往往是以牛只代替现金,决定牛只多寡的因素很多,一般是7～14头。有趣的是,祖鲁族喜欢"杨贵妃型"的女性,所以,女人越胖就越值钱。如果沈殿霞生长在南非,哇,她的聘金一定是个天文数字。为求符合"以胖为贵"的审美标准,祖鲁族女孩每天都喝大量的酸奶,此外,她们也特别喜欢将糖和奶掺入磨成粉末状的玉米一起吃。

只要经济许可,祖鲁男子可以娶妻无数;各房妻室,往往可以"和平相处",她们各自住在不同的茅屋里面,各自养育自己的孩子,丈夫则在夜晚轮流"宠幸"她们。

按照祖鲁族的风俗,未婚少女都是赤裸着上身的,颈间围着五颜六色的珠串。由于毫无节制地放纵自己于淀粉质和油脂性食品中,她们多数长着一双豪乳。有些少女,年仅十四,乳房便惊人地肥硕丰满,像两只踌躇满志的"海底椰"。祖鲁族女性一旦结婚,便不能对人"坦诚相见"了,她们必须"闭关自守",穿上以大块布料缠绕而成的上衣和以羊皮制成的裙子。

祖鲁族女性精于手艺,少女出嫁之前,必须向家中长辈学习各种各样的手艺,包括编织草席、纺织衣服、铸造陶钵、串缀珠链等等。除此以外，她们还得学习如何制造酸奶、如何酿酒。村中通晓英语的一名祖鲁族妇女告诉我，祖鲁族男性如果发现娶回来的妻子疏懒成性或是对家事和手艺一窍不通，可以要求休妻，并取回充作聘金的那些牛只。

那天，在婆娑的树影里，我看到一位慈眉善目的老妇人，坐在温煦的阳光下，教导几位年轻的女孩串珠成链。她教得尽心，女孩学得用心。阳光从树叶的缝隙落下来，恣意地在她们闪着健康光泽的身体上绘上各种不规则的图案，当她们双手在动时，图案也跟着跳跃，整个画面，动中有静而静中有动，美丽而又和谐，温馨而又温暖。祖鲁族的传统技艺，就在这种刻意传授的活动里，一代接一代，源源不断地传下去、传下去。

对于祖鲁族来说，巫医和占卜师，是他们生活中很重要的一部分。根据一项非正式的调查，住在城市里的祖鲁人，尽管有许多已经改信基督教，可是，依然有高达83%的祖鲁人相信祖先的灵魂能够战胜人类的病痛和苦难；巫医医治疾病时，通常会请占卜师从旁协助解释灵魂的意愿。在祖鲁村庄的一棵大树下，一名巫师，对着一缸浑浊的水，念念有词，当她搅动缸里的水时，激起了一堆又一堆白色的泡沫，有多种植物在缸里上上下下地浮浮沉沉。村中妇女告诉我，这是一钵"幸运水"，村中的祖鲁人如果碰上连连噩运，一定会来求巫师赐他一口水，据说喝了之后，可驱除霉运呢！

通过一项特别的安排，我在村庄里观赏了一场充满动态美感的祖鲁族传统舞蹈。拿着长矛与盾牌的祖鲁族男性，在激烈的大动作里，舞出了阳刚的"力之美"；而祖鲁族女性呢，又通过摇之不绝的乳波臀浪，舞出了阴性的"柔之美"。

阴阳相济、刚柔并蓄，这正好是祖鲁族日常生活的写照呢！

南非暴力的阴影

抵达南非大城约翰内斯堡的那天早上，太阳精神奕奕地发出耀眼的亮光。

我与日胜在飞机场办理租车手续，汽车出租行的职员一丝不苟地对我们说道：

"这里治安很差，记得，不论白天晚上，都得把车窗和车门关紧锁好。如果半路上有人强行要你们停车，千万不要停！还有，晚上8点过后，最好不要出门。"

这一番话，印证了我前些时候读过的一篇报道。

根据报道，约翰内斯堡已变成了世界上劫车率最高的一个国家，单以1995年前六个月来说，已发生了超过3800起劫车案。劫车者当中，80%拥有枪械。

他们常常在交通灯前作案，红灯一亮、车子一停，他们便拔出手枪，喝令对方下车。

我们在加拿大认识的一名南非商人，1989年便是在约翰内斯堡的闹市里丢了车子。他说："我刚在红灯前停下，车门便被猛力拉开了，接着，四把手枪从不同的方向指向我头部，叫我滚开！"这名商人，忍受不了日益败坏的治安，前年移居到多伦多去了。

最近这几年，由于许多人买枪自卫，使情况更加恶化，作案者为了自保安全，往往在看中目标之后，一言不发，拔枪便射。

光天化日 寸步难移

这天早上,离开机场,驾着车子,在铺设得极其宽敞的公路上行驶着,看到公路两旁耸天而立的豪华建筑,作为旅者的我,居然心重如铅。尽管车窗关紧了、车门锁好了,可是,依然忐忑不安。南非暴力的阴影,在抵境后的第一天,便好似一张黑色的网,密密地笼罩着我。

下榻于旅馆后,我们打算到附近的史玛街徒步购物中心(Small Street Mall)去逛逛。然而,没有想到,当我们拿着地图向柜台的职员询问方向时,他竟严肃地对我们说道:

"那地方,太危险了,最好别去。"

危险?我差点尖叫出声。现在,是早上9点多,光天化日,居然寸步难移?

我们不相信这个近乎"杯弓蛇影"的警告,坚持去逛。然而,事实证明,这人不是"无的放矢"的。

这个面积极大、占据着好几条街的"徒步购物中心",处处散布穿着绿色制服的警察。令人难以置信的是,一看到拿着相机和地图的我们,这些警察便善意地劝我们不要到此来逛。勉强地逛了三条街,来到第四条街的路口时,两名警察执意挡住了我们,说:"不能再过去了,那边没有警员站岗,游客安全不保。"事后才知悉,这些手执对话机而袋插手枪的特种警察,是南非政府为了保护游客而特设于各大城市的。

我们意兴阑珊地返回旅馆,找了个黑人导游,到南非最大的黑人聚居处索韦托去,逛了三个多小时。

之后，驾了车子，找了间中餐馆用膳。

和餐馆的老板谈起当地的治安问题，他感慨万千地说：

"与治安极坏的巴西大城里约热内卢相比，约翰内斯堡的情况坏上百倍。在巴西，敢明目张胆地在闹市里作案的歹徒不多，白天游客可以自由地走动。可是，在这里，歹徒无法无天，不论何时何地，一看到有利可图，十多个人便围上来，手上都拿着枪，许多时候，先开枪，后洗劫，弄得人心惶惶。不久前，有个极负盛名的华籍耳鼻喉专科医生，在停车场胸部连中四枪，当场气绝身亡。歹徒开枪杀他，目的只为了要劫走他的宝马豪华轿车！"

正谈着时，外面忽然响起了刺耳的车笛声、嘈杂声，扑到窗口处看，哟，长长的一条街，满满的都是当地用以充作计程车的小型面包车，车身上围着写满标语的布条，各个以鲜红的大字写着：

"停止暴力！我们已经受够了！"

"我们活在恐惧和痛苦中，请救救我们！"

"流不完的鲜血，流不完的眼泪！"

等等，等等。

刻意按响的车笛此起彼落，警车从远处驶来，街上的店铺，一间接一间，纷纷关门、锁门，整条街的交通，陷入瘫痪。

餐馆老板重重地叹着气，说：

"劫车事件层出不穷，许多计程车司机无辜被杀，所以，他们游行示威！"

说着，他把当天的报纸递来给我。根据新闻报道，几名歹徒入屋行窃，开枪把屋主一家子杀死，然后，翻箱倒柜，大事洗劫，东西太多了，拿不完，于是，走出屋外，招来计程车，杀了司机，取了车子，满载财物，扬长而去。

"几年前，南非废除了死刑，歹徒作案时，更是无所畏惧了。"餐馆老板说，"以前，驾车到别的城市去，我常常让陌生人乘坐顺风车，现在，这样做就等于是自寻死路！你知道吗？我连停车向路边摊贩买水果也不敢！"

在南非旅行期间，翻阅当地报纸、收听广播、收看电视，无时无处不在谈治安与暴力的问题。然而，谈归谈，南非各地，依然日日有人死于歹徒的枪械之下。暴力的阴影，已经惨惨地笼罩了这个风光绮丽的非洲大国。

当地人根据暴力事故发生的频率为南非几个大城进行排名。在"排名榜"上，最不安全的城市是约翰内斯堡，其次是东南部的德班，再次是西南部的开普敦。

大难临头 分秒必争

德班（Durban）是面向印度洋的沿海城市，18世纪，英国人来此殖民，大批的印度人也到此大量种植甘蔗。目前，德班已发展为南非第三大城市了。

德班有不少华人，我与德班中华公会的会长黄世杰先生取得联系，一谈及治安问题，他便皱着眉头说：

"坏透了。不久前，一批旅客由台湾到此观光，晚上，七位男性团员结伴到海边散步，结果，被十多名歹徒围攻，不但财物尽失，有些团员还被刺伤了。"

许多人买枪自卫。一位由香港移居于此的商人，便将他身上的手枪掏出来给我看，让我惊骇莫名的是，这把手

枪,是上了膛的,随时一按,便可发射。他说:

"大难临头时,分秒必争啊!"

德班另一位从事教育工作的居民,则以一种听天由命的语调告诉我:

"我不买枪。你想想,带枪在身上,是为了自卫,但是现在,很多歹徒都以子弹来取代对话,一碰上,便在近距离发射,我如果带着枪,不但派不上用场,还在丧命之后,白白奉送他一把枪,助纣为虐哪!"

那天下午,我与日胜到充满东方色彩的维多利亚街市场去逛。这里的商店,多由印度人开设,售卖玉石、香料、布匹和铜雕木塑的种种手工艺品,顾客络绎不绝,十分热闹。

我们在一家玉石店里选购一种称为"非洲老虎眼"的玉石项链,正选得入神时,忽然店外传来一阵杂乱的脚步声和粗暴的呼喝声,店东厌恶地说:

"又是该死的扒手!"

我随同店员跑到门口去看,扒手已被逮着了,上了手铐;警察在后面用粗大的鞭子狠狠地抽打他,斑红的血迹,从他污黄龌龊的背心里渗透出来。

在维多利亚街市场,仅仅逗留了一个多小时,居然亲眼看见三起扒手被逮的事件!唉,在这个盗贼如毛的地方,偷、扒、抢,犹如家常便饭,无时不有。

我在南非最恐怖的一次经历,发生于1995年12月2日,地点是在金伯利(Kimberley)。

金伯利是南非中部城市,也是举世闻名的钻石开采与加工中心。那天,参观了钻石博物馆后,我们到市中心的一家小酒铺喝啤酒。出来时,薄薄的暮色正慢慢地扩散着。我们走向停在路边的车,然而,还没走几步,便看到一名黑人在街上发狂地奔跑着,追在后面的,是一名持枪的警察。原以为金伯利是个安全的城市,看来情况也不妙。我们快步朝车子走去,一上车,便锁紧车门。车子由大街转入一条巷子,日胜猛然来了个紧急刹车,我向前一看,倒抽一口冷气,惊得头皮发麻。巷子里,有个黑人中枪倒毙在那儿,脑袋子开了花,血肉模糊,鲜血满地。日胜一言不发,冷静地迅速地把车子倒退出去,沿大路飞驰而去。现在,每每回想起当时的情景,还是满心发颤!

离开南非的前夕,坐在开普敦依山面水而建的维多利亚码头,看着眼前那犹如人间仙境的水光山色,耳畔便不由得浮起了那位南非移民的话:

"我生于斯、长于斯,热爱这儿的一切,可是现在,我却得为了安全的问题而远走他乡,我心情的沉痛,没有任何语言可以形容。"

佛塔佛寺 千姿百态

凌晨5点。

整个大地,黑漆漆、静悄悄。

我坐在塔宾友佛庙①(That Byin Nyu Temple)高高的石阶上,托着腮,等。

约莫等了一盏茶工夫,大地以一种极其悠闲的方式慢慢地苏醒了……

首先传来的,是嘤嘤鸟鸣、汪汪狗吠、嗒嗒马蹄、喔喔鸡啼;接着,妇女细碎的絮聒、孩子清脆的呼喊、老人浑浊的咳嗽,一声又一声,由模糊而清晰。

6点整,清越的钟声,悠悠响起。

瑰丽的霞光,从地平线一点一点地渗出、泌出,大地轮廓逐渐显现;很快地,霞光转化为猛烈的火炬,熊熊地燃烧着,越烧越炽,把大片大片沉重墨黑的夜色毫不留情地烧掉了。偌大的天空,转蓝、转白、转亮;这时,仪态万千的太阳,冉冉现身,把眼前如画的实景清清楚楚地映现出来。浓密的树影,好似绿色的浮云,一团一团幽幽地浮在半空中;树下、树畔,许许多多染着岁月沧桑的古老遗迹,不畏风雨,傲然屹于纵横交错的马路上,马路两边,就是寻常百姓家。古老与现代、死亡与新生,就这样奇妙无比而又契合无间地在缅甸的

---

① 又译他冰瑜塔、达宾纽寺等。

千年古城蒲甘（Bagan）里相互交织。

蒲甘位于缅甸中部伊洛瓦底江畔。资料显示，过去共有 4000 多个历史古迹，然而，其中有许多被无情的战火和可怕的地震烧毁、震塌了；如今，散布于蒲甘而保持良好风貌的古迹，共有 2217 个。古迹当中，以佛塔和佛庙居多；而高达 61 米的塔宾友佛庙，就是蒲甘最高的一所庙宇。

现在，坐在塔宾友佛庙宇顶层的石阶上，朝远处眺望，建筑形式各个不同的佛塔，尽收眼底：圆锥顶的、三角顶的、小圆顶的、螺旋顶的；砖砌的、石筑的、镀金的；千姿百态，美不胜收。

我痴痴地看着，不愿离去。良久，日胜才碰了碰我的手肘，说道：

"走吧，还得到丁维的村庄去呢！"

缅人丁维　志当医生

丁维是我昨天才认识的缅甸朋友——我是在蒲甘那所闻名遐迩的曼奴哈佛庙（Manuha Temple，又译马努哈寺）邂逅他的。这间佛庙，安置了四尊佛像（三尊坐的、一尊卧的）。这四尊佛像，各置一室，体积全都惊人地大，偏那室面积不大，因此，这高达数米的佛像，便有一种"被囚于室"的局促感。更令人觉得怪异的是，佛陀的脸上，并没有惯见的那种恬然安详的表情，相反，他们双眉紧蹙，似有无限忧思。

"曼奴哈佛庙建于公元 1059 年，当时，缅甸南部的蒙皇战败被俘而软禁于蒲甘。稍后，他提出建庙的要求，被批准后,他变卖了所有的珠宝建成此庙。通过这所庙宇的建筑形式和佛像的安置实况,他强烈地表达了自己被掳后在身体和心理上饱受压抑的痛苦。"

在我抬头仰望那高高在上的佛陀塑像时,旁边的一名少年以流畅的英语娓娓地向我解说;之后,还自告奋勇地领我沿着窄窄的梯级,来到顶层,指着一个特设的小窗口,说:

"瞧。"

我一瞧,竟呆住了。

从那小小的窗口里,清清楚楚地看到了那四尊佛像;刚才我站在下方向上仰望,觉得它们愁眉不展,然而,现在,站在平行直线的方位来看它们,却发现它们双眉舒展地露着恬然的微笑。

"这是我们缅甸雕刻师出神入化的好技艺呢!"

这位名字唤作"丁维"的少年,扬扬得意地对我说。

那天天气很好,整个天空都是蔚蓝色的,一朵朵白色的云,毫无心机地浮在天际,稀稀的、淡淡的、薄薄的,好似风一来,便会虚飘飘地落下地来。

我坐在佛庙的平台上,和毛遂自荐当导游的丁维谈天。

丁维极瘦,尖尖的下巴,好似一把锐利的锥子。和他脸型极不相配的,是眸子。那么一双圆而大的眸子,安置在小小的脸上,眼珠又老是灵活地转动着,使人不由自主地想起机警的灵犬。

现年19岁的丁维,聊起蒲甘的历史,如数家珍。他目前肄业于中学,利用闲暇当导游以赚取明年上大学的费用。问他准备念什么,他毫不犹豫地应道:"医科。"

我笑问:"在缅甸,当医生收入不错吧?"

他正色地应道:"我住的那个村子,很贫穷。有一位村民,当了医生,开了一间诊疗所,大家都以他为荣。可是,不久,他迁出了村子,村人扶老携幼去看病,他诊金照样定得很高,弄得大家有病都不敢上门求诊了。医者缺乏父母心,就算有回春妙手也没用啊!"

"是,是,是。"我点头附和,"以后你当了医生,就该好好地为村民服务,不论贫富,一视同仁。"

"不,不,不。"他飞快地应,"我绝不一视同仁,我要劫富济贫。"

话一说完,两人齐齐大笑。

他约我到他的村庄去看看,然而,当时有事,未能随他返回村庄。

约好次日再见。

乳黄树液 女性恩物

这天早晨,在塔宾友佛庙观赏过动人心弦的日出美景后,我和日胜便坐了人力车,来到了丁维居住的村庄敏卡葩村(Myin Ka Par Village)。

敏卡葩村的屋子,就和缅甸其他大部分地方一样,以茅草为屋顶,以竹筒、竹竿为屋梁、柱子,因陋就简,通风阴凉。

丁维正蹲在靠近大门处,手里拿着一小段6寸来长、看似枯了的小树干,在一个圆形平面的传统石磨上,专心致志地磨呀磨的,磨得不亦乐乎。

"丁维！"

他抬起头来，看到我们，大大的眸子立刻焕发出快乐的亮光：

"欢迎，欢迎！"

我蹲了下来，看他手中的东西，以及石磨里那些乳黄色的汁液，狐疑地问：

"你在干什么呀？"

"闲着没事，替我母亲和妹妹研磨香粉液。"他笑嘻嘻地应道。

"啊！"我惊呼一声，指了指他手中的东西，兴奋地问，"你拿着的，可就是坦娜卡①树（Thanaka）的树干？"

"正是。"

他把那一小截树干递给我，我如获至宝，接了过来，细细端详。粗糙的树皮，呈现淡淡的褐色，乍一看，有点像放大了很多很多倍的中药当归。凑近鼻端闻，一点气味也没有。

"必须掺和水一起磨了，香味才出。"

丁维说着，用手沾了沾石磨上乳黄色的液体，涂在我手背上。我闻了闻，果然有一股极其清新的香味儿从那乳黄色的液体中幽幽地散发出来，而一种清凉透顶的感觉，也迅速地在手背上蔓延开来。

自从踏入缅甸境内，我便注意到一个有趣的现象：缅甸女性，不论老幼美丑，不管已婚未婚，一律都在脸上涂抹着一种乳黄色的水粉。不讲究的，让这好像颜彩一般的

---

① 又译檀娜卡、特纳卡，是缅甸妇女喜爱的传统化妆品，用黄香楝树的枝、干等纯天然材料加水研磨而成，具有清凉、止痒、防止蚊虫叮咬等作用。作者可能将其误以为树名。

水粉毫不规则地散在脸颊各处,这里一片,那里一片,狼藉不堪。讲究的呢,却利用这水粉在双颊精雕细琢地绘制图案,有人画两片脉络分明的叶子,有人绘两只振翅欲飞的小蝴蝶,等等。

多年以来,缅甸闭关自守,加上经济发展落后,女性的化妆品在这儿成了"绝缘体"。天生爱俏的女子,只好在能力所及的范围里"自求多福",坦娜卡因此成了缅甸女性的恩物。家家户户都用它,而且都采取现磨现用的方式——每天清晨起来后,便花上十来分钟把坦娜卡树[①]的树皮和水研磨成汁,然后涂在脸上,充当防晒膏;每晚临睡前也磨一些当作润肤液来涂。缅甸人深信坦娜卡树液能防止暗疮、粉刺,保持皮肤的嫩滑细致。

丁维领我去看种在他家附近的坦娜卡树。才种了三个多月,树干瘦瘦的、直直的;叶子细细的,五片成一簇,脉络极淡。

"坦娜卡树不喜雨水,只能种植在缅甸中部的干燥区。"丁维抚着这棵被缅甸人视为"国宝"的坦娜卡树,说,"我们必须耐心地等它长到10岁,才可以砍用。一般来说,树干越粗、树皮越厚,磨出来的粉液,质地越好,香味也越浓。"

坦娜卡树每年到了二三月,便开出满树美丽的白花,女子采了,戴在鬓发间,走在街上,别具风采。坦娜卡树长大了以后,以它的树皮,美化女子的皮肤;老了之后,缅甸人又将它的树根挖出,以树根磨成的浓液来治疗痛风症。坦娜卡树对于缅甸人来说,真可谓"鞠躬尽瘁,死而

[①] 此处应为香楝树。下同。

后已"。

"曾有人把磨好的树液置入方形的模子里，制成块状的香粉，想利用它打进市场，可惜不受欢迎。"丁维说，"分析起来，主要的原因是缅甸生活步伐缓慢悠闲，人们都没有节省时间这个概念。她们嫌那些制成品不够新鲜，宁可买一段段的树干回去，逐日磨、逐日用！"

在市面上出售的，有树干，也有树茎。扎成一捆捆，每公斤售价约莫是缅甸币500元（约合5美元），买一捆，可以用上好多个月。

精巧手艺 呕心沥血

缅甸经济发展落后，工资低廉，反而使许多必须耗费长时间制作的传统手工艺品得以很好地保存下来。

以蒲甘为例，这儿的许多居民以制造漆器为生。有一部介绍缅甸的书，在提及蒲甘时，甚至有这样的几句话：

"漆器是缅甸最为精巧的手工艺品，在蒲甘，10户居民当中，有9户都是从事这种手艺制作的。"

丁维的堂兄邬巴因，便是以制造漆器维持生计的。那天早上，随着丁维徒步到邬巴因的居处时，邬巴因正藏身在深约3米的地窖里，验视他放置在那儿固化干燥的漆器。

邬巴因是个极有耐心的人，他不会说英语，却不厌其烦地将漆器的整个制作过程一项一项地以缅甸语解释得清清楚楚，再通过热心的丁维翻译给我听。我尾随着他们俩，听、看。听着时，啧啧惊叹；看着时，心醉神迷。这种色彩斑斓的手工艺品，可真是缅甸人呕心沥血的杰作哪！

漆树原产于中国，6世纪时移植日本，后来，再由日本移植到缅甸。漆树种下后，约10年树龄才可以割取树液，割出的树液便是生漆了。生漆呈乳白色，与空气接触后，由乳白色转成黄褐色，再变为棕黑色。

在缅甸，制作漆器的胎，共有三种：木、藤和马尾。

制作的过程，惊人的繁复而又吓人的琐碎。

邬巴因先以原料制作模型，在模型上髹一层浓黑的漆，然后，放在地窖的支架上，让它固化干燥。一个星期后，取出，用砂纸来磨，使之平滑，然后，将用水牛骨头所烧成的灰烬与生漆混合，均匀地涂在模型的表层与内层，又放在地窖一个星期，让它自然固化。固化以后，用碎石和水，将模型的内内外外磨得光光滑滑的，再上一次生漆。接着，重复7次同样的制作程序。上漆、磨平、固化，每道程序，耗时10天。上漆7层，是最基本的要求；好的漆器，上漆多达15层。这时，整个模型漆黑发亮，绘上各式图案，再以幼针或小刀精雕细琢。雕毕，利用红石研磨成粉，把整个模型染红。放入地窖，15日后，用米糠拌和着水，涮洗模型，清洗过后，雕好的图案清晰可见。这时的图案，是清一色的红。若要加入其他的色素，便得在模型上加涂一层透明的黏胶，再按照刚才那种染色的程序从头再做一次。一般，漆器共有四种色素：红、绿、黄、橙。而每上一道色，便得放置15天，让它固化。正因为这样，单色者最便宜，色素越多，价格越高。上色的程序完成后，再涂一层晶晶发亮的釉彩，便大功告成了。

由于漆器制作工序多而细，小件者如杯子碗碟，每件的制作时间长达7个月；大件者如矮几、凳子，每件的制作时间长达 2 年。

马尾漆器 人间绝品

我看着整整齐齐地摆在邬巴因屋子里那一件件精致华美的漆器，简直有一种入了宝山而不知何所适从的感觉。大件的固然想买，小件的更想占为己有。洞悉了我心意的邬巴因，微笑地看着我。半晌，踮起脚，从橱子最高一层取下一只杯子，递给我。一接过手，便发现这漆器奇特无比。它极其柔软，双手一压，形状便变，然而，双手一放，立刻又恢复原状，更奇的是，拿在手上，轻若无物。小小一个杯子，竟刻了 11 个身穿传统服装的缅甸女人，姿态各异，栩栩如生，有一种无声的喧哗，特别地牵动人心。

正看得入神，冷不防邬巴因将手中夹着的香烟猛地捺在杯子上，我还来不及惊喊，便看到那原本冒着红色火光的烟头"嗤"的一声，熄掉了。邬巴因脸上露着诡谲的笑容，让我把杯子放在桌上。他取出了打火机，"唰"地打着了，用火去烧杯子上那几个美女，但见晃动的火舌汹汹地舔着美女的脸，可是，美女依然纹丝不动，甜甜地微笑。接着，他取出滚烫的水，倒在杯子里，而杯子呢，风度极佳地保持原形。邬巴因脸上的笑容更加得意了。

"这是漆器的上品，内胎是马尾。"丁维以自豪的语气说道，"以马尾制成的漆器，有三个特色：烧不坏、烫不坏、丢不坏。"

"哪儿找来的马尾呢？"

"我老爹是赶马车的，家里长年养着一匹马。每年春天,当马尾长至 20 寸(66 厘米)时,我老爹便忍痛把它长长的马尾剪下来,交给我堂兄,做漆器。"

"一条马尾,可以做几个漆器?"

"像这样的杯子,只能做 20 个。卖完以后,必须等来年春天,马尾长到理想的长度时,剪下来再做。"

听着,听着,握在我手上的这个杯子,好似有了一种悸动的生命力。耳畔隐隐地响起了马蹄声,啊,骏马在奔驰,丰厚漂亮的马尾在风中神气地飞扬,11 个美女共乘一匹马,个个笑得花枝乱颤。骏马跑呀跑的,竟跑进我的心扉里去了。

我心跳如鼓地问:"这杯子,多少钱?"

邬巴因气定神闲地应道:"我不打算卖。"

我站了起来,气急地问:"不卖?为什么不卖?"

邬巴因又踮起脚,把压在橱里的一封信拈出来。

信封上贴着荷兰的邮票,我抽出信,匆匆扫读了一遍。这是一名荷兰游客的来信,信中除了感谢邬巴因在他到访蒲甘时对他热情的款待外,也表达了他对马尾漆器强烈的爱好,信末,他说:

"上回在蒲甘我向你买下的 5 个马尾漆器,全都分赠给亲朋好友了。这种凝聚了缅甸人多年心血与体现缅甸人高度智慧的艺术品,深深地震撼了他们。

"现在,邬巴因,我亲爱的朋友,我打算向你另外邮购 12 个,什么时候你做好了,请来信告诉我,我会立刻把汇票寄上的。"

丁维解释说:

"邬巴因今年做的 20 个马尾漆器,被这个荷兰人买去了 5 个。接着，又陆陆续续地卖掉了 13 个。上个星期，当我们接到这封信时，只剩下 4 个了，无法交货。现在，我爹的那匹马尾巴又不够长，不能剪。邬巴因打算把这 4 个杯子保留给他的荷兰朋友。"

我好生失望，不肯也不愿掩饰这种感觉，嘟嘟囔囔地说：

"那人已经有 5 个了，还要再买，可真贪心。我呢，一个也没有，也真倒霉！"

丁维转译了我的话，邬巴因笑了起来。两个人叽里呱啦地说了一阵子缅甸话后，丁维笑嘻嘻地对我说：

"邬巴因决定让出 2 个给你。"说毕，怕我贪心，还伸出两根手指，强调地说，"2 个，就只卖你 2 个。"

这杯，每只售价是缅甸币 1200 元（约合 12 美元）。

像马尾漆器这样一种独一无二的传统手工艺品，这样的售价，实在便宜得不像话。可是，对于长年挣扎于贫穷边缘的缅甸人来说，这却是一个贵得令人咋舌的价格。一般缅甸人，辛辛苦苦工作一整个月，薪水也只不过是缅甸币一千多元罢了！有些当苦力的，每月收入仅有寥寥的缅币 700 元！换言之，对于一般百姓来说，这只杯子，相当于他们一个月，甚至两个月的薪俸！（以木和藤为原料做成的漆器，同样大小的杯子，价格只相当于马尾漆器的 1/3。）

我个人感觉，马尾漆器这种密切结合了艺术美感和实用价值的古老手工艺品，不但是缅甸人心血与智慧的结晶，同时也是他们耐性与毅力的象征。

"慢工出细活"，闭关自守多年的缅甸，生活节奏缓慢，漆器这种耗时费事的传统手工艺品也得以很好地保存下来。然而现在,缅甸已逐步地向外界敞开了门户,许多外国投资者也蜂拥而入,在可以预见的将来,缅甸的经济发展会呈现出新的曙光和新的面貌,随之而来的,是生活观和价值观的更易。传统的手工艺品,势必走向没落之途。传统的道德观,也将面对巨大的挑战。

对于喜欢传统、尊重传统的缅甸人来说,这样的变化,究竟是幸呢,还是不幸?

谁能回答这个问题?谁能啊!

"舞榭歌台,风流总被雨打风吹去"。

蒲甘,这个拥有无数历史古迹的城市,曾经一度是缅甸盛极一时的宗教中心。现在,我却只能从斑斑驳驳的佛塔和佛寺来领略它当年的繁华热闹。然而,绚烂过尽的平淡,却并不是它最后的面目。

源源流经古城蒲甘的伊洛瓦底江,千百年来看尽缅甸的风雨春秋,现在,在缅甸新旧面貌交替的当儿,依然缓缓地、静静地,流着、流着。

他年重来,也许,一成不变的,就只剩下这条美丽的江河了。

爱手金

在土耳其的旧都伊斯坦布尔，我和外子日胜坐渡轮畅游波士勒海峡（又译博斯普鲁斯海峡）。望着海面上那犹如飞龙一般连接着欧亚两片大陆的海峡大桥，还有，远处那群鸽飞绕的古老清真寺，我深深地陶醉了。

这时，站在旁边的一名土耳其人开口了，说的是流畅的日本话。看到我一脸茫然，他立刻改用英语：

"你们是游客吧？哪儿来的？"

"新加坡。"我答，望着周围那美得令人眩晕的景致，我忍不住赞赏地说道，"伊斯坦布尔真是漂亮，漂亮得叫人难以置信！"

"的确是美。"对方以温和的语调应道，"曾经有人说，伊斯坦布尔是自然和艺术的结晶，也是天人的合作，它的精湛处，令人不敢逼视。我来这里谋生多年了，依然时时为它的美丽所震撼！"

觉得他谈吐文雅，我忍不住转过头去打量他。有三十多岁了，头发微微地卷曲着，额头很高，鼻子很陡，眉毛又浓又黑，大眼湛湛生光。由于整张脸都浸在柔和的笑影里，无形中化去目光里原有的锐气。

"到伊斯坦布尔谋生以前，你在哪儿生活呢？"我好奇地问道。

"哦，我的家乡在土耳其中南部的伊斯帕尔塔（Isparta），是个保守而贫困的小城。我是18岁那年离开家乡，只身来此的。"

"工作？"

"不，求学。我到伊斯坦布尔大学修读日文。"

土耳其人研读日文？我谈话的兴趣，全被引发了。

"为什么你不修读英文而选择日文呢？"

"哦，我一直很向往美丽的东方文化，我觉得语言就像桥梁，能够带我深入东方文化的领域。"他态度诚恳地说，"再说，在土耳其学习英文的机会很多，我的英文，便是全靠自修的。至于日文，懂得者却少若凤毛麟角，非得正式修课，才能学成。"

"修读的人多吗？"

"不能算多。"他摇头，"过去课程长达5年，3年学听和讲，2年学写和读，毕业出来者，在听、说、读、写四方面的能力和日本人全无差异。然而现在，由于修读者越来越少，课程已缩短为3年，毕业者程度已大不如前！"

"毕业后前景如何？"

"物以稀为贵。"他微笑，"前途不算坏。我目前在一家中学教日文，暑假时也当兼职导游。"

谈到这儿，船已靠岸。他指了指我手中的旅游指南，问道：

"你们现在打算上哪儿去？"

我翻开了手中的资料，告诉他：

"我们想上这家澡堂试试土耳其浴。"

他拿过去看了一下，便颦着眉，摇头说道：

"这是专为游客而设的，收费很高哪！沐浴一次大约要8000里拉，有时还要加收杂费。"

"许多本地人光顾的澡堂都很便宜。喏,我家附近就有一间设备很好的,才收 2000 里拉而已。"

我要求他把地址写给我,他沉吟了一会儿,才热心地说道:

"这样吧,明天一早,你们在伊斯坦布尔大学的品茗花园等我,我来带你们去。"

"你不必工作吗?"

"明天是开斋节,也是我们的公共假期。"他微笑地应道,"我总共有三天清闲的日子哩!"

我们在纸上交换了姓名。他在我的记事本子写下的,居然是六个中文字:乐间残·爱手金。这是根据他的土耳其名字音译的汉字哩!

次日,我和日胜一早便来到了附属在大学里的"品茗花园",翠绿的爬藤植物,潇潇洒洒地爬满了棚架,我们坐在阴凉的木棚下,慢慢地品茶。茶座不远处,有个佝偻的老人在卖鸽食,灰黑的鸽子,满天满地乱飞、乱跳,把清晨的宁静,击了个粉碎。

时间一点点地流走了,原本约好 9 点见面的,但是现在已经快 9 点半了,爱手金还是踪影全无。我有点不安,但是,想起那张敦厚的面孔,又觉得他不可能耍我们。

9 点 30 分,他终于气喘吁吁地跑来了。一坐下,便不停地道歉:

"对不起,对不起。昨晚织毛衣织得太迟了,早上闹钟响了也听不到。"

"织毛衣?"我微感诧异地望着眼前这个大男人。

"是的。"他毫不腼腆地应道,"编织毛衣是我的嗜好,也是我们土耳其人引以为荣的传统手艺。"

"嗳,"我忍俊不禁,"我一直以为编织手艺纯然是属于女性的。"

"哦,在土耳其,女性多数学习编织地毯,因为地毯手工细密,每一针,每一线,都要严密地结合,女人心思灵巧、十指灵活,编织地毯再好不过。"爱手金耐心地解释,"至于男性,多数喜欢学习机织毛衣,织衣机又粗又重,女性力道不足,难以推动!"

烟气袅袅的茶送上来了,爱手金呷了一口,润了润喉,又继续说道:

"在我的家乡伊斯帕尔塔,编织手艺非常盛行,许多家庭都靠此为生。我的手艺,就是父亲传授给我的。我织毛衣、织桌布、织床单、织地毯,什么都织。这是创造力的具体表现,也是土耳其人的灵魂!"他的语调里有掩抑不住的骄傲,"待会儿洗过了澡,你们可以到我家来看看呀!"

我们随着爱手金乘搭小型的公共汽车,穿越了繁忙的市区,来到了一个颇为拥挤的住宅区。砖砌的屋子,一间一间地依山而建,道路高低起伏而巷子又狭窄不堪,许多衣衫褴褛的孩子在追逐奔跑,踢球玩球;我们在吃力地走着的当儿,还要时时提防凌空飞来的大皮球。终于,爱手金停在一幢造型奇特的建筑前方,对我说:

"这里就是女性澡堂了,你留下来试土耳其浴;大约一小时后,我再来接你。"

说毕,又领着日胜到附近另一间男性澡堂去了。

一小时后,日胜来接我,问起爱手金,他说正在巷子里和孩子们玩球。来到巷口,果然看到他快活地和几个孩子在踢球,成串成串往下淌的汗珠,闪着晶莹的亮光,而灿烂的阳光,则在他笑得大大的嘴巴里晃动不已。

"你怎么不邀他同洗土耳其浴呢?"我问日胜。

"我邀了,他坚持不肯。"日胜答,"大概是不要我替他付账吧!他说他通常去的那间,设备较为简陋,只收300里拉而已!"

爱手金朝我们跑来,一边掏出手巾拭汗,一边问道:

"土耳其浴,感觉如何?"

"太好啦!"我和日胜异口同声地应道,"我们简直像脱胎换骨地变了一个人!"

由澡堂向左走大约5分钟,便来到了爱手金的家。严格地说,那并不算是正式的住所,只是建筑物底层的储藏室罢了。

也许是空气不流通的缘故,门一开,一股霉气便扑面而来。进门以后,潮湿而又阴暗,虽然是大白天,居然伸手不见五指。爱手金捻亮了电灯,我只瞄了屋子一眼,便差点惊叫出声:我的妈呀,这么脏、这么乱的居所,我还是头一遭看到哩!

地板上,东一块西一块地铺了六七张地毯。矮几上有喝了一半的茶,一把沾着甜品残渣的刀子,还有小半块爬着蚂蚁的糕饼。矮几下散放着二十多本相册,几卷未拍的菲林。房间的角落里,一架巨型的织布机,静静地立着,厚厚的时装杂志,叠得好似小山一般高,而织好了的毛衣呢,这里一件,那里一件,随意地搁着。房间中央的书桌,放着从世界各国寄来的信件、日文字典、英文字典、笔记本、奖牌等。书桌底下有个大纸箱,里面堆满了书籍。房间靠近大门的角落,有一张长桌,更是乱得不像话,煤气炉、杯子、盘子、汤匙、小刀、咖啡粉、茶叶、茶壶、水瓶等,东歪西倒地,污垢处处。唉,蜘蛛没来结网,真是奇迹!

由于日胜双手提着沉重的摄影器材,没法弯身脱鞋,所以,我便蹲下来为他松开鞋带。爱手金在一旁看了,好生羡慕,喃喃地说:

"东方女性真好,居然还帮丈夫脱鞋。"

"没有什么好羡慕的。"我应道,"遇上我脾气不好时,脱下的鞋子,便顺手拿来打他的头。"

爱手金信以为真,居然没再出声了。

进了屋子后,把他的东西东挪西移的,才空出了一个地方来坐。

爱手金烧水泡咖啡,我闲闲地问他:

"爱手金,你几岁啦?"

"28岁。"

吁,看他笑时眼尾麋集的波纹,我原以为他38岁了!

"你为什么不赶快找个太太来帮你收拾房子?"

"娶太太,谈何容易!"他把咖啡粉舀进小小的铜质壶子里,说,"我总觉得现代的女性都太开放了。在土耳其,女子稍微多读了一点书,便不肯待在家里服侍丈夫、照顾孩子,老在喊什么妇女解放啦、男女同工同酬啦!唉,娶个这样的女人在家里,恐怕我要倒过来服侍她哩!"

"你既然喜欢保守的传统女性,为什么不让你父母做媒呢?"我穷追不舍。

"婚姻大事,哪能由别人摆布!"他微笑地摇头。火炉上那一小壶水嘟嘟地滚了,他把水灌进小铜壶里,然后,再把小铜壶放在火上,慢慢地搅,咖啡的香味,溢满一室。"坦白地告诉你吧,我在10年内不会成家的,我希望能在结婚以前畅游亚洲各国。所以,现在的我,就好像一架不停旋转的风车一样,拼命地工作,拼命地赚钱!"

又浓又苦的土耳其咖啡泡好了,爱手金端来给我们,大家盘膝坐在地上谈天。

爱手金透露,他目前除了在一家中学里教导日文以及利用暑假当导游外,也以机器编织毛衣,批发到各大商行去。

"如果心情好,速度快,一天之内可以织上20件!"爱手金信心十足地说,"每件的批发价格是3000里拉(约合新币10元),百货商店把它贴上名牌,每件至少卖上7000里拉!"

"款式都是你自己设计的吗?"

"是的。"他脸有得色地说,"我以时装设计书为参考,再依照潮流趋势,进行新颖的创造。有些款式还曾经风行一时哩!"

"土耳其男人,是不是个个都懂得编织之道呢?"

"过去是的,现在生活繁忙,已经越来越少人学这种耗时费事的手艺了。"他语调无奈何地说,"尤其是地毯,由设计到完工,有时得花上整年的时间,现代人哪有这种耐心与闲情!"

我看了看脚下那张又厚又暖的地毯,说:

"这地毯,一定是你自己织的吧?"

"是的。"他眉飞色舞地说,"屋子里这几张地毯,都是我费尽心思织成的,每一块都寄托着不同的情感,也都有不同的用途。"

他指着一块织满五彩花朵的,说道:

"我喜欢在那块地毯上睡午觉,连做梦都飘着花香哩!"

又指了指一块织着巍峨清真寺的,说:

"这块地毯,是我专门用来读书和看报纸的,每次一坐上去,心境便特别清静平和。"

接着,指向那块织了宏伟海峡大桥的,说:

"我最喜欢伏在那儿写信给海外的朋友,地毯里的大桥,好似把我们的心都紧紧地连在一起了!"

爱手金的居处虽然邋遢不堪,但是,处处寓藏奇趣,经他一一点明以后,整个房间,都好像涂抹上瑰丽的色彩一样,给人的印象,不再是凌乱肮脏,而是鲜明美丽的!

他把自己比喻为"风车",真是一点儿也没错。因为他多样化的嗜好,把他生活里的每一分每一寸都填得密密实实的。在编织手艺以外,他也学摄影、学拳击、打网球、踢足球,收集异国钱币和邮票,此外,他还是游泳健将和演讲高手哩,书桌上就放着两面参加日语演讲而赢回来的奖牌!

"爱手金,你这样忙,我们却剥夺了你休息的时间……"我抱歉地说。

"不,不,千万不要这样说。"他态度诚恳地应道,"我最喜欢结交来自世界各地的朋友,你们到土耳其来,就等于进入了我的家门,我希望能尽量帮助你们,让你们带着美丽的回忆回国去！"

谈着谈着，不觉时光飞逝，感觉饥肠辘辘时，看看表，居然已是下午2点多了。

我们偕同爱手金一起外出，巷子里的孩子一看到他，都快活而亲切地喊他：

"爱手金！爱手金！"

他随手抱起一个孩子，背在肩上，嘻嘻哈哈地走了一段路，才放下来，孩子恋恋不舍地喊：

"再见，再见呀！"

"爱手金，你真有孩子缘！"我说。

"孩子是天使！"他真诚地说，"我喜欢他们！"

在一家典型的土耳其餐室用过了自助式的午餐后，日胜向爱手金表示要到银行兑换钱币。

"银行的兑换率太低了，不值得！"爱手金善意地劝我们，"加拉泰大桥附近有一些钱币兑换商，兑换率至少比银行高出10%，我带你们去吧！"

加拉泰大桥一侧有一间宏伟的清真寺，清真寺前是一大片空地，小贩麇集，顾客如云，热闹得不得了。目光锐利如鹰的钱币兑换商，便悄悄地站在角落里，静待生意上门来。爱手金和其中一名兑换商谈了好一阵子，才向我们摊摊手，说：

"这位不行，讲来讲去，只肯比公家多出5%，试试别位吧！"

我这时已被地摊上那些美丽质朴的手工艺品吸引了，只胡乱点了点头，便蹲在地上，专心一意地看；日胜呢，则忙着四处猎取镜头，大拍特拍他的活动电影了。

我选了好几条以天然石缀成的项链,讲妥价钱,正要付款时,才发现钱包里的土耳其币不足够;抬眼看爱手金,他还在和兑换商讨论不休。我又选了两三样东西,爱手金这才快步跑来,欢天喜地地对我说:

"行啦,1美元换720里拉。"

"啊! 720里拉?"

我喜出望外,同时又觉得难以置信。在这以前,我们已换过了好多次钱了,多数是1美元换630里拉,最多的一次是650里拉,是在商店兑换的。现在,爱手金居然为我们争取到720里拉!

"嗳,你真行!"我夸赞他。

他擦擦鼻子,"嘻"地笑开了,虽然眼尾的皱纹有如刀刻,但是,那心无城府的笑容却又使人觉得他像个稚气未脱的大孩子。

换了钱后,心情很愉快,我对他说:

"爱手金,今晚我们去吃中餐,好吗?伊斯坦布尔好像有家中国餐馆……"

"一共有两家。"爱手金如数家珍,"地点都在北部的郊区。一家是北京人开设的;一家是台北人开的。"

我想起了北京烤鸭,真是垂涎欲滴,所以赶快说:

"就去北京人开的那一家吧!"

那天下午,我们参观了驰名世界的蓝色清真寺、圣苏菲亚博物院(索菲亚大教堂)、托普卡珀宫,旅游册子详尽的介绍,加上爱手金生动的讲解,我们都有一种入宝山而尽获宝物的畅快感。

从托普珀宫走出来时,迟来的暮色,已静静地趴在树梢上，随时准备冲下来吞噬这座古老的大城了。一名衣衫褴褛的八九岁孩童站在大门口；我们一走出来，他便把手直直地伸过来讨钱。我颇感意外——在土耳其旅行期间，我曾看到不计其数的童工在吃力地从事不属于他们年龄的工作，但是，乞丐却绝无仅有（我指的是土耳其西部，东部是穷乡僻壤，我足迹未及，不敢断言）。现在，看到这张可怜兮兮的小脏脸，我忍不住打开了皮包，然而，钱还没有拿出来，爱手金便满脸怒容地抓着那个小孩子的手臂，把他拖到一边去，用土耳其话训他；半响，那小孩子头低低地走开了。

爱手金向我们道歉：

"对不起。"

他的脸色不太明朗。过了一会儿，又说：

"我们的国家是很穷，浩大的军备开支和沉重的国防负荷直接地影响了百姓的生活。但是，尽管生活贫困，我们却是有自尊的民族。向人乞讨，不是我们土耳其人的本色。"

我的心，猛地被一种突发的情愫抓住了——是感动，也是尊敬。一个能够处处顾全民族自尊的人，也必然是个气节高亮的人！

在朦胧的暮色里，爱手金带我们转了两趟车，去到偏远的北区，那家由北京人开设的名为"中国饭店"的餐馆，便立在平静美丽的波士波勒（又译博斯普鲁斯）海畔。

中国饭店装潢得金碧辉煌，气派豪华。侍者呈上来的菜单，是精装绒面的。爱手金翻开菜单，才稍稍浏览了一下，便满脸赧色地向我们道歉：

"对不起，实在对不起，我从来不曾来这里用餐，我不知道这么贵的……"

我仔细看了看价格，最便宜的菜式列价1800里拉（合新币6元），最贵者列价4500里拉（合新币15元），以新加坡的水准来看，当然不能算贵，但以土耳其的水平来看，却算非常贵了。

爱手金一面翻菜单，一面喃喃地说：

"贵，实在是贵……"

日胜拍了拍爱手金的手背，安慰他：

"人生难得如此尽兴，没关系，点菜吧！"

本想点北京烤鸭，但侍者却表示必须早一天预订。爱手金点了油煎饺子，我们加点麻辣鸡丁、豆瓣鱼、姜葱牛肉、鲜炒时菜。

菜与饭端上来后，我们担心爱手金用不惯筷子，特地要了一副刀叉给他，但是，他却抗议地嚷道：

"让我学吧，在许多事情上，我也许是个Baby，但是我愿意学，我也有信心，我一定学得好！"

他模仿我们的手势拿筷子，然而，食物一夹起，立刻又掉落；饭粒未入口，筷子已交叉；但是，他一点儿也不气馁，一点儿也不脸红，一次又一次地夹，一次又一次地扒，终于，菜也夹到手，饭也扒进口了，虽然手势仍然生硬可笑，但初步目标却已达成了。

这当然只是微不足道的一件小事，但是，我却从中窥见爱手金好学的性格。

账单送上来时，总共是18000里拉。日胜付账后，顺手拿起了一根牙签，正要剔牙时，爱手金突然取出6000里拉，放在桌子，说：

"这是我该付的。"

他这举动使我和日胜都吃了一惊。立刻地，日胜把钱塞进他手里，说：

"请给我机会做一次东……"

话没说完，爱手金便固执地把钱推回来，态度强硬地说：

"钱，我一定要还。如果你们当我是朋友，请收下！"

唉，这么重视原则的人，真是没见过。我们尽管心里很不愿意，却还是勉强地把钱收下了。

次日早上9时整，我们要乘搭长途巴士到位于土耳其中部的首都安哥拉（安卡拉）去。这一别，也许便是永远。我很想送他一点纪念品，但临时却又想不出该送些什么，心里很是焦虑。后来，灵光一闪，突然想起他有收集异国钱币的嗜好，便借口到洗手间去，翻搜自个儿的皮包。在夹层里找到1张5元和2张1元的新加坡币，如获至宝，紧抓在手里，拿出去送他。他想推辞，但是，我正色地说：

"爱手金，这一丁点儿东西，你也要推拒，太不当我们是朋友了！"

他这才一再道谢地收下了。

一直把我们送到旅馆门口，他才和我们握手道别。

那天晚上，虽然觉得很疲倦，却一直难以入眠，心里老是觉得欠了爱手金一份难以偿还的人情。在别的国家旅行，由于人生地不熟，所以，常常在不知不觉间成了被宰的羔羊；然而，在土耳其旅行，不但处处有宾至如归的感觉，而且，居然还让我们邂逅了像爱手金这样的君子，真是好运气!

第二天早上,我们提着行李乘搭电梯下楼去,准备结账离开。站在柜台前,突然听到有人喊我们,转过头去,嗳,居然是笑容可掬的爱手金!

"我来给你们送行。"

他说着,把一件羊毛衣递给我,轻描淡写地说:

"昨晚才织好的,选用了上等的羊毛绒,穿了冬温夏凉哪!你一定喜欢!"

这件羊毛衣,是黑红相间交织而成的,小衬衫领,衣领下结细条领带,领带和袖口,同是纯黑色的,式样标致而大方。

此时此刻,一切道谢的话都是多余的了。我只有紧紧地握着他的手,让无用的泪珠在眼眶里打转。

上了奔向首都安哥拉的长途公共汽车后,我迫不及待地取出刚买的那张明信片,一个字一个字慎重地写道:

"爱手金,谢谢你。谢谢你让我在短暂的逗留里了解了土耳其人真正的民族本色。我和日胜都因为认识了你而觉得万分自豪!"

汪洋里的风帆

夏天是土耳其盛产水果的季节。鼓胀的樱桃、肥大的李子、饱满的杏子,一箩箩、一筐筐地出现在市集里,闪着诱人的亮光。看看价格,实在便宜得令人难以置信。

我买了樱桃、李子、杏子,在市场里兜转着时,忍不住又买了毛桃、橘子、雪梨。大包小包地、吃力万分地拎上长途公共汽车去。

由丹尼斯(Denizli,又译代尼兹利)到南部的海港玛马绿丝(Marmaris,又译马尔马里斯)去,至少需要5个小时,我打算一路上以水果来解渴、充饥。

一上了公共汽车,我和日胜便发现,左侧的那两名搭客,脚下、膝上、手里,也搁着、放着、捧着许许多多的水果。彼此对看了一下,便不约而同地笑了起来。

"嗨!"对方开口打招呼,嘴笑,眼笑,脸上的折痕也在笑,"我以为我是水果的掠夺者,没有想到,你们比我更凶猛!"

"看看这——"日胜举了举那一大包红艳艳的樱桃,"每公斤才240里拉(合新币8角),我的太太简直想把他整个摊子都买下来哩!"

"的确便宜。在新西兰,我们虽然也盛产樱桃,但价格比这高出十倍都不止。"说着,他向身旁那肤色黧黑的伙伴抬了抬下巴,又说,"我和拉沙葛,天天都以水果当早餐和午餐哩!"

拉沙葛向我们露出友善的微笑。他的头发,既长又乱,鼻子扁,嘴巴阔,整张面孔好似随和得没有任何主见,偏偏那双炯炯发亮的眼睛却又泄露了他那坚毅不屈的个性。

"拉沙葛,我猜,你是泰国人吧?"我放下了手中的水果,伸头过去问。

"你猜得对!"拉沙葛笑了,露出参差不齐的牙齿。

公共汽车开动了,我们四个人,便这样毫无拘束地谈了起来。

那位来自新西兰的,金发覆额,身材颀长,名叫里察。

里察和拉沙葛目前正在环球旅行,带着他们由一个地方到另一个地方的,不是飞机,也不是汽车或火车,而是风帆(即游艇)——潇洒的风帆!

"我的父亲是海员,我9岁那年便随着他漂洋过海、四处为家,因此,大海和我,有着一份难以割舍的感情。"里察说。

到了15岁时,里察暂时和颠簸的海洋生涯告别而到造船厂当学徒。天生的潜能,加上后天的兴趣,使他很快地掌握了高超的造船技术。由学徒升为师傅后,他一边克勤克俭地埋头苦干,一边利用工余之暇造风帆。花了足足3年的时间,终于造成了一艘又牢固又美丽的风帆。这时,他也攒聚了足够的旅费,便和4个朋友共同策划,驾着这艘风帆去环游世界了。

航海寂寞单调而又艰苦无比的生活,毕竟不是每一个人都能够熬受得了的。因此,兴高采烈地起航的5个人,在疲劳困顿的旅途中一个个先后地离开他而飞返新西兰。

最后，只剩下里察，孤身只影地驾着他的风帆，遨游天下。

"独自一个人在茫茫的大海上漂流，的确是很不容易的，尤其是到了夜晚，天黑、地黑、风黑、浪黑，人也昏昏沉沉的，频频打瞌睡，然而，偏偏又不能酣睡……"

"为什么不能？"我幼稚地问道，"把发动机熄了，不就可以高枕无忧了吗？"

"咳，睡着以后，万一遇上食人鲸，或是卷入滔天巨浪，或是撞上其他来往船只，不是死路一条吗？"

海上的危险，的确是我这个外行人所不了解的，但是，一个人总不能日日夜夜都不睡觉呀！

"我把10个小闹钟像兵士接受检阅一样，排成一长列，每隔20分钟便响一次。闹钟一响，我便起身巡视一番，看到周围没有危险，我才重新小睡，等10个闹钟都响过了，我一一重校，于是，同样的情形又重新开始。"

他叙述时，语调平静，全然不似诉苦，然而，坦白地说，换作是我，这样的生活，可能连一天也熬不下去！

有整整5个月的时间，里察独自一人在海上自炊自煮、自言自语——有时大海以涛声应他，以波浪娱他，倒也不太寂寞，唯一令他忍受不了的是，即使身罹疾病，还是不能一次睡上超过20分钟！

"有一两回实在是忍受不了，我心一横，把生死的念头豁出去，熄了发动机，任船漂流，然后，抱着枕头，大睡特睡，靠了老天的帮忙，倒也相安无事！"

风帆在泰国普吉岛靠岸时，心力交瘁的里察决定小住几个月，赚点旅费，也让身心好好地松弛松弛。

里察到普吉岛一间休闲俱乐部当调酒员，就在那里，他邂逅了当厨师的拉沙葛，二人一见如故，十分投缘。4个月后，他们一起收拾包袱，结伴上路了。

"有了拉沙葛做伴，海上的生活无形中便增加了许多乐趣。"里察欣慰地说，"我们不论在睡眠或餐食上，都采取轮班制度。在睡眠方面，每人轮流睡4个小时；在餐食上，双日由拉沙葛煮泰国餐，单日则由我弄西餐……"

这里，拉沙葛笑嘻嘻地插嘴说道：

"起初，我的泰国餐弄得他眼泪直流，大喊救命，然而现在，他连做西餐都要加入一点辣椒酱哩！"

这便是无形的同化了，我想。

时间在愉快的闲聊中悄悄地溜走，长途公共汽车戛然停下时，我才欢喜地发现，我们已抵达海港玛马绿丝了。

玛马绿丝是土耳其美丽无比而又热闹非凡的度假胜地，也是世界著名的风帆中心，许许多多来自世界各地的风帆，便停泊在玛马绿丝海畔。里察也是把他的风帆停在这儿而乘搭长途公共汽车旅游土耳其本土的。

把行李搬下长途公共汽车后，里察关心地问我们：

"你们订了旅馆没有？"

"还没有。"我据实以告。

"现在是夏天哪，恐怕旅馆都会满哩！"里察语调诚恳地建议，"不如这样吧，我那艘风帆有间客房，如果你们不嫌弃，就过来将就地住一晚吧！"

对于这项突如其来的邀请，我高兴得有点眩晕——不是为了能够节省那笔旅馆住宿费，实在是因为我活到这一把年纪，还没有机会体验"投宿"风帆的滋味呢！

提起地上的行李,我们欢天喜地地跟着他们走了。

玛马绿丝海畔的风帆,惊人地多。一艘并一艘,密密麻麻地排在一起。一根一根长而瘦的桅杆,肆无忌惮地插入天空里,把傍晚脆弱的天幕刺破了,橙红色的夕晖,便这样哗啦啦地掉到波光粼粼的海面上,为每一艘静静地停泊在那儿的风帆髹上一层绚丽的彩光。

抱着行李走了大约20分钟,里察兴奋地说:

"到啦,就是这艘。"

拉沙葛敏捷地掀开了盖在上面的那层大大的油布,一艘美丽的风帆,便蓦然呈现在眼前了。

风帆长达15米多。船舱上层,有一个巨型的方向盘,一张小桌子,还有排成马蹄形的软垫座位。沿着一道狭窄的楼梯走下去,船舱下层,别有洞天。小小的厨房,设备齐全,最有趣的,是那个经过特别设计的电炉,它能随着船动荡的方向而变更位置,换言之,不管海浪如何凶猛,船身如何颠簸,它都能保持平衡。书房很窄,窄得只能容纳一个人;书架上整排都是美国作家 Eugene Fodor 所编撰的旅游指南,还有为数不少的科幻小说。三个房间,一间是双人房,两间是单人房。所谓的房间,面积也仅仅足够容纳一张床和一个衣柜罢了。令人难以置信的是,两个大男人所住的地方,居然处处都打扫得干干净净的。

里察帮我们把行李安顿好,揉了揉肚皮,说:

"饿了吧?"

的确是饿了。

"拉沙葛厨艺一流,但是现在,船舱里什么可煮的东西也没有。"里察摊摊手,无奈地说,"不如我们到餐馆去吃，如何？"

"不，让我出去外面买点东西回来吃吧！"日胜自动请缨，"坐在这里舒舒服服地吃，总比外面人挤人好呀！"

大家都点头赞成。

日胜出去后，拉沙葛捧来了冒着金黄泡沫的啤酒，大家坐在船舱上层聊天。

我喝了一大口啤酒，顺口问道：

"你们出海后，怎么解决餐食问题？"

"哦，我们是根据航程的长短来决定要储存多少粮食的。"里察捋捋额上的头发，耐心地解释道，"以14天的航程为例，我们通常准备4只鸡、10公斤牛肉、10公斤马铃薯、5公斤洋葱、10公斤米，大概便够了。"

"万一迷了路，粮食不足，怎么办？"

"我们有指南针和航海图，很少迷路；不过，遇上风暴而使航程拖慢一两天，是常有的事。以淀粉质的粮食来说，我们的储存量常会高于需求量，至于肉食方面，倒是不愁，因为海洋本身，就是一个予取予求的大渔场嘛，任何时候想要吃鱼，只要放下鱼竿便行了。"里察说。

"有一回，我们钓到一条剑鱼，鱼身足足长达两米哪！"拉沙葛语调兴奋、比手画脚地叙述，"我和里察拼了老命才把它拉上船来。它的眼睛，又大又圆，看人时充满了感情，嘴巴一张一合的，仿佛在说'求求你们，还我自由吧'，我和里察，都觉得很不忍，便立刻把它放了！"

里察在旁边点着头，说：

"看了它那种眼神，任谁都吃不下它的肉！"

谈到这儿，日胜回来了。他买的全都是海鲜。他一包

一包地解开,顺口念道:

"酥炸肥蚝。"

"甜酸带子。"

"盐水虾。"

"烧烤剑鱼。"

哇——剑鱼!我、里察和拉沙葛全都忍不住哈哈大笑起来,只有日胜一个人不明就里,一脸茫然地看着我们。

这时,夜神已经用它柔美的黑纱网住了整个宁静的海面。远远的岸上,有一群快乐的土耳其人在辉煌的灯光下,随着富于节奏感的中东音乐,狂热地跳舞作乐;而月光底下的船上,我们这四个萍水相逢的人,正畅快地喝酒、用餐。

我叉起一块剑鱼肉,放进口里咀嚼,不知道是不是心理作祟,觉得它肉质粗糙,只吃了一块,便不肯再吃了。

拉沙葛促狭地对日胜说:

"我看,你大概是错买成鲨鱼肉了!"

在笑声里,我问里察:

"你在海上多年,曾碰见过鲨鱼吗?"

"鲨鱼?常常碰到!不过,鲨鱼体积小,对于我们,不足以构成威胁。我真正担心的,是鲸鱼。它体积庞大而又力大无穷,有时尾巴轻轻一扫,便足以把整艘船打成碎片!"

我听得入神,连食物也顾不得吃了。

"为了逃避鲸鱼,在海上生活的人,都知道船的底面是绝对不能髹上黑漆或白漆的,否则,鲸鱼在海底看到了,会以为遇上了同类而游过来亲热地用鱼体摩擦船身,这一磨呀，恐怕便会给它磨成粉末！"里察侃侃地说道，"万一避无可避地碰上了，唯一的方法便是以全速朝不同的方向驶去，鲸鱼从嘈杂的摩托声里辨出我们不是海里的另一条大鱼，通常是不会追上来的。"

"骨碌骨碌"地喝下了一杯啤酒，又斟了另一杯，里察以犹有余悸的表情，告诉我们他本身的惊险遭遇：

"有一回，在挪威附近的海面上，我碰到了一群鲸鱼。注意！不是一条，是一群！我开足马力逃走，然而，由于惊慌过度，本该后退，我却向前冲，撞进了鲸鱼堆里。天呀！我简直吓得瘫痪了，幸好天见可怜，鲸鱼那天脾气出奇地好，没有侵袭我，让我安然逃掉了！"

除了鲸鱼以外，狂烈的风暴和残暴的海盗，也是航海的两大劲敌。

"在风平浪静时，我们扬帆而行，每天大约可以航行75公里。遇上风暴，我们便收下帆来，改用摩托航行。我们有足够的救生设备，就算巨浪覆顶，我们也不必担心。"里察信心十足地说，"至于海盗，比较难应付。不过，我相信他们要的是钱，不是命。我早已决定，万一遇上了，他们要什么，我便给什么——反正留得青山在，不怕没柴烧嘛！"

里察有着随遇而安的性格，在他的字典里，恐怕是找不到"困难"这两个字的！

茫茫的大海，固然是种种危险的潜伏处，但它所包容、所呈现的美丽，也是无穷无尽的。

"海和人一样，也是有个性、有情绪的。"里察说，"它愤怒时的狂烈呼啸，温柔时的絮絮细语，对于我都有永恒独特的魅力。还有，阳光普照的海、披上月光的海、罩着雨网的海，千姿百态，各有美感。静观海的变化，便成了我在船上最好的消遣。"

"偶尔发闷时，我们便想象风帆着陆后的种种乐趣。"

拉沙葛补充道："世界上的每一个国家都具有完全不同的魅力。我们的心情，就好像要去赴千个百个不同女友的约会一样，新奇、神秘、刺激。"

"话说回来，有时航程实在太长太长了，我们日日夜夜对着广阔无垠的海，也不禁产生了这样的怀疑：水到底是不是占了地球90%以上的面积？"里察带笑地说。

"这种漂洋过海、浪迹四方的生活，你们还打算持续多久呢？"我问。

"啊！"里察放下了手里的啤酒，望向海面，说，"我离开新西兰外出旅行，已经5年了，预计还有一年半的时间，我便可以完成环游整个世界的愿望了。我打算明年年尾返回新西兰定居。届时拉沙葛也会一起到那里去找工作。"

"那——你们的下一站是什么地方呢？"

"希腊。"他兴致勃勃地说，"明天便起航。"

夜渐渐地深了。

这夜有风，风势不小。入房就寝，躺在床上时，我清清楚楚地听到船外的浪声涛语，细细碎碎的，低低柔柔的，絮絮不断的，仿佛是向我诉说发生于海上那一则则或凄凉或美丽或惊险的故事，而我，就在海洋那平和恬然的呢喃里，慢慢地进入了香甜的梦乡。

次日醒来，看看表，哟，居然已是早上9点多了！厨房里传来了阵阵香味,探头出去看,原来拉沙葛正在煎牛肉饼,里察则在清理他们刚从菜市里买回来的肉类和干粮。

　　用过早餐后,里察帮我们把行李提到岸上。大家握手,互道珍重。

　　我伫立目送风帆离岸远去。风帆上两个志趣相投的人,本着热爱宇宙的心,凭着坚定不移的毅力和向大自然挑战的无畏精神,靠着风帆的帮助,把足迹印在地球上的每一寸土地上,实现了原本属于"痴人说梦"的理想。

　　风帆渐行渐远,渐行渐远,最后,变成了汪洋上的一个小黑点……

头巾的故事

万万没有想到,飞机在德黑兰一着陆,我便因为头巾的问题而吃了一记闷棍。

当时,我兴致勃勃地迈着大步走出机舱,然而,就在飞机的出口处,机舱人员让我止步,一脸严肃地问道:

"你的头巾呢?"

我轻轻松松而又老老实实地答道:

"没有,我没有头巾。"

岂料对方以毫无妥协余地的口吻摇头应道:

"不行,没有头巾,你根本出不了机场!"

我觉得他"危言耸听",然而,旁边一位以头巾将头发密密地包裹着的美国妇女却在这时开腔了:

"这是我第三回到伊朗来,这个国家,没有包头巾,根本就寸步难移!"

啊,怎么办呢?我一筹莫展地看着眼前的机舱人员。

他让我稍候,少顷,竟将机上提供给乘客御寒的被子取来给我,说:

"你就权且以这被子来包头吧!"

说来难以置信,那天,我就被逼以那累累赘赘的被子当作头巾,步入了这个被重重黑纱笼罩着的神秘国度。

接下来,我在伊朗东南西北地跑了8个城市,果然印证了那位美国妇女的话——在这个国家，如果没有包裹头巾，根本就寸步难移！因为头巾的问题，我曾多次碰到"火爆"的场面，也曾就此与当地许多有识之士展开徒劳无功的唇枪舌剑。后来，层层深入地探讨，终于抽丝剥茧地从头巾问题而发掘出其他一些原本深深蕴藏着的异常现象！

六月，盛夏的溽暑化成了一张密不透风的网，将整个大地密密地罩着，走在路上，感觉自己像是一小团跃动着的火焰。长期习惯于将一头短发暴露于空气中的我，现在，必须时时刻刻以头巾将头颅严严密密地包裹着，不免汗下如雨，叫苦不迭。

常常忘记披上，也因此常常挨骂。

一般而言，伊朗人热诚好客，待人有礼，处处给人以宾至如归的感觉，唯独对于头巾一事，非常执着、非常坚持，不论身在何处，一旦我忘记披上，旅馆服务员、餐馆侍役、店员、路人，都会提醒我。

性子温和的，会微笑而有礼地嘱咐我披上；性子拘谨的，则尴尴尬尬地挨近我，压低嗓子说"嘿，嘿嘿，头巾，要披头巾"，那种暧昧的样子，好似我忘了穿衣服。

至于那些脾气不好的，会大声吆喝，甚至气势汹汹地斥骂。记得有一次，我蹲在书店的一隅选购明信片，在淋漓的热汗里把头巾扯下，然而，不到半分钟，店东便冲到我面前来，凶神恶煞地指着我喊道："把头巾披上！请你尊重我们的文化！"听，听听听！不披头巾，居然是一种亵渎文化的行为！

还有一次，我"赤头露发"地坐在伊斯法罕一家历史悠久的旅馆里欣赏大厅的壁画，保安员脸色严峻地命令我把头巾披上。我忽然童心大起，决定做个小小的试验，测试测试他的耐心。他一走开，我立刻将头巾扯下，他看到了，冲回来，以足以割伤人的眼色和语调说道："披上！"我披上了，他一转身，我又再扯下；这回他发现后，几乎是咬牙切齿地把话从齿缝里挤出来："披！"等我再次扯下时，他不再理我了，转而向旅馆职员耳语。我正得意扬扬地享受那种阿Q式的胜利时，那位脸色发霉的职员趋前对我说道："总经理想见你。"哇，居然出动上司进行"镇压"！进了总经理的办公室，他微笑地请我坐下，先无关痛痒地谈谈天气，问问旅游观感，然后，才技巧性切入主题，表示"披头巾是国策需要，顾客若不合作，将会给旅馆增添许多麻烦，过去就曾有好些餐馆和旅馆为此而被有关当局吊销营业执照"。

他的循循善诱使我茅塞顿开。自此之后，为了避免他人蒙受"池鱼之殃"，我便处处时时提醒自己要"循规蹈矩"，只是有时还是会因大意而犯规。有一次，在盛产玫瑰的城市卡尚（Kashan），在店里买了一瓶闻名遐迩的玫瑰露，一面走一面读瓶子上的说明文字，读得太专心了，头巾滑落下肩也不自觉。这时，一位长相体面的绅士走到我身旁，微笑地说道："女士，这瓶玫瑰露不但可以润喉，还可以洒在您的头巾上，充当香水呢！"他弦外之音我一听便明白，在哈哈大笑中，乖乖地披上了头巾。

最为奇特的一次经历是在德黑兰的一家餐馆里，一位看起来极有教养的绅士在彬彬有礼地提醒我披头巾之后，居然大胆而尖锐地说道："这是我们国家的病菌呢，真对不起，传染给您！"

伊朗当地女性由顶至踵都是黑漆漆的——黑色的头巾配上宽大的黑袍,人头攒动处,黑压压的一片,伸手不见五指。根据法规,如果当地女性不披上头巾,是会惹上牢狱之灾的。

原以为伊朗女性早已习惯于这种好似皮肤一样再也脱离不了的服装,没有想到在不同的场合和机缘下与许多伊朗女性攀谈后,我却惊讶地发现,许多女性其实都不喜欢披头巾、穿黑袍。年青的一代,时常在黑袍之下穿上极为暴露的衣服,一进屋子,便脱下黑袍,展露凹凸玲珑的曲线。有一位肄业于大学的女子一针见血地表示:"不是我们喜欢暴露,而是因为限制太严了,心情不免苦闷,所以,借着这种无奈的方式进行消极的发泄。"

也有人客观而中肯地告诉我,披不披头巾,并不是什么大不了的事情,当地人不喜欢的,其实是"非披不可而毫无选择"的这条硬性的法规。

有些关心国事的有识之士则语调愤慨地指出,伊朗多年封闭加上8年的"两伊战争",元气大伤,经济一蹶不振,百废待举、百业待兴,目前可行之道是吸引大量外来投资与大力发展旅游业,然而,强制外人披上头巾的这条法规,却是国家进步的绊脚石,也是妨碍国际交流的一堵硬墙,这道石墙,一日不去,国家也一日停滞不前。

然而,亦有一小撮乐观的人表示,随着时转势移,这条法规,有朝一日也许会被取消。他们指出,伊朗自从1979年实施宗教革命,迄今已走了22年漫长的道路,当年定下的严峻法规已一点一点地放宽了,比如说吧,过去,限定女性只能披黑色的头巾,可是现在,已经允许她们披戴色彩缤纷而设计花哨的头巾,换言之,她们已从"黑鸟"逐渐蜕变为"彩蝶"了。过去,男士打领带被视为受西方文化腐蚀的典型病态象征,可是现在,当局已不再横加干涉了。更显著的一项改变是,自从霍梅尼长老上台掌权之后,伊朗便严禁任何形式的综艺表演。最近,德黑兰一家历史悠久的餐馆 Alighapoo 却率先恢复了音乐演奏,还邀请了一些男艺人前来献唱,反应热烈,夜夜客满。由于非常喜欢那种近乎燃烧而又和谐万分的气氛,所以,在德黑兰逗留期间,我每晚都上那儿去用餐、听歌。一名大学教授感慨万千地告诉我,过去,要在餐馆里听艺人现场献唱,简直是匪夷所思的,现在,浸在餐馆活泼地飞跃着的音符里,他依然有一种"恍如在梦中"的虚幻感。他进一步指出,伊朗一位家喻户晓的女歌星古古许(Googoosh),"封口不唱"二十余年,半年前移居美国,今年5月份在洛杉矶举办了一次演唱会,吸引了两万多名原籍伊朗的移民,她在台上唱,台下的听众随着哼;唱到激动处,她泪下如雨,而台下的听众亦泣不成声,场面十分感人。演唱会结束时,她扬言有一天要返回伊朗举办大型演唱会。她的这个愿望会实现吗?无人可做出明确的答复,就让我们拭目以待吧!

离开伊朗的那一天,在德黑兰机场,关卡人员指着我厉声喊道:

"头巾,披上你的头巾!"

我依言照做,想到几个小时之后我便可以不再为这恼人的头巾而被人斥骂,竟大大地高兴了起来。

啊,归心似箭,归心似箭呵!

地中海那马车夫

当那匹矫健的马稳健地从我身旁跑过时,我的视线立刻紧紧地被它吸引了。它是棕黑色的,全身细细的毛,亮亮的,两耳旁边的鬃毛,温柔地垂着。它肌肉结实,行走的步伐优雅而富于节奏。它身后所拖的那辆车,是黑色开篷的。马背上,坐着一个似乎是饱经风霜的中年人。他手里拿着一条细细的马鞭,不时轻轻地鞭打着马儿。看到我们,他勒马停车,弯下身来,以流利的英语说道:

"想不想坐马车游览亚历山大港的名胜古迹?"

"我们只有3个小时逗留在这儿,价钱怎么算呢?"日胜开门见山地问。

"每小时2镑。"他老老实实地说,"君子交易,我不开高价,你们也不要还价,好吧?"

喜欢他诚恳的态度,更喜欢他那匹漂亮的马儿,因此,毫不犹豫地,我们爬上了他的马车。

那天,我们是由开罗乘搭长途公共汽车于下午1时许抵达埃及北部濒临地中海的亚历山大港的。

亚历山大港是以哭泣的姿势来迎接我们的。满天满地的风,把我的裙子灌得满满的,鼓得胀胀的;横里斜里飞过来的雨,好像冰铸成的箭,冷得我直打哆嗦。唯恐归计无着,我们一到亚历山大港,便冲到火车站去订回程的票子,从火车站冒雨出来,便在路上碰到了那个马车夫。

"怎么样,先到哪儿去逛?"他转头问我们。

我这才发现,他有着一双非常温柔的眼睛,在温柔里却又蕴含着温和的笑意。他的头发,缠在一方绣以橙色细花的乳白色头巾里,身上穿着一袭长及于膝的厚重大衣;满是皱纹的脸,点缀着细细碎碎的络腮胡子。这样的一张脸,该是不年轻了,但是,他并不显老态,相反,他精神矍铄。

我从皮包里取出了旅游册子,念出了一连串的名胜,他频频地点着头,说:

"好,好,我带你们一个一个慢慢地看。"

我问他姓名,他笑笑地说:

"你们叫我吉伯好了。"然后,他又幽默地加上了一句,"我的马叫做阿末。"

亚历山大港发展迄今已有两千余年了,所有的街道,只有二十来尺(约6米)阔,街道两旁,全是古老的大楼,这些楼房,色漆剥落,斑斑驳驳的,显示了历史的悠久。马蹄踏在重新修建过的马路上,发出了"嗒嗒嗒嗒"的声响,仿佛将我们带进了一个久远的年代里……

由于下雨的关系,路上积水处处,交通显得极为混乱,公共汽车上的人,挤得好像随时会掉下一两个来,车笛"哔哔哔哔"地到处乱响;偶尔有车驶过低洼的地方,污水如黑色的浪花向两边飞溅,然而,那匹唤作阿末的马,对于那飞溅上腿的泥浆却毫不闪避,在和风细雨里,它不亢不卑、不慌不忙地在诸多现代化的交通工具当中安定若素地走着、走着，完完全全地扫除了我初上马车时产生的那种不安全感。

当马车经过一个小菜市时，许多主妇或穿雨衣或撑雨伞，站在摊子前买肉购菜，她们看到了吉伯，都露出友善的笑容和他打招呼。我忍不住打趣地对他说道：

"吉伯，你真是相识满天下啊！"

"你猜猜，我今年几岁了？"他牛头不对马嘴地问。

"呃——50岁吧？"

"58！整整58岁啦！我在这儿也整整地住了58年！"他说，声音里有着一种掩抑不住的骄傲，"我常来这儿买菜，所以，不论卖菜的还是买菜的，都和我熟得不得了！"

"你有几个孩子啦？"

"8个。"他答，回过头来望了我一眼，眼睛含笑，"个个都是我的宝贝哪！"

8个孩子！实在太多了！我心里想，却没敢说出来。犹豫了一下，我又不揣冒昧地问：

"你的收入还不错吧？"

"我并没有固定的收入。有时多，有时少。以时令来说，夏天的收入比较好，到了冬天，本地人懒得出门，游客也很少，所以，收入差得多了！"顿了顿，他又神态豁达地说道，"收入好时，家里人人有肉吃；收入差时，大家一起啃面包。我们虽然穷，但是，我们都很快乐！"

尽管每一个人对生命的要求都不一样，但是，对快乐的追求，却是一致的；吉伯确是那种第一眼便让人肯定他是个随遇而安的快乐长者。

谈着谈着，吉伯已将我们带到了博物馆，里面所陈列的，都是希腊和罗马统治埃及时所留下的古物，我们走马观花地看了一遍，再坐上吉伯的马车继续去参观古老清真寺、庞贝石柱、古皇宫、战亡兵士纪念碑等等。及至参观古罗马地下墓陵时，发生了一件小事，使我对吉伯产生很大的好感。

记得当我们到达那儿时，守门的人刚好拿着一串锁匙在锁那沉重的铁门。我急忙看了看表，才下午2点50分嘛，怎么就关门了呢？吉伯回过头来，热心地对我们说：

"我晓得这个地方是3点才关门的，我替你们去交涉一下。"

说着，他敏捷地跳下马车，站在霏霏的细雨中，用阿拉伯语和守门人交谈，初而小声，再而大声，这时，他眼中的温柔完全没有了，带着淡淡褐色的眼珠透着一种毫不妥协的坚毅。无奈那不负责的守门人急着回家，因此，尽管吉伯对他嚷了一阵子，他依然毫不退让。我们深知多争无益，再说，地下陵墓我们也在古镇拉索（Luxor，又译卢克索）看了很多，因此，日胜大声对他说：

"吉伯，算了，算了，我们到别处去看吧！"

生气的吉伯，跳上马车，犹愤愤不平地说道：

"这个人，实在太过分了，竟然为了要赶回家而提早关门！"说完，他郑重地向我们道歉，那不安的样子，倒令人误以为犯错的是他本人！

我们当天所参观的最后一个古迹是建于15世纪的古堡。该古堡屹立于地中海畔，去到那儿，雨已经越下越大了。蔚蓝色的地中海浪花滚滚，虽然岸边围着五尺（约1.7米）来高的灰色石墙，然而，由于风浪太大，击向岸边巨大石块的海水，竟然跃出围墙而溅到马路上来；整辆马车好像快要被那强得使人几乎窒息的风卷上半空中了，只见吉伯在摇晃不定的马车上稳健地站起来，敏捷地帮我们拉下车顶的黑篷，再拖着缰绳控制着马儿，使它不会因受惊吓而盲目飞奔，然后，他回过头来，一脸都是纵横流淌的雨水，微笑地望着我说：

"夫人，很冷吧？"

我缩在马车里，冷得簌簌发抖，连话都讲不出来了。

由古堡出来，已经4点30分了，我们的火车是5点15分开行的，要吃晚餐也来不及了。吉伯关怀地问我们：

"你们要不要买点食物上火车吃？"

"附近有什么好吃的吗？"我问，肚子饿得咕咕响。

"我晓得有间小食店卖海鲜，又便宜，又好吃，你们有兴趣吗？"

我忙不迭地点头。那间小食店离地中海不远，所卖的海产都是从地中海捕获上来的，新鲜得连脉搏都还在跳动。我们一到那儿，就有人把我们引进一间小房，小房以内，放着多个大大圆圆的竹篓，竹篓内满满地盛着尚在跳动的鱼，还有大如巴掌的虾。

"怎么卖？"我惊喜交集地问。

"虾1公斤6镑（合新币18元），鱼1公斤3镑（合新币9元）。"

我们挑选了1公斤虾、半公斤鱼。接着，那人提着我们选好的鱼和虾，带我们走到一个张着圆圆帐篷的地方。帐篷下面，是五六张长长的桌子，帐篷一隅，有两个大大的黑色铁镬，里面注满了滚烫的油，另有一个铁丝网架在冒着烟气的炭火上面。

"你们的鱼和虾,要烤还是要炸?"一名厨师问。

"炸吧!"我答。

只见他动作麻利地为鱼去鳞,为虾除壳,再蘸上酱料,丢进油镬里,一时烟气滚滚,香味四溢。炸好包妥,他递给我。吉伯连忙提醒他说:

"你忘了给他们面包。"

他"哦"了一声,进入一间小房,出来时,天呀,他手里居然捧着6个大得好像面盆一样的圆形阿拉伯面包!我急忙对他说:

"一个够了,一个够了!"

吉伯怀疑地望着我说:

"一个面包,两个人怎么吃得饱呢?"

事实证明,我们连那1公斤大虾也吃不完,这个大得惊人而又淡而无味的阿拉伯面包,我们连碰都不曾碰呢!

付了钱以后,已是5点05分了,吉伯显得比我们更为焦急,他加快马鞭,飞也似的赶着他的马儿朝火车站跑去,到达那儿,他看了看表,松了一口气,说:

"幸好不误火车开动的时间!"

我们照原定讲好的价钱给了他6镑,外加小费2镑,他谢了又谢,谢了再谢。我捧着那包温热的海鲜,看着他的马车在暮色里逐渐远去,整颗心,也是温热温热的……

开罗那温馨的一天

离开沙特阿拉伯去埃及旅行的前夕,日胜一位当律师的朋友穆哈默提着一大袋沉甸甸的礼物来找我们,要求我们到了开罗以后,代他把礼物和信件转交给他的一位世交罕地。

逗留在开罗那几天,我们每天都拨几次电话给罕地,想叫他到旅馆来取东西,但都无法接通电话,到了最后一天,我们终于决定按址亲自把礼物送上门去。

那天刚好是星期天,天气出奇地好,凉风习习的。罕地的家位于郊区,我们从市区乘搭短程火车穿越污浊拥挤的闹市,进入空气新鲜的市郊。

罕地所住的公寓,坐落于天桥旁边,公寓高达四层,罕地一家子住在四楼。我们气喘吁吁地爬上顶楼,来开门的,是一名头发微秃、身材健壮而肤色黧黑的男人。

"请问罕地先生在吗?"日胜问。

"我就是。"他炯炯有神的眸子露出了一丝疑惑,"你们是……"

"我们是从沙特阿拉伯来的,你的老朋友穆哈默托我们带些东西来。"

"哦,穆哈默!"他的脸上立刻涌现了一种热诚而兴奋的笑容,"请,请进来!"

那是三房一厅式的公寓,布置简单雅丽,纤尘不染。客厅里最引人注目的,是两幅巨型的五彩刺绣。一幅是金鱼戏水——几条栩栩如生的鱼儿，在水里穿梭嬉戏，每一条似乎都在扭动着，最令人拍案叫绝的是鱼儿那薄若蝉翼的尾巴，若有若无的，金光微闪，极富韵味。另一幅绣的是一个西班牙女郎飞舞的姿势，圆圆的裙子飞旋着，长长的黑发飞扬着，舞姿在纯熟中透着奔放的美。看着看着，图里那一份热闹似乎溢了出来，整个客厅都流满了一种无声的音乐。

罕地见我满脸激赏地盯着墙上的刺绣，忍不住以自豪的语调说道：

"这些都是我太太绣的，她平时在家没有什么事，专爱绣东绣西的！"

"你太太！"我惊讶地发出衷心的赞美，"绣得实在好！"

就在这时，房间走出了两名女性，走在前面那位，满头白发，体态臃肿，然而，这分老态却淹没不了她五官的端正秀丽；走在后面那位，相当年轻，黑黑瘦瘦的，大大圆圆的眼睛在看人时透着专注的神色。

罕地为我们介绍，年纪大的那位是他的太太，年轻的那位是他的女儿娜丽。晓得我们是穆哈默的朋友，她们都露出了温馨的笑容。娜丽调皮地问我：

"穆哈默还有那个圆圆的啤酒肚子吗？"

"有，就好像圆桶一样。"我据实以告。

她们都忍不住笑了起来，娜丽边笑边说：

"你晓得吗？他过去曾是埃及的运动国手哩！"

穆哈默那中年发福的形象立刻浮上了我脑际，坦白地说，我怎么也难以把他和运动国手联想在一起。岁月不饶人，诚然！

罕地太太为我们泡了香醇浓郁的土耳其咖啡,静静地坐在一边,听我们交谈。

娜丽非常健谈,是典型的职业女性,开了一间诊疗所当牙医,虽已年过三十,仍无意结婚。她算不得美,但她那短与耳齐的黑发,和她那说话时吐字清晰、沉默时抿成直线的薄唇,却给人一种清爽坚毅的美好印象。

那天早上出门前,我曾在旅馆略略地翻阅了开罗的《金字塔报》。根据报道,开罗目前的失业现象颇为严重,我就此而求询于娜丽,她毫不犹豫地说道:

"这是供过于求所造成的必然现象,许多父母,基于望子成龙、盼女成凤的心理,纷纷把孩子送到大学去。国内几所大学每年都制造了过多的毕业生,单单以医学专业来说,每年踏出大学门槛的毕业生,就有五千多名,因此造成了毕业即失业的现象!"

"这些失业的人怎么办呢?"我追问。

"他们当中有许多人都跑到外地寻找工作,好像穆哈默,就是因为在这儿职业无着,才去沙特阿拉伯工作的。"

"那么,目前开罗最吃香的是哪一门行业呢?"

"哦,说来你也许不相信,技术工人的收入比谁都高。物以稀为贵,人人都希望能进大学,技术工人很是缺乏,他们往往采取按时收费的方式来工作,且得预约很久才来。"说到这儿,她指了指小几上的电话,续道,"比方说,我们家里的电话,已经坏了两个多月了,但还没有人来修理……"

"难怪你家的电话老是打不通!"我恍然说道。

"唔,上个月我一位老友从英国来,打不通电话又找不到我的住址,白白失去了见面的机会,真可惜!"

她接着告诉我,开罗目前面对的另一项难题是房屋的问题。小小的开罗,人口居然多达 1000 万,市区人口的密度原来已经很高了,偏偏乡村的人口又不断地拥入市区来,房屋供不应求,屋价飞涨,许多年轻人结婚以后都被迫与父母同住。

"我的弟弟达立,刚刚结婚,他租下了一间三房一厅式的公寓,单单订金就花了 5000 镑(合新币 15000 元),除此以外,每个月还要付 30 镑的租金。这是一笔相当重的负担,幸好他和他的妻子都是电气工程师,收入都算不错,否则,他也只好和我们挤在一块儿住了。"

接下去,我们也讨论了宗教、经济、社会等问题,至中午 12 时许,怕妨碍他们用午餐,我和日胜站起来告辞,殊不料罕地夫妇及娜丽却异口同声留我们吃午餐,罕地太太语调温柔地说:

"今天是星期天,我们打算到达立家一起用午餐,如果你们不嫌弃的话,请你们一定要留下来。"

告诉他们,我们想到开罗市郊的一个古老小镇赫利奥波利斯(Heliopolis)去观光,今天不去,以后恐怕再也没有机会了,但话犹未毕,娜丽却抢着说道:

"我们通常在下午 3 点多才用午餐,你们去赫利奥波利斯,最多 1 个小时便够了,你们现在去,还来得及赶回来用午餐啊!"

盛情难却,我们欣然应允。娜丽要陪我们去,但我们却婉谢了她的好意——外出旅行,我们一向尽量避免麻烦他人。

从罕地家附近的火车站乘搭火车约 20 分钟，便来到了印象里那古色古香的小镇赫利奥波利斯了。小镇出奇地整洁，街道很宽，两边的建筑古老里透着庄严。最令我感兴趣的是，路边开设了许多露天茶座，五彩缤纷的洋伞，在温煦阳光的照耀下，撑得圆圆大大的，似乎是在炫耀春季的绚丽与美妙。茶座下面，三三两两地坐满了人，我们虽然很想坐在那儿，喝喝咖啡，看看街景，但是，囿于时间，唯有取消原意。根据旅游册子的介绍，这儿有一个高耸入天的花岗岩石碑，颇值一观。但当我们按图寻到那儿时，却发现空空如也，询问当地居民，他们说，该石碑最近被移走了，我们自然极感失望，随便在市区兜了几圈，便乘搭火车返回罕地家了。

罕地夫妇和娜丽穿戴整齐了，罕地太太自厨房搬出了煮就的食物，一锅一锅小心翼翼地搬下楼，放进汽车里去。娜丽打趣地笑道：

"儿子请客，妈妈煮菜，你们觉得奇怪吗？"

达立的公寓坐落于一个新的住宅区，地方很宽敞，整间房子布置得很西化。达立和娜丽一样，肤色黧黑，唯他圆大眸子流露出来的，不是坚毅与专注，而是和善与笑意。正因为这一点不同，他给人的印象是活泼而又充满活力的。不像娜丽，即使在说笑话时，也显得很沉着。达立的妻子，非常漂亮，她穿着一袭白底的过膝连身衣裙，鲜红的玫瑰花，由裙摆一直绽放到胸前去，把她白皙的脸衬得更白，也把她墨黑的眼珠衬得更亮。

他们夫妇把我们引进屋子后，立刻捧出了冰冻的啤酒和开胃的甜酒。我们上一趟旅程居住在禁酒的沙特阿拉伯，许久滴酒未沾，现在，正好乘此机会开怀畅饮。他们一家人亲切地以阿拉伯语热切地交谈着，唯恐我们被冷落，达立特地搬了几本相册让我们慢慢欣赏。照片里的人，几乎每一张都是笑容可掬的，然而，当我翻到了罕地一家人在海边拍摄的照片时，不禁愣住了，照片里的罕地，只有一只脚是健全的，另一只脚只剩下膝部以上短短的一截。我抬头看了看坐在眼前不远处的罕地，他身着一条灰色的长裤，双脚的皮鞋擦得亮闪闪的，此刻，他正以洪亮而愉快的声调与他儿子达立交谈着。就在这时，娜丽伸过头来看了看我手中的相册，立刻，她以手指着那张照片，微笑地说：

"你没有想到吧，我的父亲只有一条腿？"

"呃，是天生呢，还是意外？"我关怀地问。

"哦，他17岁那年骑电单车不小心被汽车撞及，虽然侥幸保存了性命，但一条腿却被辗断了。他是个意志非常坚强的人，装上义腿以后，立志要做一切常人所能做的事，他去学驾车、学游泳——我们姐弟俩就是靠着他的教导而学会游泳的。平常穿上长裤，谁也不会察觉他只有一条腿而已！"

人的意志如果足够坚强，的确可以发挥出一种超越自然的力量。有些人遇到挫折后，可能会自怨自艾地在愁云惨雾里度过一辈子，但罕地老先生却选择了一条明智而正确的道路，他不怨天、不尤人，咬紧牙关站起来，因而获得了圆满又快乐的人生。

虽说是下午3点半吃午餐，但东拉西扯拖到5点多，我们才被请上桌，据说他们的晚餐是迟至10点才吃的。这时,我已是饥肠辘辘了。摆在桌上的,是一大盘烤得焦黄脆亮的骆驼肉卷,一碟炖得软绵绵的羊脑,一大锅煮得香气扑鼻的羊肉,还有掺杂了玉米煮成的大白饭。坦白地说,羊脑、羊肉和骆驼肉卷实在都不是我所喜欢的,但那天在那温暖而愉快的气氛下,我竟吃得比谁都多,而席间父母子女相互夹菜劝吃的情景也很使我感动。真的,还有什么比天伦之乐更使人感觉人生充实的呢?

餐后罕地夫妇送我们回旅馆,开罗的市区非常拥挤,当车子在狭窄的道路上缓缓蚁行时,罕地温柔地抚摸着他妻子灰白的头发,语调柔和地说:

"'妈妈',今天辛苦你了!"

他太太报他以一个温柔的微笑,这虽是一个很普通的小动作,但却道尽了夫妻之间隽永而真切的情意!

在隔了许久的现在,每每忆及罕地那一家人,我心里总会不由自主地泛起快乐的涟漪。

罕地这一家人,不但懂得爱的真谛,也使他人肯定了爱对人生的意义!

伊曼

我是在吉达市（位于沙特阿拉伯西部濒临红海处）一个豪华的婚宴上认识伊曼的。

那天晚上，当我依照请柬上的指示于9时整抵达婚宴主人那装饰得五彩缤纷的私人住宅时，两千多个席位上，只疏疏落落地坐了两三百人。我随便拣了个位子坐下来，好奇地东张西望，就在这时，伊曼走了进来。像一颗自高空飞跃出来的星星，她身上所发出来的熠熠亮光，使周围七彩的灯光骤然黯淡了下来；而这亮光，也着着实实地扎痛了会场上各人的眼睛。

她很高，细佻的身材裹在一袭粉红色半透明的雪纺晚礼服内，轻俏飘逸。晚礼服由肩至胸处缀着多串细细长长的银色晶片，远远看去，好像有几条闪亮的八爪鱼跋扈地趴在那儿。她的头发很浓很密，深褐色的，不经意地泻在肩上，别有一股飞跃的妩媚；眼睛不但大，而且还微微地凹了下去，使她整张脸看起来充满了一种独特的个性美。有些人的美像彩虹，一出现便能摄人心魂；有些人的美却像静静的溪流，必须细细地端详才能发掘出来；很显然，伊曼不是溪流，她是彩虹，一道炫目而不灭的彩虹。

和她在一起的，是一名脸带微笑的中年妇人，她们在前面几排的位子上坐了下来。就在这时，和我同来赴宴的女伴葛玲问我愿意与她到处看看否。我看看表，距离仪式开始的时间还早，便爽快地答应了。我们把皮包放在椅子上，到处跑，到处逛。这晚宴请的女宾多达两千五百余名。因此，单单被差来调饮料的女仆，便多达十余名了。她们在一块空地上铺好地毯，架上火炉，炉里那个大大的圆肚锅里，不绝地散发出阿拉伯咖啡的浓郁香味。围墙以内，有十多幢建筑样式一模一样的独立式洋房，处处灯火通明，喜气洋洋。我们好像进入了大观园的刘姥姥，东张西望，一个多小时后，返回举行婚礼仪式的那个大会场，赫然发现两千多张椅子已经坐满了人。我们好不容易找到原来的位子，却惊异地发现我和葛玲的皮包已被"移放"到地上，位子呢，则端端正正地坐着两名珠光宝气的老妇人。

"夫人，这两个位子是我们的！"我客客气气地对她们说，一面指了指地上的皮包。

她们只冷冷地看我一眼，便把目光调开，给我们来个不理不睬。不得已，我和葛玲只有捡起皮包，快怏然地另寻位子了。我举目四望，惊喜地看到伊曼旁边还有一个空位，于是，我拍拍葛玲的背，说：

"我到那儿去坐，你如果找不到其他位子，就过来挤一挤吧！"

就这样，我认识了伊曼。

和大部分沙特阿拉伯女性对待陌生人那种拘谨保守而又冷若冰霜的态度不同，伊曼几乎是毫不犹豫地接纳了我的友谊，还将她旁边那位中年妇女介绍给我。

"这是我妈。"

毫无疑问，她的母亲在年轻时也必然是个美人；现在，眼尾麇集的皱纹虽然破坏了她脸部的平滑，但是，五官美丽，轮廓姣好。

"你是从哪儿来的呀？"她亲切地执着我的手问。

"新加坡。"

"啊！"她的眼睛闪出了一抹亮光，"那真是个好地方。"

"你去过吗？"我反问。

"是的，去年我和丈夫去那儿住了一个星期，明年有机会，我还想带伊曼同去！"

伊曼瞅了她的母亲一眼，撒娇地说：

"哎呀，妈妈和爸爸去度蜜月，我哪里敢夹在中间！"

"你看这孩子，没大没小的！"她望着她女儿微笑地说，眼中蕴含着浓浓的爱。

"夫人，你有几个孩子？"我笑问。

"我本来希望有12个，结果只生了半打。"她语调幽默地说，"三男三女。"

从谈话里，我晓得伊曼的父亲是某航空公司的董事长，家里成员常有机会外出旅行；也因为这样，她们的谈吐与思想较其他阿拉伯妇女开放许多。

那天晚上，我们谈得非常投机，婚宴仪式结束后，伊曼恳切地对我说：

"下星期五，你若有空，来我家玩玩，好吗？"

求之不得，欣然应允。

"中午12点，你在市区的女皇购物中心等我，我来接你。"

女皇购物中心坐落于热闹的王阿都亚兹街，是当地一个规模极大的购物中心。那天中午,我依约站在那儿等。等不多久,便有一辆流线型的美国大房车停在我面前。一名身着制服的司机走向我,彬彬有礼地说:

"夫人,伊曼小姐在车里等你。"

车里的伊曼,由顶至踵都披在重重的黑纱内,轮廓不辨。她娇柔的声音从黑纱里传出来:

"你等很久了吗?"

"不,我也是刚到的。"说着,我望着她头上的黑纱,好奇地问,"怎么你坐在车里也要披着黑纱的?"

"坦白地说,我也不喜欢这东西。"她扯了扯那累赘的黑纱,说,"但是,我父亲规定,只要我们一踏出家门,便必须披上它,父令如山,有什么办法!"

"你平时常出门玩吗?"

"很少,除了每天到大学去上课外,便是待在家里。"

"那不是很闷吗?"

"不会呀!我的消遣很多,看看书、绘绘画、听听音乐,时间打发过去了!"

随意地谈谈说说,车子不久便离开了人潮如涌的市区而转入僻静的郊区。伊曼指着远处一幢围着米色高墙的豪宅对我说:

"喏,那便是我的家了。"

那是一个大得惊人的私人住宅。围墙以内,居然有六座双层的独立式洋房!路旁种满了翠绿悦目的松树和嫣红姹紫的各类花卉。车子在其中一座洋房前停了下来。

伊曼领着我走进了屋子。门一关上,她便脱下了面纱,露在我面前的,是一张没有化妆而依然美得惊人的面孔。

茂密的头发被她在脑后盘成一个富于韵致的螺丝髻；整张脸，光洁、明亮、妩媚，还有几分不经意间闪现出来的锐利。

"你坐一下，我上楼去换件衣服。"

我浏览四方，这是一间布置得极为雅致的大厅，浅绿色的墙壁上，挂着一张巨型的油彩风景画，笔触细中带放，寓圆浑柔美于酣畅淋漓间，不论近看远看，都显得很特别。正当我站在画前细细端详时，伊曼下来了，穿着一件黑白相间的格子长裙配以荷叶袖的白纱上衣，清爽、雅丽。

"你对这幅画有什么评价吗？"她笑问。

对于绘画，我是名副其实的门外汉，往往只凭直觉去鉴赏画的好坏，因此，我当然不敢妄加置评，只简单地说：

"画得很有气氛。是阿拉伯画家的作品吗？"

"是我自己画的。"

"哦？"我重新看了看那幅画，景致显得很陌生，不像是吉达的实景。她看出了我心中的疑惑，因此，解释道：

"我画的是黎巴嫩郊外的景色。"

"你到过黎巴嫩吗？"

"哦，我住在黎巴嫩的时间比在沙特阿拉伯还要久哩！"

"怎么说？"

"我父亲为了让我把英语学好，在我6岁时就把我送去那儿，我小学与中学的教育都是在那儿完成的。前年，我才从黎巴嫩回来这儿念大学！"

"你念的是什么学系呢？"

"工商管理。"

据我所知,沙特阿拉伯的女性只能从事两种行业:一为教师(教导女学生),一为护士(看顾女病人)。念了工商管理系毕业出来以后,她将何去何从呢?

"我当然希望能够工作,但是——"一抹忧悒飘进了她的眸子,"父亲不答应。他认为抛头露面外出工作,是有辱门风、有损门楣的。"

"那——女性在此受高等教育的目的究竟是为了什么呢?"我提出了久存于心的疑问。

"相夫教子呀!"她笑,但是,笑里无欢。

从伊曼身上,我看到了纠结于沙特阿拉伯新一代女性心中的烦恼:高等教育训练她们独立思考的能力,但是,古老的礼教却又为她们的行动套上了种种人为的桎梏,她们夹在这两种力量当中,无力地做痛苦的挣扎。

谈话时,女仆为我们端上了咖啡和点心,咖啡香浓,然而,点心却过于甜腻,吃了几块即饱胀不已。

接着,她向我探问了有关新加坡的许多情况,对于女性在新加坡所享有的种种自由和地位,她极为惊讶,而在惊讶之余,又不自觉地流露了内心的羡慕。

谈至下午3点,她留我吃午饭,但我心里一直记挂着托人看顾的孩子泥泥,因此婉拒了她,她遂嘱车夫送我回去。

那以后,我们不时以电话联络,然再次见面,却在一个多月以后——我接到了家人自新加坡托人给我捎来的一大箱食物,打算分一点给她尝尝,因此,拨电话约她来我家里用晚餐。但是,她却迟疑地说道:

"我父亲不喜欢我们擅自外出访友。我看,不如你来我家吧!"

我去了。她丰采依旧,只是大大的眼睛在原有的温柔中似乎还透着一种梦样的光彩。果然,谈不多久,她就向我透露了心中的喜悦:

"我下个月要订婚了。"

"哦?"我惊讶地望着满脸喜色的她,迫不及待地问,"那个幸运儿是谁呀?"

"我的一个邻居,名字叫做苏必弟,很小就认识的。"

"那你们可以算得上是青梅竹马啦!"我打趣地说。

"唔,在我6岁去黎巴嫩念书前,倒是时常在一起玩耍的,只是回来以后,就没有再见面了。前些日子,他和他的父母来提亲,才有机会重见他。"

"这么说来,这门婚事是由你父母做主撮合的?"

"可以这么说。但是,如果我不喜欢,他们也不会勉强我。比方说,前些日子,父亲一名世交的儿子也来提亲。我觉得他不适合我,我父亲也就回绝了他。"

"你根本没有和他交往过,又怎么知道他不适合你?"我好奇地问。

"靠谈吐呀!"她恬然地微笑着说,"我拒绝他,主要是因为他太保守、太拘谨了。我自己在思想方面是比较开放的,所以,和他说起话来,总有一点格格不入的感觉。"

"那——苏必弟呢?怎么打动你的?"我索性追问到底了。

一抹微笑轻轻飘上了她的嘴角,好一会儿,她才说:

"他是个很求上进的青年,对人的态度也很诚恳。你要看看他的照片吗?"

照片里的人,不能算英俊,但是,神清气爽,给人一种胸怀磊落、豪迈大气的感觉。

"伊曼,恭喜你。"我把照片还给她,诚心诚意地握着她的手祝贺她,"实在很替你高兴。订婚以后,准备什么时候结婚呢?"

"也许再过一两个月吧!"

"什么?这样快!"我吓了一跳,"你今年才念大学二年级呀!还有一年多的学业尚未完成,怎么办?"

"我不打算继续念了。结婚以后,苏必弟准备到美国去修读工程博士学位,我也会随他去那儿,转念室内设计学,这样,我以后回来沙特阿拉伯,就能在家里从事室内设计的工作而不至于学无所用了!"

伊曼是个聪明的女子,她不甘于当个平凡的家庭主妇,但社会规范又不允许她出来工作,于是,她只有通过其他途径来使她的生活多样化了!

提起前些日子在吉达举行的那个豪华的婚宴,我打趣地问伊曼是否要以同样铺张的形式来庆祝,她淡淡地摇头说道:

"我很看不惯这儿许多人挥金如土的习惯,有钱当然不是坏事,但是,我们必须懂得怎样花。结婚,是两个人的事,我最多只会请一些亲戚和好友来家里热闹热闹。"

一个自幼生长于富豪之家而不识"穷滋味"的女子竟会有这样的想法,实在令人不得不对她刮目相看!

她订婚那天,很不巧地,我卧病在床,只能着人送上贺礼而未能亲自到贺。病好以后,我又忙着收拾行装,返回新加坡度假,之后,又到新西兰去旅行了一趟。两个多月后重返吉达,拨电话到她的家里去,才怅然知道她已偕同新婚夫婿飞往美国去了!

放下电话,我在心里默默地祝福她。这个生于古老世界而又不甘被古老传统所束缚的女子,虽然与我只算泛泛之交,但是,她却是我记忆之库里一颗闪闪发亮的珍珠!

河内那三轮车夫

来到越南的首都河内（Ha Noi），想乘搭人力三轮车游览市内的名胜。

进入热闹的市中心，立刻，便有多位三轮车夫同时围了上来，七嘴八舌地兜生意。根据旅游手册的指示，坐三轮车游览风光，每个小时最多只需要1万越南盾（合1美元）。因此，我胸有成竹地问他们：

"载我们观光3个小时，多少钱？"

为首那个，胸前衣服敞得开开的，流里流气地答道：

"每个小时3万盾，3小时，一共9万盾。"

我把旅游册子翻开来给他看，他仰天大笑：

"每小时1万盾？哈哈哈，哈哈哈，太好笑了，实在太好笑了！"

其他的三轮车夫，也可恶地随声附和：

"1万盾？你们走路去观光吧！坐什么三轮车！"

一面说，还一面学着醉汉走路的样子，在那儿摇摇晃晃地走来走去，惹得我们十分光火，一言不发，转身就走，可是，他们却又追了上来，问：

"多少钱？你们要付多少钱？开个价呀！"

远处有个三轮车夫，静静地站着，日胜直直地走向他，只简简单单地交谈了几秒，便偕我坐上了他的三轮车。

游览市区 3 个小时，他开价 2.5 万盾。

他的名字唤作"范迪"，今年 19 岁，去年刚读完中学，会说英语。他肤色黧黑黧黑的，眸子圆大圆大的，一张稚气的脸，不时露出无辜的笑容。

在交通繁忙的河内坐三轮车，真有一种随着"敢死队"冲锋陷阵的惊险感。

大卡车、面包车、电单车、三轮车，从四方八面涌来，人人都不遵守交通规则，实际上，整个市区的交通乱成一团，根本也无规则可守。司空见惯的范迪，好似练就了神奇的"隐身术"。车子从横里杀出、从直里冲来、从后方挤上、从前方驶来，眼看就要碰撞在一起了，可是，他却不闪不避、从容自在地让他的三轮车从狭小的缝隙里、从千钧一发的惊险里，轻轻松松地溜了开去。有许多次，当庞大的汽车险险地擦身而过时，我失控地惊喊出声，他却气定神闲地说："没问题啦，别担心！"有时，三轮车在路上简直就好似在与其他车子跳"探戈舞"，你进我退，我进你退，险状百出。

我在涔涔而流的冷汗里，来到了还剑湖。

位于市区中心的还剑湖，可说是河内一颗光可鉴人的大明珠。绿色的湖水，温柔而安静。这湖，有个脍炙人口的传说。相传黎朝太祖黎利，起义之前，在湖中捞得一把宝剑，寒光四射、锐不可当，剑上还刻有"顺天"二字。黎利称帝后，一日，到湖上泛舟作乐。突然，有只金龟游近游艇，黎利挥剑斩去，金龟闲闲地衔住宝剑，泅水而去。黎利派人下水寻找，然而，金龟和宝剑，却失去了踪影。后人传说，这宝剑原属金龟，它借出给黎利打天下，现在功德圆满，它便来把宝剑索取回去。自此，这湖便有了个耐人寻味的名字：还剑湖。

我在普植绿树的环湖小径慢慢地走着、看着，正想拍几张照片留念时，忽然想起，刚才匆匆忙忙地下车来，没把装着相机、旅游证件和美元的大皮包一起带下来。这一惊非同小可，双足好似着了火一样，飞快地赶到还剑湖对面的街道去找范迪。可是，站在这条车来车往的大街上，他却踪影全无。我的汗毛，一根一根，竖得直直的。正恨恨地痛骂自己的疏忽大意时，却又惊喜万分地看到他从另一个方向踏着三轮车朝我飞驰而来，三轮车上，我的大皮包，安全稳当地搁在座位上。来到我跟前，范迪满脸大汗地道歉说："这里车多，不能停。我去另外一边等你们。"

虚惊一场之后，对于诚实可靠的范迪，也不由得另眼相看了。

接着，我们又逛了河内其他名胜地，如玉山祠、西湖、镇武观、文庙、胡志明墓等等。范迪是个心细如发的人，途中，天空飘起了微尘般的细雨，他便立刻张开了三轮车的帐篷；雨一停，为了不影响我们的视线，他又立刻收起帐篷。有时，从名胜出来，总看到他在细心地用布拭擦车子的座位。

最后要看的一个名胜，是建于11世纪李朝时代的独柱寺。我看天色已晚，加上天气阴沉，便想不看了。把这意思告诉范迪，没有想到，他却坚持要载我们去看，他竖起了大拇指，无声地向我们解释了非看不可的原因。独柱寺是颇具创意的一座小建筑。它以木为原料，模仿莲花的形态，建在满是荷叶的池水里，远远看去，宛若巨型的木质莲花，确实是别有奇趣的。这范迪，硬是要得！

3小时的行程结束后，付给他原定的2.5万盾，另外再赏他1万盾小费，他喜不自抑，再三道谢而去。

我们到市中心的店铺去逛。处处灯火辉煌，人潮川流不息，热闹万分。日胜4年前曾因公务而到河内来开会，当时，越南还未推行开放政策，入夜以后，到处都是静悄悄、黑漆漆的，和现在这种货品琳琅满目、人人摩肩接踵的情况相比较，实在有霄壤之别！越南人手艺极巧，许多手工艺品，雕工精细，价格便宜，令人爱不释手。

我们选购了几套石雕茶具，大包小包地提在手上，一走出店铺而站在路口，便有一位身体粗壮的三轮车夫前来兜生意。还未开口，便听到有人以欢喜的声音喊道："林先生！林太太！"举目望去，啊，是范迪呢！当下不假思索地朝他走去。没有想到，这竟触怒了原先前来兜生意的那位三轮车夫。他以一串一串粗暴的语言高声叫骂，等我们坐上了范迪的三轮车以后，他突然欺了近来，气势汹汹地举起脚来，狠狠地朝范迪飞踢过去。范迪吃痛，把持不住，整辆三轮车也歪歪地倾斜到一边去。在我的惊喊声中，大个子不敢恋战，匆匆走掉，一面走，还一面回过头来，目露凶光地诅咒不休。

范迪默默地把三轮车扶正，我转过头去问他："有受伤吗？"他应："没有。"我又说："那人，真不讲理。"他应："没关系，他是我的朋友，认识很多年了。"说毕，便跨上坐垫，专心一意地踏了起来。

他把我们送返旅馆，我们放下东西，又乘搭他的三轮车去用晚餐。上车之前，告诉他，我们要到还剑湖畔的一

家餐馆去吃海鲜。他看着那地址,又看看我们,几回欲言又止。我们坐上车后,他终于忍不住了,开口说道:

"你们要去的那家餐馆很贵,而且,听说食物也不很好。不如我带你们到另一个地方去,很有越南风味,是游客最爱去的,你们一定会喜欢。"

我看他说这话时信心十足的样子,立刻从善如流。

三轮车穿越大街,走过小巷,走呀走的,终于停在一条行人多如过江之鲫的街道上。栉比鳞次的店铺,密密麻麻地相连着,明晃晃的灯火,把大街照得如同白昼;沸腾的人声与车声,给大街带来了一种爆炸性的热闹。

那间名字唤作"CHA CA LA VONG"的小食店,就"夹"在一长排店铺中。

一迈进去,发现满满都是人。站着等位子时,读了读有关这间小食店的介绍文字,才惊喜地发现,这家店在河内的确是遐迩闻名的。它只卖一道食品,这道食品是河内一个家庭的祖传食谱,在河内已经流传了五代,历史超越百年。这家店是全越南独一无二的,别无分号。由于名声响亮,连街道也以这道食品"CHA CA"来命名。

等了好一阵子,才有空位。一坐下,不必吩咐,侍者便送上了一个小小的炭炉,炭炉上面,放着一只平底煎镬,镬里有多块去骨的鱼,全被特制的香料染成了鲜亮的深黄色,那煎鱼的油,也是艳艳的黄色。接着,侍者又送上了许多只碗,碗里分别盛着辣椒、葱花、葱段、莞茜(即香菜)、粗米粉、虾酱、鱼露、花生米。我们按照侍者的指示,把各类调料放进大碗里,再将鱼块和鱼油淋在上面,趁热而食。鱼极嫩、粉极滑、酱极香,一口咬下去,又咸又甜又辣又酸又油又软又脆又酥,简直就是百味杂陈、百感交集!噫,人间美味尝得多,但是,像这样吃得令人几乎连舌头都吞了下去的美食,实在不多、不多呵!

从小食店出来,忠厚老实的范迪,一看到我们脸上的表情,便知道我们很满意他的推荐,霎时绽开了欢喜的笑容。

范迪轻轻地哼着歌,把我们送回旅馆去。

河内这晚有月,月既圆又大。三轮车行经还剑湖时,月亮不小心,掉了下来,在波光粼粼的湖心荡来荡去。范迪那带着几分清脆童音的歌声,轻轻地回响在夹着花香的晚风里。

啊,河内的夜,竟是如许美丽而令人难忘!

好朋友

坐了整整一夜的火车，于清晨8时许抵达岘港（Da Nang）。

坐人力车到市中心的旅舍去，有个青年，骑着电单车，尾随而来。

一到旅舍，他立刻拉着我和日胜，以结结巴巴的英语，开门见山地毛遂自荐：

"载你们到会安（Hoi An）去玩一天，收费7美元。"

会安是距离岘港三十余公里的古老商埠，也是东南亚地区最早的国际商城。

17世纪时，来自中国、日本、荷兰和葡萄牙的商船，到此来大量采购丝绸、香料、象牙、茶叶、珍珠、草药等物，贸易活动繁盛一时。到了19世纪初期，由于河水逐渐枯竭，船只难以驶入，岘港因此而取代了会安的地位，成为目前越南最大的商港。

到访古老而美丽的会安，是我越南之行的一个重点。根据旅游手册的推荐，由岘港到会安去，最便利的交通工具，便是乘坐电单车了。

我觉得眼前这个越南青年提出的价格很合理，当下便说：

"行。不过，我们需要两辆电单车呢！"

"没问题。"他忙不迭地应道，"我有个好朋友，就住在离这儿不远的地方。你们稍稍等候一会儿，我去带他来。"

过了约莫半个小时,他便偕同他的好朋友来了。

两个人,在外表上,天差地别,出奇地不协调。

名字唤作"添力"的他,脸色白白,个子矮矮,身子瘦瘦的,好似营养不良的样子。

他那位名字唤作"桐阳"的好朋友呢,却长得很魁梧、很健壮,脸上挂着一抹灿烂得连阳光也会晃动的笑容,浑身上下充满了泼懑的生气与活力,伸手与我们相握时,手势强劲有力。一开口,流畅的英语便像直泻而下的瀑布:

"嗨,欢迎你们到蚬港来!由蚬港到会安,乘坐电单车,原本只需要1个小时,可是,我们国家很穷,道路年久失修,我们只能以极慢的速度来行驶,所以,可能需要多花一点时间,希望你们不要介意。"

我坐上桐阳的电单车,日胜坐添力的,一前一后,风驰电掣地朝会安驶去了。

说来滑稽,这是我平生第一次坐电单车,实在有点心惊肉跳的感觉。诚如桐阳所说的,这一段路,陈旧不堪,凹凸不平,电单车为了避免陷入马路的大坑小洞里,有时只好惊险万状地作"S"状蛇行。桐阳是个非常有经验的驾驶员,他一面弯来转去、"避重就轻"地保持电单车的平衡,一面兴致勃勃地与我谈天说地。谈到越南千疮百孔的战争历史,他唏嘘感叹;说到越南百废待兴的今日面貌,他慷慨激昂;讲到越南如此多娇的自然美景,他得意自豪;聊到越南价廉味美的街边小食,他眉飞色舞。

嘴里谈着、车子跑着,到了半途,天公不作美,竟然下雨。先是毛毛细雨,越下越大,他把电单车停下,从网兜里取出一件雨衣,让我穿上,再继程南下。很快,浪漫的雨丝,变成豆大的雨滴,再变成朦胧的雨帘。在寒气袭人的哆嗦里,桐阳和添力,不约而同地把电单车停在一排小店铺前。三个人,都成了狼狈的落汤鸡,只有我,在雨衣的"掩护"下,幸免于湿。

在那一长排小店当中,有家斋食店,我们决定先用午餐,等雨停了再走。

点了多道兼具荤名与荤形的斋食:洋葱炒牛肉、中式腊肠、烧烤鸡肉、碎肉春卷、串烧大虾、酱蒸鲜鱼。端上来的斋食,色泽暗暗的,好像是隔夜卖不完而重新加热的。吃进口里,叫苦不迭,每一道斋食,竟都是冷冰冰的!添力一声不响地埋头大嚼,好似已经饿了几年没有吃饭了;桐阳呢,察言观色,知道食物不对胃口,试探性地问我:"您是不是嫌太冷了?"我一点头,他立刻唤来店东,以一串一串的越南话向他发出了投诉。店东唯唯诺诺,嘱咐侍役把一碟碟食物端回厨房,加热。原本已经萎靡不堪的隔夜斋菜,经不起一煮再煮,色变、质变、味变。我胡乱地塞了几口,便搁箸不吃了。店东把账单送来,4.5万盾(约合4.5美元)。正想掏钱时,桐阳却把账单接了过去,对着桌上的食物,一样一样地核对。结果呢,发现店东多算了5000盾。他对店东疾言厉色地提出了批评,店东一脸尴尬地修正了账单的数目,桐阳依然余怒未消,唠唠叨叨地数落不休,然而,一直埋头大吃的添力,对这事却一直保持缄默。我心想,幸好有桐阳与我们同行,否则,处处吃了暗亏还不知道呢!

雨停后,我们继续上路。细心的桐阳,用一块干净的布,把电单车的坐垫抹得干干的,才让我坐上去。然而,添力呢,却不管三七二十一,一跨上车,便发动了发动机,让日胜坐在湿漉漉的垫子上,绝尘而去。

电单车一驶入会安,我的心,便欢喜地狂跳起来。这个历史悠久的城市,由于未曾受到战乱的影响,市内建筑都保持了古老的风貌,最令人动心的是,同一条街上的建筑物,居然呈现了截然不同的建筑风格,中国式的、法国式的、日本式的,风格相异,姿采各具。且走且看,且看且赞。

来到了古色古香的日本桥,桐阳兴致勃勃地尾随着我,如数家珍地介绍:

"这桥呀,是移居越南的日本人在16世纪末期建的,也是会安最早期的日本建筑。您看,桥头和桥尾,分别安置了猴子与狗儿的雕像,这意味着桥梁动工于猴年而竣工于狗年。"

这桐阳,"功课"可做得真不错呀!添力呢,静静地站在桥上,默默地俯视桥下流水,不置一喙。

接着,我们又参观了会安独有的中华会馆、广肇会馆、潮州会馆、琼州会馆和福建会馆,向负责人了解华人文化在当地的发展状况。

由于桐阳和添力熟知会安市内的交通路线,所以,在短短的一天内,便把我们所策划的旅游重点全都看完了。

到当地一家小小的咖啡店去喝茶,添力突然开口问道:

"明天,你们打算去哪儿?"

"顺化。"日胜应。

"我替您安排交通工具,好吗?"

"坐电单车?"日胜与我,齐齐摇头,"路程太远了,不行！"

"不是的！"添力急急地说，"我会租一辆车子来载你们去的。"

"多少钱？"

"算 30 美元好了。"

我们觉得这价钱合理，便一口答应了。

离开会安时，天已全黑。阴阴的风，裹着湿湿的寒气，吹得人直打哆嗦。桐阳一反常态地保持了高度的沉默，电单车在黑得前路难辨的情况下，有如一只迷途羔羊，挣扎着前进。噗噗的风，毫不留情地打在我脸上，有针扎般的痛楚。

突然，桐阳开口了：

"明天，由我载你们俩去顺化，好吗？"

"咦，我们刚才不是已经和添力做好了安排吗？"

"他要收你们 30 美元，我只收你们 25 美元，如何？"

他是添力的"好朋友"，而他竟想当个背弃信义的"程咬金"！

突来的惊讶，使我一时竟说不出话来。见我不语，他又说道：

"您看添力那个人，木口木脸、呆头呆脑的，英语不好，又不善辞令，由他载你们到顺化去，沿途看到什么，他都不能、也不会向你们解释。我呢，英语没有问题，过去又曾在顺化住过好几年，市内市外，我都很熟。我看，不如这样吧，待会儿回到蚬港后，您去对添力说，你们改变计划，不到顺化去了。明天早上 7 点整，我到旅舍接你们，可好？"

夜，依然深深沉沉地黑不见底。风，依然一无所知地东吹西刮。我全身泛着一阵又一阵的寒意，可我清楚地知道，这一股寒意，是来自内心深处的。添力初见我时说的那一句话，也在此刻反反复复地在我耳边响着、响着：

"我有个好朋友……"

快乐的哲学

查劳立宽敞整洁的办事处,坐落于曼谷繁忙的商业中心。

我们一家子依约于晚上 8 时到达那儿时,接待处那名肤色黝黑的中年人立刻站了起来,说:

"你们是打从新加坡来的吧?"

我们点头称是。

"我去通知查劳立先生。"

晚上的办事处,不但寒冷,而且冷清、冷寂。只有复印机单调的声响,还在重复又重复地响着、响着。

通报员进去不久,复印机的声响便停了。接着,手杖触地发出的清晰声响,由远而近、由远而近……

查劳立出来了。

非常和蔼可亲的一张脸,特征是圆:脸圆、眼圆、下巴圆,连那鼻头,竟也是圆的。灰白色的头发,顽皮地在头顶卷来卷去,好似一个个张开口笑着的小精灵。

"嗨,嗨,嗨!"

亲切地和每一个人打过招呼后,他道歉道:

"对不起,我还有一些工作要处理,请再给我 10 分钟,可以吗?"

"当然可以啦!"我们异口同声地应道。

10 分钟后,他出来,车夫把车子驾过来,他和我们一起出去用晚餐。

查劳立是在与日胜分别十多年后，奇迹地般在曼谷重逢的。

20年前，查劳立是泰国政府部门里一名担任要职的工程师，在一项职员进修计划里，他被派遣到澳大利亚做为期3年的在职训练，日胜便是那时和他在悉尼维持了3年的同事关系。大家同是亚洲人，谈起话来分外亲切、分外投机。日胜当时还是王老五，查劳立常常邀请他回家去，品尝他妻子拿手的泰国酸辣汤。3年后，查劳立受训完毕返回泰国，日胜继续留在澳大利亚。男人通常都不太热衷于写信，两人的交情，便这样中断了。

去年，日胜到曼谷开会，觉得参与会议的某个人很面善，交换名片时，两个人都不约而同地喊了起来：

"啊，是你！"

20年前的旧相识，重逢时居然"见面不相识"！两个人促膝长谈时，都有无限感慨。

这一回，一家子到泰国度假，日胜托查劳立在曼谷代我们订旅馆。我在电话中和他谈过话，人呢，却还是首回相见。

"我在新加坡有一位朋友，每天工作12小时，我们称他为工作狂。"我半开玩笑地对他说，"你大概也和他一样吧？"

"12小时？"他侧头想了想，猛然摇头应道，"不不不！我和他是不一样的，我每天至少工作17个小时。"

我们都笑了起来，他一本正经地说：

"嘿，你们别以为我在开玩笑，真的呀！"

10年前，查劳立离开政府部门，自行创业。10年的辛勤耕耘，使他的机构成为目前曼谷首屈一指的工程咨询公司，员工多达两百余人。

在谈及这些年的奋斗与成就时，出乎我的意料，他的语调并不是充满了兴奋与自豪的，反之，他语调疲乏地说：

"目前，我工作的合约源源而来，我的工程遍布世界各地。许多人都认为我可以坐享其成了，可是，我却挣扎得比任何时候都苦、都累。我挣扎，不是为了要拓展业务，而是为了平衡收支。你们想想，两百多名员工的生计操纵在我手中，我能不小心经营吗？"

家家有本难念的经，屈居下位的人为了力争上游而拼命挣扎，在行业里拥有了一个小王国的人，却也为了支撑他的王国而苦苦挣扎。"物竞天择，适者生存"，原是千古不易的真理呵！

查劳立的办事处，距离餐馆原本不很远，可是，曼谷的交通情况，惊人地混乱，没秩序、没规则，嘟嘟车横冲直撞，大小车子全不依车道行驶，到了上下班时间，处处塞车，车子在路上简直是一寸一寸地移动的。

到达餐馆，已近9点。这家餐馆有一个很美丽的名字：御膳房。

车子停在餐馆门口。查劳力开了车门，手杖先着地，然后，把身体的重量一点一点地放到手杖上，再慢慢地用手杖支撑自己站起来，一拐一拐地将我们引入餐馆去。

"查劳立怎么会变成这样呢？"我悄悄问日胜。

"还不是为了工作！"日胜压低嗓子答道，"到工地去视察工程时，从铁架上跌下来。"

我微微叹了一口气。

生活富裕的查劳立，人生道路不是铺满馨香的玫瑰花的。

查劳立在御膳房餐馆里订了一个厢房。此刻，厢房里坐了两位年轻的女孩，都是笑眯眯的，一见到我们，便站了起来，极有礼貌地喊道：

"叔叔，阿姨。"

是查劳立的两个女儿，长女念大学，次女念中学。

"我还有一个女儿在家里。"查劳立毫不忌讳地说，"5岁时患脑膜炎，破坏了脑子，成了智障儿童。"

我不敢搭腔，生怕语调里泄露了太多查劳立所不需要的同情。

我问她们：

"为什么妈妈不一起来呀？"

大女孩的回答，大大地吓了我一跳：

"母亲在半年前去世了。"

查劳立接腔：

"患胃癌死的。"

才四十多岁的男人呀，居然已经失去了相濡以沫的人生伴侣！我将目光移到别的地方去，不敢看他的脸。

坐了下来，他竟又重拾刚才的话题：

"当时，我用尽了所有的办法，想延长她的生命，然而，她最后还是斗不过那可恶的癌症。"

他语调淡淡然的，似乎看不出曾经为此而有过刻骨的悲痛。但是，有过同样经历的人，大约便会知道，在摧心的痛苦过后，往往对一切都会看得很淡。

"她的癌症发展到后期，蔓延到肠部，痛不可忍。她要求安乐死,我们的家庭医生也答应合作,但是,我怎么也无法让自己点头……"

听到这儿,我才听出了他语调里残存的悲意。

啊!查劳立的人生道路,不但没有处处怒放饱含异香的玫瑰花,而且,暗暗地长着不为人知的荆棘。

我无法掩饰的苦涩的表情使他警觉地吞下了无意间流露出来的悲哀,他为自己的话做了一个总结,说道:

"现在,如果有人问我:什么是人世间最为珍贵的?我会毫不犹豫地说:健康!"

这个平凡的小道理,是查劳立经历了一番痛彻心扉的死别,才得出了悟的。

晚餐非常非常丰富,冷盘之后是鲍翅、北京烤鸭、烧乳猪、炸乳鸽、煎牛柳……啊!查劳立简直是把我们当作鸭子来填了。

饭后,查劳立约我们去他的家喝咖啡。

途中,经过一个工地,查劳立对我们说:

"这里要建一座现代化的购物中心,我是这一项工程的咨询顾问。"

他接着告诉我们,目前单单在曼谷一地由他担任顾问的工程,便多达 11 桩了。

我惊叹:

"你哪来的精力应付啊!"

"哦,我在每个工地都安置了一张吊床,每回视察过后,便小憩一阵子。我每天早上 7 点便到公司上班,一直到晚上 11 时许才离开公司。如果白天不争取机会休息,恐怕真会支持不了。"

说到这儿,他的声音突然涌满了欢愉的笑意:

"上天赐给我最大的本领是,不论何时何地,只要一合上双眼,我便能呼呼入睡。就算有天大的事情,我也绝不让它压到心上来。次日太阳升起来时,才为明日事而忧!"

"船到桥头自然直""柳暗花明又一村""天无绝人之路",查劳立的人生哲学,和我的居然不谋而合。

顿时觉得心灵和他很相近。

查劳立的家到了,是曼谷市郊的一所独立式洋房。

一进了大厅,我的孩子立刻乐开了怀。沙发旁的矮几上,一叠一叠的全是来自世界各国的漫画书;还有,靠墙的玻璃橱内,一排又一排的全是卡通片的录像带。

数目和种类,是那么、那么多,我啧啧惊叹:

"啊,漫画和卡通片,真是全世界小孩儿的恩物……"

话还没说完,查劳立含笑打岔:

"我的孩子,对这些都没有兴趣,它们全部都是属于我这个老顽童的!"

"你?"我讶然问道,"你那么忙,哪有时间看?"

"正因为我分分钟钟都在忙,脑子难得休息,所以,我需要借助它们来放松精神。每回子夜返家,第一件事便是看一小时的卡通片,再读半小时漫画,大笑之后,酣睡到天明,上班时,身轻如燕哪!"

啊,卡通片与漫画书,是他的忘忧剂,亦是他的安眠药。

这时,他看到我家长子津津有味地读着阿奇(Archie)漫画系列,便凑过头去,和他热烈地讨论 Archie 的两位女朋友贝蒂(Betty)和维罗妮卡(Veronica)究竟哪一位比较可爱。

  此刻，兴致勃勃地讨论着漫画人物的查劳立，双眼发亮，神采飞扬。笑意由他的嘴角溢了出来，在他脸上恣意泛滥，他浑然忘我地投入了那个童稚的世界中。

  这是一个懂得快乐哲学的人。

  他因意外而得腿疾，他的女儿不幸得了智力障碍，他中年丧偶。种种刺激、种种打击，把他鬈鬈的头发染白了，但是，他的内心，有一个非常晶莹的世界，这是一个忧伤进不去、痛苦摧残不了的世界。

  铸造这世界的，是他那一颗不老的赤子心。

罂粟花魂缠在苗族村

从来没有一种花像罂粟花一样，在初见那一刻让人心魂俱荡。

在泰北杜埃培苗族村一个称为"青春花园"的园圃里，百余株罂粟花尽情而灿烂地绽放着，有红亦有白。红的，很红很红，好似罂粟以它的花瓣哀哀地泣血；白的，极白极白，好像罂粟的灵魂在花圃里幽幽地现形。红的白的罂粟花，全都被细若柳条的茎轻巧地支撑着，一朵一朵地在寂寂的山谷里顾盼生姿。风从林梢来，罂粟花在风里温柔地点头微笑，一片恬静祥和的气象。

站在我身畔那一名年轻的苗族人阿必，用流畅的华语对我说道：

"瞧，鸦片膏就是从那些果实里提炼出来的。"

我伸长脖子细细地看。

在那丛丛齿形锯状的叶子当中，一颗又一颗大若蛋形的青色蒴果，毫不惹目地立在一根根又细又长的绿茎上。

啊，这"罪恶之果"！多少世人靠它而生，多少世人因它而死呵！它默默地生着、长着，不与花争艳，不以香诱人，然而，亿万人的生命与生活，却不可思议地被它操纵着！

阿必耐心而细心地向我解释：

"用刀把果实轻轻划破，有白色乳汁流出，收集起来，曝晒于阳光下，几小时后，乳汁干燥凝结，便成黑褐色的鸦片膏了。"

"不需要经过特别的加工吗？"我惊讶地问道。

"不必。"他摇头说道，"制作白粉时，才需要把凝成饼状或是砖状的生鸦片打碎而进一步加工。通常10公斤的鸦片膏只能制成1公斤的白粉。"

"目前杜埃培苗族村还有人抽鸦片吗？"

"有，当然有。"他飞快地应道，"老一辈的，包括我的祖父、我的父亲，都还在抽。抽了几十年啦，戒不了！"

"你呢？"我直直地看着他的脸问，"你抽不抽？"

"我？"他缩了缩鼻子，坦白地说，"一点点啦，我抽鸦片膏，一天最多只抽20克。"

阿必是杜埃培苗族村里一名年轻的"推销员"。他身上那个看起来邋里邋遢的小背包，装满了以象牙和缅甸玉制成的各类首饰。他一大早便在村里晃来晃去，向游客兜售这些首饰以赚取一日的生计。

我买了一只象牙手镯后，向他打听罂粟花的种植处，他很热心，自动请缨带我去。

现在，看过了罂粟花之后，我们一边慢慢地走，一边絮絮地谈。

苗族和鸦片，有着不可分割的密切关系。一百多年前，苗族由中国云南途经缅甸来到了泰北，大量种植罂粟并以此为生计，许许多多的苗族人也就在这种情况下染上了毒瘾，一辈子难以自拔。后来，在泰国政府积极的帮助下，苗族人才逐渐改变了谋生的方式。

目前散居在泰北各个村落的苗族人，有两万多名，有的经商，有的务农；靠种罂粟花为生的苗族，已销声匿迹了。刚才阿必带我去看的罂粟花圃,是泰国政府特意保留下来以向游客展示的。

阿必所居住的这个苗族村落,共有 35 户人家,六百余人。

"杜埃培村的苗族人,不爱耕田,爱做生意。"阿必兴致勃勃地告诉我,"年轻力壮的,多数驾吉普车运载居民进进出出而赖以为生。等积攒了足够的本钱后,便改行做生意。"

"做什么生意?"

"做买卖呀!"阿必笑眯眯地答道,"把货物从缅甸运来这里售卖。"

谈着谈着,我们来到了村子里一个极其热闹的地方。路的两边,全都是店铺。店铺出售各种各样的手工艺品,一问之下,大部分的物品果然都是来自缅甸。缅甸生活水平低,原料价格低廉;运来泰北卖的东西全都很便宜,吸引了许多顾客。

"我的梦想就是在这儿开一间店。"阿必说,双眼晶晶发亮。

店铺的尽头,有一道长长的黄泥路,曲折蜿蜒地伸入群山环绕的丛林处。阿必的家,就在山脚下。

那是一间很大的木屋,木门虚掩。阿必"咿呀"一声推开了门,啊,尽管屋外阳光猖獗,屋内却是伸手不见五指的。我用双手拼命地揉眼睛,揉了好一会儿,才慢慢适应了屋内的"亮度"。木墙,泥地。离大门不远处,砌有泥灶。灶里有火,灶上有锅,锅里有汤。灶边那个半圆形的竹篓里,满满地盛着煮熟了的猪肉,缕缕香味,随着袅袅上升的烟气，四处飘散。一名身材臃肿的老妇人，正站在灶旁，和气地对我微笑。另有一名瘦削的男子，手里拿着一大碗拌和汤水的白饭，坐在长长的木桌边，开怀大吃。

女的，是阿必的大娘；男的呢，是阿必的父亲。

本着苗族好客的天性，他们万般热诚地朝我伸出了欢迎之手。

他们招呼我坐下，拿碗盛饭，拿盘盛肉，饭和肉都堆到我面前来。盘里的肉，是白煮而成的，唯一的调味品是盐，肉质柔嫩，然而，肉味略腥膻。

"没有想到你们日常膳食这样丰盛。"我拿起了一块排骨，边啃边说。

"你刚好碰上我们过年哪！"老人神情高兴地说，"过年期间，家家户户轮流杀猪，招待亲朋好友。我的这头猪，是昨天傍晚才杀的。今天晚上，左邻右舍，都会上我这儿来用餐！"

阿必接着告诉我，一般苗族所过的生活，依然是很清苦，平日三餐，多以蔬菜和米饭为主，多月不知肉味是常事。只有岁末过年，才能大吃特吃。听阿必这样一说，我便立刻把筷子放了下来，我不忍再吃啦！

阿必的父亲很健谈，他年过七旬，有两房妻室。问他为什么僻居泰北山村还能说流利华语，他说：

"过去，我的父亲由云南移居此地，我呢，在泰北出生，在泰北成长。由于我父亲在家里坚持用华语交谈，到了我这一代，也坚持这样的用语习惯，因此，我的下一代，理所当然地也以华语作为家庭用语了。"

在这样一个华语全然不通行而又没有实用价值的偏僻

村庄里,这一家人一连几代坚持以华语作为家庭用语,我觉得非常难得,然而,阿必父子却觉得这是天经地义的,就像肚子饿了需要吃饭一样普通,普通得不值一提!

老人谈着谈着,打了个大大的呵欠,问我:

"我吸点鸦片,你不介意吧?"

他的妻子替他把烟枪捧来,他在桌上的铜盘里点起了一根蜡烛,自怀里掏出一颗黑褐色的东西,大小一如鹌鹑蛋,用透明的玻璃纸包着。啊,这就是生鸦片了!

只见他以一根细细的针,挑起一点生鸦片,放在火上烧了一下子,看着那一小块烟膏软化了,才小心翼翼地将它塞入烟枪上的一个小孔内,然后,眯着眼睛,大口大口地吸了起来,一股浓郁的烟味,霎时溢满全屋。

原本幼稚地以为吸鸦片一定要躺在烟榻上的,现在才知道不必哪!

突然,我有一种不寒而栗的感觉。死亡这妖魔,正清清楚楚地对着他们张开狰狞的大口,然而,缭绕的烟气却模糊了他们的视线,使他们误以为他们正走向极乐的仙境!

我起身告辞而去。

第二天,雇了车子,到距离清迈大约50里的另一个苗族村去看。

这个唤作"农安"的苗族村,有四十余户七百余名苗族人聚居于内。和杜埃培村最大的不同是,农安村的苗族人不经商,他们以务农为生。

"新年"对于农安村的居民来说,是意义深长的。他们大部分的农作物已在11月收割完毕,12月是他们欢庆新年佳节的月份。人人穿上五彩鲜艳的新衣,大碗吃肉,大杯喝酒,狂歌狂舞,尽情欢乐。

我来到村里时,正有一大群装扮艳丽的苗族人在广场临时搭成的舞台上载歌载舞。

在台下观舞的,多数是年轻的一群。他们情绪高昂亢奋,有许多还随着震耳欲聋的音乐,拼命地扭腰摆臀。

老一辈的呢,东一堆、西一堆地围坐在一起,闲谈。满地乱跑的,除了稚龄孩子外,还有鸡和猪。

整个村落,快乐得让你可以触摸到快乐的气息。

找会说华语的苗族人搭讪,一名中年汉子口沫横飞地告诉我:

"我祖父那一代,原本是种罂粟为生的。后来,政府禁止罂粟种植,免费供应我们其他农作物的种子。现在,我们的农作物主要有荔枝、龙眼、杧果、香蕉、木瓜、稻米、玉蜀黍、棉花等等。这里土地肥沃,种什么,活什么,而且年年丰收。"

我迟疑了一下,还是问了:

"村民还抽不抽鸦片呢?"

对此,他直言不讳:

"对于老一辈的人来说,鸦片已经变成了他们身体的一部分了,恐怕至死难戒。至于年轻的一辈,深知鸦片的害处,都不抽了。"

我注意到农安村有水又有电。问起来,中年汉子说:

"是的,是的,是政府帮助我们把水和电引进来的。过去,苗族人常常迁徙,每回迁移到一个新的地方,便砍树烧地,造成了极大的破坏。政府为了使我们安居而又乐居,便多方面给予我们特别的照顾。比如说，村中的那所小学，便是政府设立的，村中小孩都可以享受六年的免费教育！"

感觉上，农安村的苗族和杜埃培村的比较起来，似乎快乐得多。在农安村里的农民生活，简单纯朴。他们日出而作，日入而息；穿的，是自织的衣；吃的，是自种的米和菜、自养的鸡和猪。一切自给自足，人人知足常乐。杜埃培村的苗族呢，可就没有这样单纯了。他们选择了经商作为谋生的方式，经常与游客接触的结果，是加强了他们在物质上的欲望，而当这种欲望得不到满足时，他们便以鸦片来使精神上的痛苦暂时得到解脱。当然，这只是我个人的观察与了解，也许，这样的分析和事实还有一段距离也说不定。

和中年汉子的谈话告一段落以后，我沿着一条小径走向那一大片广阔的农田。收割过后，播种季节还未到来，群山环绕的农田空无一人。果实采摘殆尽的果树，在微风里絮絮自语。啊，这里曾经是遍植罂粟的一个地方呵！罂粟花开时，也同时带来了发财的希望和死亡的阴影。它令人狂笑，也叫人悲泣。

罂粟本身，是一幕永恒的悲剧。它以它的魂，去纠缠人的魂，人一旦爱它恋它，便会沉沉地陷落于万劫不复的深渊里。曾一度以种罂粟为生的苗族，命运当比其他土著来得悲。然而，看到今日农安村苗族人的生活实况，我很高兴，他们已完完全全地摆脱了罂粟可怕的阴影了。

普吉岛上的马兹

对于马兹来说,旅馆是树,旅客是兔子。

每天早上 8 点,他都静静地伫候在旅馆外面。

这天早上,我们刚走出旅馆,马兹便迎了上来,一脸都是灿烂得使阳光晃动的笑。

"朋友,要坐嘟嘟车游览美丽的普吉岛吗?"

嘟嘟车是泰国普吉岛上一种极为普遍的公共交通工具,有点像小型货车,然而,后面不设车门,两旁窗口敞开;坐在里面,凉风扑面而又能自由地欣赏窗外的景物。

我的两个孩子,一看到他的嘟嘟车,立刻大乐,如猴子般跳了上去。

此刻,我觉得自己已成了砧板上的鱼肉。

我告诉他,希望看看古老的街市、瀑布、沙滩、寺庙等等,大约半天的行程,问他索价多少。出乎意料,他并没有狮子大开口,只是平平实实地说:

"500 铢(约合新币 43 元)吧!"

虽然觉得他出价合理,然而,我还是习惯性地削价:

"400 铢吧!"

"夫人,"他搔了搔那一头卷曲的黑发,好脾气地微笑着说,"我向来都不随意开高价的,您也别削价了,好吗?如果您一定要减,那就算 499 铢吧,如何?"

我"扑哧"一声笑了出来,在笑声里,一家子欢天喜地地上了他的嘟嘟车。

他带我们到丛林深处看瀑布,徒步经过一大片胶林时,马兹突然停下了脚步,站在一棵树前,温柔地抚摸着那刀痕累累的树干,说:

"夫人,你看。"

我看了,但不明白他为什么叫我看。

"你看看,这些就是橡胶树了。橡胶树是普吉岛居民赖以生存的命根子呀!"

很显然,他不知道我的童年是在胶林遍布的马来西亚度过的。他把我当作没有看过橡胶树的"城市土包子"了。我没出声,让他自顾自地说。他指着系在树干上的小碗,继续说道:

"这些胶液,养活了我们一家十口哩!我的父母以割胶为生,兄弟姐妹八人,都在胶林长大。所以,每回看到橡胶树,我都好像重晤亲人一样,亲切又温暖。"

马兹毫无保留地表达了他对胶林的热爱。阳光从叶缝中照进来,把他的脸都照绿了。他的脸圆圆的,两颊鼓胀鼓胀,好似长年含着糖果的小孩儿。由于经常笑,唇边有两道柔和的笑纹;而他看人的眼神,则和他说话的语调一样:温和。唯一与他娃娃脸显得不相衬的,是他唇上那两撇淡淡的八字须。也许,他是希望借这两撇八字须来向外界展现他"三十而立"之龄的成熟度吧!

看了瀑布,我们又参观寺庙、逛游街市。每到一个名胜,他都如数家珍,娓娓介绍。因觉得他说话很有条理,忍不住问他:

"马兹,你有读过导游训练课程吗?"

"没有。"他坦白地摇摇头。

"读过中学吧?"

他语调谦和地答:

"读过的。"

他顿了顿,又说:

"我是曼谷 R 大学政治系的毕业生。"

"什么!"我忘了礼貌,惊极而嚷。

他神态平静地说:

"在现实生活里,面包最重要。勒紧腰带来谈理想,是不切实际的。我毕业后,处处闹失业,我总不能坐以待毙呀!"

"是不是大学一毕业,你便从曼谷到普吉来当导游呢?"我喜欢追根究底的老毛病又发作了。

"不是的。我起初在曼谷当电气商品的促销员。"他说,"我讨厌这份工作,因为它强逼我说谎——谎话说得越厉害,商品也就销得越快、卖得越多。我觉得违背了自己的良心、欺骗了自己的良知,所以,勉强做了几个月,便辞职不干了。"

辞职后,他决心投入蓬勃发展的旅游业,进了曼谷某家旅行社当导游。曼谷生活水准高,竞争又剧烈,要自行创业,难若登天,所以,他打算另寻出路。两年前,来到了普吉岛,他终于以"三年摊还"的付款方式买下了目前这辆嘟嘟车,开始实施"单人操作"的导游生涯了。

他早上伫立在旅馆外面的憨态,使我不由得想起了中国寓言里"守株待兔"的故事。我笑着把这寓言说给他听。

他听了，摸着浑圆的下巴，咯咯地笑，笑了好一会儿，才摇着双手，说：

"夫人，我可不像那个农夫那么愚蠢。他是死守，而我呢，是活守。每天早上，我由8点守到10点，没有收获，我便走。"

"走？走去哪里？"

"哦，我到芭东沙滩去，把嘟嘟车当作计程车，载送游客到市区中心，每个人收费20铢。"

"万一碰上旅游淡季，不是两头不着岸吗？"

"哦，每年总有一两个时期是旅游淡季的。这时，我便把嘟嘟车租给别人——当然，租金是很低的，但也聊胜于无呀！我自己呢，白天当园丁，晚上当渔夫，所得收入，维持生活，绰绰有余。"他习惯性地摸着下巴，说，"老实说吧，在普吉岛，只要你肯做，绝对饿不死。这个小岛，得天独厚，土壤肥沃，种什么，活什么；渔产丰富，捕什么，有什么。"

一个大学政治系的毕业生，难道就这样为了面包而终生把自己的理想埋藏起来吗？

我很想问，但是交浅不能言深，所以不曾开口。

中午，他带我们到市中心街边的一个小摊子去品尝泰国著名的牛肉丸。火炉上那一只圆肚大铜锅咕嘟咕嘟地滚着。锅内满满的都是牛骨，浓郁的香味如蛇一般缠上身来。点了牛肉米粉，也点了牛肉丸汤。那片片薄薄的牛肉，又软又滑，几乎不用咀嚼，便自动地滑下喉去；而那牛肉丸呢，又爽又脆，弹跳有致，的确具有上佳的水准。

午饭过后，孩子们吵着要去游泳，我看时间也差不多了，便坐上马兹的嘟嘟车返回坐落于海边的旅馆去。途中议好，我们再付他300铢，晚上由他来载我们去看泰国拳击赛。

看拳击赛，可真是一次令我不忍回顾的经历。在拳击场里那4个小时，我是勉强撑着过的。那残酷的打斗有好几次令我难以自制地潸然泪下。然而，马兹由始到终都是情绪高昂、亢奋不已的。他喊、他叫；他跳、他捶；拳击手出手越狠越毒，他叫得越响亮越有劲；拳击手踢脚愈快愈准，他跳得愈高愈狂。这时的马兹，和白天那个温文尔雅的马兹，已判若两人。唉，不同的社会，造成了迥然而异的价值观。这项被我视为残忍无比的玩意儿，却是令泰国人如痴如醉的消遣；台上那双手高举的胜利者，是泰国人心目中"光荣的标志"，然而，我却认为他是"畸形消遣"的一个可怜的牺牲者。

终场时，子夜已过。

马兹在观赏的过程里，倾注了全部的精神，比赛一过，他靠在椅背上，双手揉脸，立刻揉出了一脸的疲乏。

日胜看到他的眼皮软趴趴的，老是撑不起来，而由这里返回旅馆，路程又长达二十余公里，所以便说：

"马兹，由我开车，好吗？"

马兹立刻高兴地交出了车钥匙。上车不久，居然鼾声大作。呵，这真是个胸无城府的人。

第二天，打算自己一家子到处去逛逛。8时许走出旅馆，马兹却又在阳光底下朝我们露齿而笑。于是嘛，全又上了他的嘟嘟车。

他带我们去腰果厂参观。

腰果肥肥白白的，好似赤裸裸的初生婴孩。我爱其形，亦爱其味，然而，我从来不曾想到，腰果在出厂以前，居然必须经过如此繁复的"手续"！

腰果具有两层壳：外壳薄，略具弹性；内壳厚，坚硬如石。

工人把壳色鲜红的腰果采摘下来后，去除外壳，晒干它，然后，再以人工掰开内壳。

在工厂里，我看到三四十名女工挤在一间局促闷热的房间里，以机械化的动作单调地重复着同样的工作。只见一名女工以左手从竹篓里拿出一颗小小的腰果，放在桌上那一架小小的机器下，再以右手拉下机器的把柄，"啪"的一声，坚实的内壳裂开了，露出了壳内附有薄膜的果仁。丢果壳、存果仁；如此一颗颗地压、一粒粒地做；豆大的汗珠，也一颗颗、一粒粒地滴湿了衫裙。

马兹抓了一把去壳的果仁，问我：

"你知道果仁上的薄膜怎样去除的吗？"

"浸水？"我猜。

"不，加热。"马兹解释，"把它们放进烘炉里连续烘上 20 个小时，果膜才会脱落。"

哇，"盘中白腰果，粒粒皆辛苦"！

买了一大包炒熟的腰果，马兹载我们到附近的一个山头去俯瞰市景。我把腰果倒出来吃，每一粒都显得美味无比；然而，想到女工们额上的汗珠，我真不舍得把口里的腰果吞下去哩！

谈起了刚才参观工厂的印象，我告诉马兹，任何工作，只要有变化、有意义，再辛苦，也能够忍受。然而，腰果厂那些女工,分分秒秒、日日月月,都重复着为腰果去壳这种单调的动作,日子久了,整个人都好像是上了发条的机械人一样。人生的乐趣,何在?

"僧多粥少,能够找到一份固定的工作,便是人生的大幸福了,哪里还顾得到人生意义的问题!"马兹说。

我正想驳他,他却飞快地扬了扬手,继续说道:

"像我,有抱负,却终日为了五斗米折腰,你以为这是我心甘情愿的吗?"

我没有应,不敢应,唯恐一开口便中断了他的谈兴。

"告诉你无妨,我过去是大学里学生理事会的主席。我领导学生参加各种各样的活动,我有自己的主张和立场;我当然也知道自己要一个怎么样的人生,想过怎么样的生活,但是——"他摊了摊手,"我无钱、无势,我的生活经验又不够。换句话说,我目前还没有参政的条件,所以必须忍耐。我定下了'十年计划'。在这10年里,我要打好经济基础,储集生活经验。10年后,只要形势与环境许可,我便设法去实现自己的理想。"

我伸手与他相握,祝他成功。昨天还把他看成一个为了面包而牺牲理想的人,真是惭愧。

接着,又发生了一件小事,更使我觉得马兹为人可敬。

我想买一些纯皮的手提袋,前两天到市中心一间卖上好皮货的店里去,刚好碰上一名导游带了满车的游客到来。大约是导游与店东谈妥了赚取佣金的问题,所以,店员一分钱也不肯减,口口声声说"不二价"。我等了好久,该团的团员还没有买妥离去,由于时间宝贵,不能再等,我只好先行离店。

这天，从山头下来，我嘱咐马兹载我去市区。进了市区后，马兹兜来兜去的，老是找不到停车位。我赶快对他说：

"不必找位子停啦，我们去那边买点东西，半个小时后，你回来这里等我们好了。"

日胜带了孩子去买皮鞋，我去选皮包。一进店，便先议价。导游没跟着来，店员果然便答应给 10% 的折扣。

我选了一个牛皮的，搁在柜台上，正要选另外一个时，却看到马兹进来了。店东笑着和他打招呼，我的心却猛地下沉了。

马兹指了指我，两个人叽里咕噜地以泰语交谈。

"完啦！"我兴味索然地想，"10% 的折扣飞掉啦！"

谈了一会儿，店东朝我走来，问我：

"选好了吗？"

"还没有。"我没好气地答——心里不高兴，脸上也和气不起来，"刚才你的店员答应过给我 10% 的折扣的。"

"是的，是的。"店东笑笑，说，"不过，马兹说你是他的朋友，所以，我给你 15% 的折扣。"

出尽全力打向敌人，然而，敌人不是敌人，仅仅是个假想敌，所以，结结实实的那一拳，便打进了空气里，实在狼狈！

买下了两个皮包之后，我们请马兹去附近的一家餐馆吃了大大的一顿海鲜，再付清了他应得的向导费，便挥手道别了。

接下来的几天，我们天未亮便离开旅馆，乘游艇去游览泰国"小桂林"、坐渔船探海捕鱼、租快艇弄潮戏浪，快活得不知今夕是何夕。

几天后乘搭飞机返回新加坡,看到了那两个新买的皮包,才又想起了憨厚朴实的马兹。

呵,10年后若再去普吉岛,第一桩事,便是去问当地民众:政坛上可有一名廉洁的长官,名字唤做马兹的?

玉石泪

走进清迈的这间店，主要是受到那一串玉石项链的吸引。

一整串二十来寸长，淡绿色，玉石颗颗大小一如相思豆，摆在黑色的绒布上，亮丽而夺目。

店东是一对非常和气的中年夫妇，长得很相像，两人都有一双含笑的眼睛，说话时笑，不语时也笑。

我指了指橱窗，说：

"我想看看那串项链……"

话犹未毕，老板娘便笑逐颜开地点着头说：

"您眼光好，这是新货，刚从缅甸运来的。"

"缅甸？"我惊讶地问道，"这不是泰国货吗？"

她开橱拿出了那条项链，把它摆在玻璃台面上，娓娓地说道：

"我们从缅甸买入大块藏有玉石而未经开凿的石头，剖开它，确定了玉石品质的优劣后，再设计出不同的款式，送回缅甸加工制造。"

我觉得奇怪，忍不住追问：

"为什么不在泰国打造而必须老远地送回去缅甸呢？"

老板娘毫不讳言地说：

"便宜呀！缅甸利用大量的童工来做手工艺品，那儿生活困苦，一般厂家都不付工资给童工，只是让他们三餐吃饱而已。"

"这不是赤裸裸剥削劳工吗？"

"唉！"老板娘重重地叹了一口气，说，"国家贫穷得人民三餐不继，又有什么办法！记得我第一次到缅甸去洽谈购买玉石的事情时，看到当地的景况，连饭都吃不下哪！"

这时，老板插嘴说道：

"许多在街上行乞的孩子，都是断手断足的，非常可怜。然而后来，我们从当地朋友的口里，探悉了一个比表面现象更悲惨千倍万倍的事实！"

说到这儿，他眼里唇边的笑意，全都没有了，语音语调，沉重如铁：

"你知道吗？这些小乞丐之所以手足残缺，完全是他们的父母刻意造成的！"

"什么！"我惊极而嚷。

老板继续以沉重的语气叙述道：

"他们的想法是，与其全家人一起饿瘪、饿死，倒不如砍断家中一两个小孩的手或脚，让他们去行乞。行乞得来的钱，就算不足以养活全家人，至少还可以养活他自己呀！"

啊，尽管每首"生活悲歌"的歌词都是不一样的，然而，悲惨如斯的，却不多见！

"照这样说来，那些在工厂工作而得到膳食照顾的孩子，虽然领不到工资，却还算是幸运的了？"

"正是如此。"夫妇俩异口同声地应我。

我无语地看着台面上那一串玉石项链。一粒一粒的玉石,在这一刻,忽然幻成了无数颗绿色的泪珠。

泪,是孩子的,同时也是父母的呵!

丛林之旅

丛林，并不是全然幽静的。流水的潺潺、飞虫的嗡嗡、群鸟的唧唧，都是美丽的天籁。

此刻的我，坐在木椅上，和我身旁的导游絮絮地谈天。木椅是牢固地绑在大象的背上的，而大象呢，就在清迈丛林崎岖不平的泥路上颠颠簸簸地走着。

最初，计划到丛林来时，也曾考虑安全的问题。我曾听说有些游客错误地闯入了非法种植罂粟花的"禁区"而神不知鬼不觉地被干掉了。导游侬帕文一听，便哈哈大笑：

"那种禁区，多分布在金三角一带，不在清迈，请你放心吧！"

"那么，"我还是难以放心地问，"野兽呢？"

"狮子、老虎不会有，吃人土著绝对无。不过呢，"他沉吟了一下，才说，"毒蛇和水蛭，倒是可能碰上的。"

他见我不出声，赶快又补充道：

"在雨季里，丛林深处的确是有很多水蛭的，不过，现在是旱季，它们很少出现。"

"蛇呢？"我问。

"蛇，唔，蛇。万一碰上了，只要有根带叶的大树枝，也就可以应付了。"

他接着告诉我，他以前在清莱当探险队的

导游，带探险队员深入泰北的丛林时，曾不止一次在独自外出汲水时碰上眼镜蛇。他将土著传授给他的经验派上用场，每次都安然过关。

"我定定地望着它的眼睛，一动也不动；然后，轻轻地摇动手上的树枝，让它发出沙沙的声响，说来也奇怪，那蛇，静静地和我对峙了一阵子后，便慢慢地爬走了。"

见我一脸惊悸之色，他安慰我：

"离开清莱到清迈来已有整整7年了，但是，前后只有两次碰上蛇的经历。"

是这几句话让我放了心。于是，和他做了安排：两天的旅程，一天乘坐大象到丛林去；另外一天呢，坐木筏畅游滨河。

现在，坐在大象的背上，我并不是全然放松的。木椅上放了带叶的树枝，耳畔呢，不绝地响着侬帕文的警告：

"万一你在丛林里看到一颗颗类似乒乓球的蛋，千万不要去拾。那是蛇蛋，你一碰它，蛇便会从暗处窜出来，侵袭你！"

丛林里，非常阴凉。阳光通过绿叶的缝隙，在大象的身上放肆地绘制着墨色的图案，斑斑驳驳，纵横交错，煞是美丽。

令我万分惊讶的是，泰北的大象，尽管看起来笨重不堪，然而，进了丛林，却灵活无比。路径狭而窄、路面湿而滑，它摇摇摆摆地走着，走得稳重扎实、安闲自在。偶有倒下的树干或是巨型的石块挡住了道路，这大象，可一点儿也不笨，它会停下来，苦思对付的方策。如果障碍物不是很高，它便举足跨越过去；如果它估计自己跨不过去，便机灵地后退，绕道而走；倘若挡在前方的是深可及膝的溪水，它便会毫不犹豫地涉溪而过；有的时候，出现的是小小的丘壑，它勇敢地爬，爬着时，不自觉地露出了吃力的样子。

坦白地说，在它前进、后退、涉溪、过丘时，它背上的椅子，并不是安如磐石的。它摇摇欲坠，我虽然死命抓住椅子的扶手，抓得指节全都发白了，然而，还是有好几次差点摔落下去！那种惊险刺激的感觉，真是过瘾！

丛林深处有村庄，住的是亚卡族，以务农为生。妇女在屋前懒洋洋地晒米，邋里邋遢的孩子满地乱跑。语言不通，无法交谈。正因为如此，亚卡妇女的态度，也很不友善，我举起相机，想拍摄她们，但她们却一脸厌恶地摇手阻止了。

侬帕文问我：

"你对认识这些土著有兴趣，是吗？"

"是又怎样？"我反问他。

"有一种旅程，为期五天，收费2000铢而已。每天带你去丛林认识一种土著，包括苗族、瑶族、栗僳族、亚卡族等等。我将会安排你和他们共同膳宿，怎样？有兴趣吗？"

兴趣当然有，而且很浓。没有的，是时间。

我告诉自己，也同时告诉侬帕文：

"下回再来泰北，第一件事，便是去安排这种行程。"

自丛林里出来，又在象背上足足颠簸了两三个小时，才返回尘世。

啊啊啊，我腰酸又背痛。看看那象，却依然精神抖擞，疲态全无！

木筏之旅

这一叶竹编的木筏，晃悠悠、轻飘飘地浮在滨河之上，四周寂寂，颇有"野渡无人舟自横"的独特韵味。

依帕文解开了木筏的绳索，木筏立刻化作了河上的轻风，带着我和依帕文，轻盈地顺流而下。

水色澄清，触手冰凉。滨河两畔，全是白茫茫的芦苇，远远望过去，好像阳光不小心掉落在地上而凝结了，发出了一球一球耀眼的光芒。

我和依帕文，一人在木筏之首，一人在木筏之尾，各自拿着长长的竹篙，撑呀撑的，撑累了，便坐下来，任木筏自行漂流，两人闲闲地交谈。

"依帕文，你当导游有多久啦？"

"半辈子啦！"依帕文笑笑地回答。

今年47岁的依帕文，是位举止非常斯文的导游，戴着淡茶色的眼镜，眼镜后面的眸子，很大，但并不很亮，眼白上面，爬着疲劳的红丝。叫我忍俊不禁的是，他有着一张非常女性化的嘴，菱形的、小巧的，笑起来时，双颊还会浮现两个浅浅的酒窝。

依帕文在当导游之前，在一家劳工代理社里当职员；而他，痛恨这一份工作。

"很多代理商，是名副其实的吸血鬼，他们以'代人在异乡谋取好工作'为幌子，而收取巨额的工作介绍费，许多人为了美好的前途而把毕生的积蓄交给他们；那些没有积蓄的呢，就变卖妻子的首饰、出售自己的屋子，甚至卖儿鬻女。结果呢，流落异乡，工作无着，有家难归！"

"这些吸血鬼,难道就这样逍遥法外吗?"我惊讶地问道。

"在法律上,无法为他们定罪,因为他们没有留下任何足以使他们入罪的证据;然而,有几位劳工不甘白白受骗,潜返泰国,买了枪械,把代理人干掉。我在这一片乌烟瘴气之下,觉得多待无益,便换了工作。"

离开代理社之初,他当的是丛林探险带队员,日日接触的是心无城府、单纯朴实的土著。

"我觉得我整颗心好像被清水洗涤过一般,干净舒畅!"

水往低处流,人往高处爬。

侬帕文工作了一段日子,储集了足够的资本后,买下了一辆面包车,当上了自雇式的导游员,有时自己外出招徕生意,有时则与旅行社挂钩,接受由旅行社"批发"出来的生意。

"人到了一定的年龄,便不愿处处受制于人了。"侬帕文坦白地对我说,"我目前的生活,就好像是这一叶木筏,随水而流,顺心而去,没有斗争,没有倾轧;赚多赚少、要赚不赚,全随我意。"

真羡慕他。"人在江湖,身不由己",是大部分人的生活写照;我呢,亦是江湖中的一分子,浮浮沉沉不知何时了。

这时,木筏碰上了巨石,停滞不前了。侬帕文站了起来,用竹篙轻轻一撑,木筏又如箭般滑出去了。

风凉如水,水平如镜。阳光好似无数只温暖的小手,在我脸上温柔地抚摸。天,是蔚蓝蔚蓝的,水呢,清蓝清蓝的。天与水，巧妙地连成一体。淡黄色的竹筏，在河上漂呀漂的，像一把薄薄扁扁的刀，很努力地想把天与水分隔开来；但是，不成功。最后，它也默默地与天地合而为一了。渺小的我，就这样随着木筏化成了宇宙的一部分……

黑色的稻米

来到了寮国（即老挝）的城市潘沙宛（Phonsavan，又译丰沙湾），方才深切地了解"如履薄冰""步步为营"这两个词的具体含义，也才深刻地体会到蕴藏在这两个词背后那种令人毛骨悚然的意义。

一迈入这个五万七千余人口的小城市，立刻感受到一种非比寻常的气息——大街小巷、餐馆、小食店、名胜地以及所有的公共场所，都张贴和悬挂着绘了恐怖骷髅头颅及写着"危险"等字眼的挂图；挂图之内，清楚地绘出了18种爆炸物的形状，借此教育与警告当地居民，一旦发现上述爆炸物，千万不可随意接触，应尽快通知有关当局。

甚至旅游册子，也慎重地提出了严重的警告：

"到潘沙宛去的游客，切勿随意到田野泥地里走动，处处都埋有爆炸物，人身安全不保。"

潘沙宛位于寮国中北部，是新光省（Xieng Khuang Province，又译川圹省）的首府。

群山环绕而风光明媚的新光省，是寮国北部受战火蹂躏最严重的省份。在20世纪60年代到70年代初期内战频仍时期，几乎每个大小城市及乡村市镇，都曾被疯狂地轰炸过，尤其是美军介入战役后，许多小城小镇在强劲的轰炸攻势下，彻底被夷为平地，完完全全而又永永远远地从地图上消失了。

有些侥幸地生存下来的居民，迄今仍然生活在难以摆脱的阴影里。一位年过七旬但外貌却苍老得好似百岁老翁的居民，忆及前尘旧事时，余悸犹存地告诉我：

"那种密集式的轰炸，达饱和状态——炸弹毫无间歇地从天上散落，就好像农人在田里播种耕种，种出一株株死亡的黑稻米！"

另一位曾经饱受战火洗礼的居民，对于战争，有个犹如梦魇般的可怖记忆：

"有一回空袭时，我邻居怀中抱着一个不满周岁的孩子，蹲在河边洗衣，来不及逃跑。空袭过后，我在回家途中，远远看到蹲在河畔的这一对母女，形体犹在，可是，不知怎的，看上去灰蒙蒙、虚飘飘的，好似被人抽去了骨架，只剩下一缕幽魂，走近了，才发现那竟然不是错觉——这一对母女，果真已被烧成了灰，不过，还颤巍巍地维持着原状。后来，有人轻轻地碰了碰她们，她们霎时便骨碎肉散地化成了地上的一堆灰烬！"

噫，这景象，阴森、诡谲、恐怖、癫狂。

尽管事隔多年，但是，在谈及这个惨绝人寰的事件时，潘沙宛的这位老居民还是压抑不了声音的颤抖。

让人深感痛心的是，由于有不计其数的地雷以及小炸弹、集束炸弹、集束燃烧弹等在战争期间投入新光省，战争结束后，许多尚未爆开的爆炸物，便成了一道道无情的"催命符"，屡屡蛮横残酷地夺取人命，其中又以小孩和农夫的死亡率最高——天真无邪的孩子，常常把各类形状怪异的爆炸物当作野地的玩具而用手去抛、用脚去踢，结果在"乐极生悲"的情况下被炸得血肉模糊；至于农夫呢，则在锄地种菜时，把经过多年风雨侵蚀而微微露出地面的地雷误以为妨碍农耕的石头，猛力以锄头铲除而引发惊天动地的爆炸，身首异处。此外，游客因为脚下失误触及地雷而受伤的事件，亦层出不穷。

当天晚上，我在潘沙宛一家热闹的小餐馆 Sangah Restaurant 用餐，意外地邂逅了几名来自英国的地雷专家。深谈之下，才知道国际基金会已在 5 年前为寮国成立了一个"地雷顾问咨询团"，在 8 名顾问（7 名来自英国，1 名来自荷兰）的指导下，总共有 350 名寮国人参与勘查与拆除地雷和其他危险爆炸物的工作。他们透露，这儿每年平均会发生 60～80 宗伤亡事件，1998 年便发生了七十余宗因地雷而造成的意外事故。而最骇人听闻的是，在同一年之内被发现并拆除的地雷和其他爆炸物，足足多达 5 万枚！

餐馆里的一名女侍，绘声绘色地告诉我们，有一次，在上班路上，她把地上的一枚地雷看作是石头，轻轻踢开，之后，感觉有异，回头一看，才发现是地雷，心惊胆战，拔足狂奔，一边跑，一边担心踏到或踢到其他地雷，那种感觉，就只有"心魂俱裂"四个字足以形容！

次日，到潘沙宛附近一个曾发生巨大悲剧的洞穴 Tham Piu Cave 去看时，我便"身体力行"地尝到了那种战战兢兢、草木皆兵的感觉。

Tham Piu Cave 是个天然的石钟乳洞穴，位于地点隐秘的林野处，洞穴足足长达五里，风景绝佳。然而，残酷的战火，却无情地将这个人间仙境转化为鬼哭儿狼嚎的人间地狱——1969年，在战机不分日夜的轰炸下，许多居民避无可避，索性住进这个天然洞穴里，把它当作理想的"避难所"。结果呢，美军以一枚火箭，将洞穴轰炸得一塌糊涂，四百余位村民，当场血肉横飞地惨死于洞穴之内。

向村庄小旅舍的主人探问去 Tham Piu Cave 的正确路线，她神色犹豫地说："那地方，曾经烽火连天，地雷遍地都是，依我看呢，还是不去为妙。"我们不愿白来一趟，找了当地一位名字唤作"艾克力"的村民，给他一点小费，叫他带路。出发之前，他再三嘱咐我们"走路小心"，千万不要因好奇而"误入歧途"，以致"一失足成千古恨"。

行行重行行，随着艾克力，我们进入了一个全绿的世界。嫩绿、墨绿、浓绿、草绿、苍绿，深深浅浅、浅浅深深，相互交织，形成了一座座绵延有致的巍峨巨山。在山脚沿着前人留下的脚印慢慢地走着，不敢偏离"正道"，即使眼前的道路泥泞不堪，我们还是硬着头皮踏进那一摊一摊的烂泥里；有时呢，狭窄的通道长满了阴险毒辣的荆棘，我们也得死死地忍受着肌肤被刺的痛苦，硬生生地挤过去。走了约莫半里路，眼前出现了一条细细长长的小溪，潺潺的水声，静静地响在万籁俱寂的林野中，乍听起来，倒有几分像是亡魂无助而冤屈的悲泣，也许，这溪根本就是亡魂的泪水汇成的！来到小溪的尽头，抬眼一看，便愣住了。那儿，有个小小的祭台，以茅草因陋就简地建成。上面，放着一堆阴森的骨头，最长者约莫20厘米，也有好些是碎得不成形的；骨头上，斑斑驳驳地染着有如锈渍般的污痕。祭台上，有花，也有香枝；瘦瘠的花，早已枯干；营养不良的香枝呢，随随便便地插在空的汽水瓶和装着沙砾的塑胶袋里。艾克力以蹩脚的英语告诉我们,这些骨头,是从洞穴里拣出来的,可说是战争"血的祭品"。

我们以祭台作为起点,慢慢地向上攀爬。道路狭窄,山路迂回,又担心无意间触及爆炸物,那一段路,长得好似一辈子。

提心吊胆、一步一顿地来到了洞口,一看,整颗心,立刻被一只无形的巨手紧紧地揪住了。整个洞穴,还保留着当年被美军轰炸的原貌。在那毁得不成形的洞穴里,沾着污血的布屑这里一块那里一条,卑微地对战争提出了无声的控诉;洞穴中有好几个捣碎食物的木杵、木磨东歪西倒地躺着,可以想象的是,正当这些与世无争的老百姓在研磨食物准备喂养不知人间疾苦的小孩时,那一枚惨无人道的火箭却"轰"的一声,将老的小的、男的女的齐齐送上了不归路!事隔30年后的今日,唯一在洞穴里陪伴这些亡魂的,是那飞绕于洞内洞外无数的嗡嗡作响的蜜蜂!

现在,战争虽然已经结束了,可是,祸延后代,成千上万的爆炸物,像是世代流传的咒语一样,恶毒地诅咒着居住在新光省的这20万居民,使他们时时刻刻都活在阴影重重的恐惧中。

到新光省曾被炸成废墟的旧都(旧名Muang Phuan,盆忙)去看,这个曾被疯狂地滥炸的城市,处处都是爆炸后留下的弹坑,一个个圆圆大大的、深深沉沉的,好似魔鬼狰狞的嘴巴;而炸弹那巨大的空壳,也随处可见,它们厚颜无耻地躺在马路边、民宅旁,每个空壳,长约两米半,在那笨重而又笨拙的外形里,蕴藏了无数叫人惊心动魄的杀伤力。有些居民,利用多个炸弹的空壳,将一片小耕地围起来,和尚敲钟似的种出一家大小的粮食。战后重建的这个小城,有居民一万余人,尽管生活已步入正轨,可是,空气中依然隐隐约约地浮荡着不安的气息。居民寡言少语,似乎活得很沉重。战争,确确实实比噩梦更恐怖万分。

在潘沙宛逗留的最后一天,我有着终生难以忘怀的记忆。

白天,在田野间,我看到了地雷咨询团的成员以精密的仪器在地面上一寸一寸地进行地毯式的勘查与搜寻工作。每位工作人员的表情都沉重如铅,试想想,单单一个霰弹筒(canister),里面便包着670枚炸弹!当时采取的是令人喘不过气的密集式轰炸,现在,要把这些战争的"罪恶品"逐个移去,谈何容易!

晚上,没有街灯,处处一片茫茫的黑,然而,令人难以置信的是,这个城市,居然设有六间夜总会!每间夜总会外面,都饰以五彩璀璨的灯光,打扮得土里土气的歌星,张大喉咙释放出攫人灵魂的音符,而不曾受过战火洗礼的青年男女,在室内旋转式的灯光里,醉死梦死地扭呀扭的,在这块严重患着"战争后遗症"的土地上,扭出了一个个裹着忧悒气息的春天……

自绘人生图案的女人

那天,坐在湄公河畔,我好似置身于一幅淡雅隽丽的水墨画中。

天色未曙,雾气氤氲,那条不动声色的河,若隐若现的,显得非真似幻,扑朔迷离。河的对岸,是山,那一列妩媚如绿玉的远山,被虚无缥缈的雾染成了一片模糊的温柔。

渐渐地,渐渐地,雾气退去,阳光露出。这里那里,像被慢慢地拭去尘埃的水晶一样,一点一点地亮了起来、亮了起来。那河、那山,欢天喜地地醒了,澄蓝的水色、嫩绿的山色,把大地映照得像童话一般璀璨。

銮巴拉邦(Luang Prabang,又译琅勃拉邦),这个建在湄公河与南康河汇合处的古老城市,是寮国的第二大城,也是以前的旧王都。它位于寮国中北部,目前有六万余人口。

过去,当寮国许多大小城市惨遭战火无情蹂躏而被炸得七零八落时,銮巴拉邦却奇迹般地保持了完整的面貌:金碧辉煌的旧皇宫、富于法国风情的古雅建筑、庄严宏伟的寺庙,全都丝毫无损地屹立着,使銮巴拉邦成了寮国一个具有强大旅游魅力的地方。

1994年,联合国教科文组织(UNESCO)把銮巴拉邦评为东南亚诸国当中原貌保持得最好的城市;到了1995年,更进一步地将銮巴拉邦列入世界文化遗产名录(World Heritage List)。

銮巴拉邦这城市,的确漂亮。

它的美,不是跋扈张扬的,而是丰实内敛的。最为难得的是,人口不多,游客不多,车辆不多,因此,它的市容就和它的建筑一样,完好地保持了原貌:古朴、空旷、闲适、幽雅,甚至生活节奏,也是慢慢、慢慢的,好似一个与世隔绝的世外桃源。来到了这样一个城市,整个人都大大地松弛了,不焦不躁,不慌不忙,只觉得什么都不做,什么都不想,只是随心所欲地到处看看、走走、听听、逛逛,也就是生活的大享受了。

在寮国,有90%的人口以务农为生,由于农耕技术落后,许多农耕地并没有得到充分的利用,年产量不高,许多人目前仍苦苦地挣扎于贫穷线上。除此以外,寮国地处内陆,交通不便,人民的思想与生活,都处于高度闭塞的情况中。然而,令人感动的是,自小便与贫穷为伍的寮国小孩,见到游客,不乞不讨,不偷不抢,保持了自我的尊严;而大多数不谙英语的寮国人,看见游客,也总是笑脸相迎,显得非常的温馨。有趣的是,缺乏娱乐的孩子和青少年,"物尽其用"地把家里养来糊口的牲畜当作寸步不离的"宠物",在大街小巷里,常常会看到可爱的小女孩态度亲昵地把小鸡抱在怀里,一边走,一边吱吱咕咕地说着无人能懂的"鸡言鸡语";有些少年呢,则以细细的线系在猪儿肥肥的脚上,以遛狗的方式来"遛猪"。

大部分寮国人笃信佛教,城里处处都是设计独特而雕工精美的庙宇,其中有三十多所还是法国殖民时代所建造的呢!山峰淡泊,河流恬静,一所所肃穆的庙宇在远山近水的掩映下,别有一股飘逸的韵味。

我们在城里一幅幅活色生香的"水墨画"中兜来转去,

逛累了，便坐在湄公河畔简陋朴实的小摊子上啜饮椰子水。这时，湄公河对岸的山峦面貌清晰可见，艳艳的绿色使原本壮丽开阔的群山看起来婀娜多姿，像一群豆蔻年华的绿衫女子聚集在一起窃窃私语。云块肥而大，满满地散在天空中，夕阳夺魂的艳色，宛若无数根尖尖的针，挑破了厚厚的云层，以墨染宣纸的方式，一丝一丝地渗入白云里，原本羞答答的白云，春色难掩地绯红着脸。正看得入神时，夕阳却猝不及防地破云而出，霎时间，彩霞满天，山与水，全染上了胭脂似的醉意。人呢，在满天满地烧得炽炽热热的艳色里，醉得难以自抑。过不多久，浓而黑的夜色，便兜头盖脸地落了下来，毫不识趣地将湄公河以及周遭的景色全都涂成了沉悒的墨黑色。

　　我们雇了一辆人力车，到当地一家提供民族舞蹈表演的餐馆去用晚餐。路上那稀稀落落而亮度极弱的路灯，徒劳无功地投射出一圈一圈软弱无力的晕黄；在浓得化不开的那一片夜色当中，只听到车轮在颠簸不平的马路上滚动的那种单调的声响，嘿，十分原始的一种感觉。这晚，天气寒冷，湄公河畔有人生起一堆一堆的柴火取暖，围在柴火旁边的，多是无处可去而又无话不谈的年轻人，细细碎碎的话语连同清清脆脆的笑声，一串一串地散在地上，落入河中。

　　灯火辉煌的餐馆，在黑漆漆的大环境当中，犹如一颗奇特的"发光体"，瑰丽得虚幻而近于荒谬。在一般人每个月平均收入只有寥寥10美元的情况下，这间餐馆对于他们来说，永远是"可望而不可即"的。

　　观赏民族舞蹈，觉得挺有意思，寮国少女跳起舞来，光光滑滑的手臂柔若无骨，而十根细细长长的手指却有着一种让人惊叹的生命力,一弯一屈、一伸一缩,仿佛都在向人倾诉她心中无尽的感觉和故事。寮国舞的另一个特色是动作极缓慢、极优雅,含蓄地反映了寮国人安贫乐道、与世无争的内涵和个性。

夜阑人静,返回下榻处,刚掏出钥匙,大门便被拉开了。大门之内,立着气质娴雅的女房东文妲茹。看到她那张盈盈的笑脸,我竟有一种返回了家门的错觉。

这个地方,是我们在永珍的一位朋友大力推荐的,他说:

"住在文妲茹的家,你们能充分地领略到銮巴拉邦独特的风情,再说,文妲茹本身就是一个独特的寮国人,你们一定得结识结识她。"

就凭着这几句令人动心的话,我们一到了銮巴拉邦,便雇了车子上她的家去。由于朋友事先与她打了招呼,她早已将租给我们的那个房间准备好了。一接触,便发现她与其他寮国人的确是截然不同的——大部分寮国人连一个英文单词也听不懂,文妲茹居然说得一口极为流畅的英语!

在满屋缭绕的咖啡香味里,她娓娓畅述她的人生"奋斗史":

"大学毕业后,我当教师,教物理、化学,月薪折合成美元,就只有区区的5块钱,捉襟见肘,生活着实清苦,要什么,没什么,想做什么,却又什么都做不成。几年前,知道銮巴拉邦被联合国列入世界文化遗产名录后,我便打定主意,为自己另外开辟一条人生道路。我一方面发了疯似的苦读英文,另一方面,将自己所住的屋子转变为一间小旅舍,出租给游客。现在,我的经济情况已经大大地改善了,最让我觉得宽心的是,我能有余钱送我的孩子出国深造。教育,是立国、齐家、修身的首要条件哪!现在,我一个孩子在澳大利亚,另一个在美国。"说着,举起了围在颈间那条漂亮的围巾,微笑地说,"瞧,这就是我的女儿刚从墨尔本寄回来给我的。"

这妇人,的确不同凡响。我坦白地告诉她,大部分寮国人给予我的印象是"知足常乐"的,尽管现状有许多不尽如人意的地方,可是,许多寮国人却安之若素,得过且过,不思改变,更不谋进取。

文妲茹一边仔细聆听,一边颔首笑道:

"一点儿也没错,我们这儿,有几句大家耳熟能详的谚语:水涨的时候,鱼儿吃虫蚁;水落的时候,虫蚁吃鱼儿。这谚语,要表达的,正是一般寮国人那种随遇而安、听其自然的人生哲学。往好处看,这样的民族特性能使人人和睦共处,然而,它却也是国家进步的绊脚石呀。你说是吗?"

我们点头称是。然而,在一个务农而又长期封闭的国度里,要为广大的国民培养起一套全新的生命观与价值观,又谈何容易呵!

我们次日6时许起身,在桌上看到准备齐备的早餐,大大地吓了一跳。哟,那么丰盛!

雪白而冒着烟气的糯米饭,满满地盛在小竹篮里,多个圆圆的小碟子,一丝不苟地放着美味的食物:洋葱煎蛋、油煎腊肠、干煎茄子、芝麻海苔;最具异乡风味的是酸肠和銮巴拉邦辣酱。酸肠是将切丁的上好猪肉灌入薄薄的肠衣之内，密封在坛里，两天后取出，味道变酸，在油里煎香，吃进口里，既有浓郁的香，又有醒胃的酸，一吃难舍，再吃难忘。所谓銮巴拉邦辣酱呢，是以辣椒混合多种香料，再掺入切成小块的牛皮而制成的——这是一道制作难度极高的酱料，香料的配搭不对，便前功尽弃；更重要的是，要使原本味道与木料无异的牛皮变得软而不韧、有咬劲而又不糜烂，十分考究功夫。永珍那位朋友便说："除了文妲茹亲手做的辣酱之外，其他人做的，我一概不沾唇。"以这道百味齐集的辣酱蘸在脆脆薄薄的海苔片上吃，当真能使人忘却自己姓啥名何。桌上的黄梨果酱，也是文妲茹自个儿动手做的。我指着盘里的木瓜，笑着说道："这水果，是不是你自种的呀？"没有想到，她居然点头应道："是呀，在后园种的。"

最绝的是，文妲茹还自制纸张哪！

她将产于銮巴拉邦高山区一种树的内层树皮剥出，加入化学药品，煮成浓浆，再曝晒成纸，然后，再将这些吸纳了阳光精华的纸张装订成一册册小巧玲珑的本子，出售给游客。现在，我坐在大厅的一头吃早餐，大厅的另一头，便不绝地飘来树皮清新的香味儿。

文妲茹的"生财之道"还不止于此呢！她到附近的农村去，收集那些年代久远，却不被村民重视的大小陶钵，放在屋子里，待售。

她自豪地说："这些陶钵，每一只都装着我们寮国七八百年的历史呢！"每只陶钵售价10美元，看似便宜，可是，那却是一般寮国人辛勤劳动一整个月的收入了！

文妲茹还搞蜡染艺术哪，屋子里的墙壁上都挂满了她的得意"杰作",每一幅蜡染布都有着截然不同的设计与色调。倘若有人看中了,她便卖掉;没人要买,她便挂着自娱,态度潇洒得让人妒忌。

早餐过后,我们坐车子赶了25公里的路程,一路上沙飞尘扬;之后,再颠颠簸簸地转搭渡轮,去看那遐迩闻名的北乌溶洞(Pak Ou Cave)。北乌溶洞是由上下两个天然石钟乳洞穴构成的。使它闻名四方的,不是洞里那千奇百怪的石钟乳,而是搁置于上下两层洞穴里那无数个大小不一、姿态各异的佛像。这些佛像,都是善男信女默默捐献的。一进入洞穴,我便不禁惊呼一声:"啊!这么多!"佛像,多如繁星,密密麻麻地摆着、排着、站着,千姿百态,看之不尽。根据统计,上层洞穴总共有1500尊佛像,下层洞穴呢,佛像多达2500尊!寮国人对佛教的虔诚心态,在这两个洞穴里,具体地呈现了。

之后,我们到附近的村庄看村民酿制糯米酒;黄昏,在湄公河畔一家餐馆吃了一顿道道地地的寮国餐,返回下榻处时,又是万籁俱寂的深夜。

文妲茹还在灯下忙着,只见她以灵巧的手势将五彩的鲜花以针和线一朵朵地绣进丝绸布面里,神情专注得好似在绣她自己多彩的人生。我们入屋后,她抬起头来朝我们微笑,长长的眼睫毛在昏黄的灯下微微地颤动着,像两只快乐的小蝴蝶。

啊,这女人!

她把生活的每一个格子都密密地填满并乐在其中,别的人都在生活轮子辗出的痕迹里生活,她呢,却是高高兴兴地骑在生活的轮子上,随心所欲地让轮子在人生的道路上辗出一道道让她顺心而叫别人醉心的花纹图案。

　　返回家门之后，我发现我的记忆已化成了一株榕树，这棵榕树，深深地植于銮巴拉邦这块土地上面；记忆里，有宁静的山、有恬静的水，当然，还有一个快快乐乐地自绘人生图案的女人……

徘徊于美丽和死亡之间

观鸟活动 暗藏危险

来到了尼泊尔皇家奇特旺公园（Chitwan National Park）的入口处，正是夕阳西下时。太阳圆圆的轮廓，清晰可见，淡淡的金色，在奢侈的华丽当中透着一种难以亲近的冷漠。很快地，它便叫人措手不及地起了变化，金色渐次浓郁，愈浓愈灿烂，变成了一个金光四射的大尤物，正当我目不转睛地看得喘不过气来时，它却又变成了鲜血般的红，壮壮烈烈地将那条悠悠闲闲地流着的小河烧成了狰狞的火红色，远远看去，好似一条蜿蜒地吐着火舌的水蛇。接着，风来了，云来了，风华绝代的夕阳，在风吹云遮之下，隐没了。河流，恢复了原有的平静；河边，有成群的水牛在喝水，映照在水面上的影子，朦朦胧胧的浅灰色，有一种含蓄的风情。

占地 932 平方公里的皇家奇特旺公园，在尼泊尔历史最为悠久，目前规模最大。生活在内的动物，包括了独角犀牛、老虎、豹、鹿、熊、猴子、野猫、鳄鱼等等。除此以外，还有不计其数的鸟类和各种各样的花卉植物。

一名尼泊尔人，驾着吉普车到入口处来接我们。车子攀越小丘、横越小溪，风驰电掣地将我们送到丛林深处的茅屋内。我们将在这所茅屋里住上整整三天。

　　茅屋掩映于疏密有致的树影中，木窗，木门，茅草为屋顶，竹筒为屋身，朴实而又别致。茅屋无电，晚上在摇晃的烛光里用餐，别有一番滋味在心头。唯一困扰我的，是终夜飞绕不休的蚊子，整条手臂，被叮得斑斑点点，又红又肿，又痛又痒，辛苦不堪。

　　次日一早，导游伊斯瓦到茅屋来，笑眯眯地说：
"来，带你们到丛林去看鸟。"

　　观鸟这项活动，表面上看起来平淡无奇，然而，处处暗藏危机。夏季，丛林茅草高与人齐，草丛里藏了些什么东西，根本无从得知；更叫人担心的是，在尼泊尔，基于保护动物的大原则，有关当局严禁导游携带枪械，一旦碰上了"非常情况"，导游就只能凭借个人的应变能力和经验来逃过噩运。

　　现年27岁而有着8年工作经验的伊斯瓦，自小成长于奇特旺的丛林山野间，对于这儿的一草一木，都有着深厚的情感。实际上，他根本就把丛林当成是他家的药房和厨房，对着林林总总的树木，他如数家珍地将它们特殊的疗效和食用的方法一一告诉我们，举凡胃病、腹泻、头痛等普通小恙，乃至种种罕见的奇难杂症，都有应付的良方。实际上，迄今为止，许多长年生活于丛林的土著，都是靠着大自然的这些植物来治疗百病的。除此以外，丛林中的许多植物也可以配制成各种不同的香料，用以烹调出各种各样令人垂涎三尺的食物。

独角犀牛 脾气特坏

伊斯瓦是个警觉性极高的人,当他拨着高高的茅草带头走着时,双眸炯炯发亮,双耳也竖得直直的,好似连呼吸也屏住似的。走着,走着,他忽然驻足,指着一长串深印在泥地里的脚印,叫我们看。

那脚印,长约一尺,宽约半尺,三只脚趾,每只大如巴掌。

啊,是独角犀牛的脚印呢!

过去,在狩猎者的狂捕滥杀之下,独角犀牛的数目日益减少。根据统计,在20世纪60年代末期,奇特旺的野生动物园内,独角犀牛只剩下寥寥八十余头;到了1973年,有关当局正式宣布这儿为国家重点保护区,严禁狩猎,独角犀牛的数目因此而得以直线上升。如今,园中已有将近500头独角犀牛,而尼泊尔也因此被誉为世界独角犀牛保护工作做得最好的国家。

长相笨拙的独角犀牛,貌似忠厚,然而,却是危险性极高的动物。它视觉极差,这天生的弱点造成了它特重的疑心和特坏的脾气,如有物体在它眼前晃动,它便会毫不犹豫地发动攻击,而它特佳的听觉与嗅觉,却又正好助纣为虐地增长了它凶猛的气焰。它们时常在夜里侵入附近的村庄,偷吃农人的庄稼。村民以茅草和竹子搭成瞭望亭,彻夜不眠地守候,独角犀牛一来,便燃起火把,大声叫嚷,把它吓走。

伊斯瓦慎重地嘱咐我们:

"如果在丛林里碰上了独角犀牛,你们千万要记得,赶快爬到树上去，万一爬不上，便躲在树后面，不要出声。倘若在空旷的地方遇到它呢，千万不要作直线奔跑，应该利用它视觉差的弱点，作'S'状奔逃，以便混淆它的视线。"

"万一，"我咽了一口唾液，惴惴不安地问道，"万一太紧张而动弹不了呢？"

"那就只好尖声叫嚷，试试把它吓走啦！"

独角犀牛对人发动攻击，有三大法宝：用角撞、用牙咬、用脚踏。

伊斯瓦告诉我们，有一回，一名导游带一对来自德国的游客涉水过溪时，遇到了在溪边喝水的大小犀牛，母犀牛出于保护小犀牛的本能，气势汹汹地朝他们冲过去，导游闪避不及，摔倒在地，母犀牛用角顶住他，张口便要朝他的肚子咬下去，在千钧一发之际，他反应奇快地把整条手臂伸入它口里，让它咬，就在这时，另外两名德国游客发出了惊天动地的喊叫声，母犀牛吃惊，卸下鲜血淋漓的断臂，带着小犀牛，逃遁入林。

另一回，一名身持木棍的导游在丛林里碰上了残暴的独角犀牛，犀牛向他冲来时，他以木棍抵挡，不慎跌倒，结果悲惨地被犀牛践踏而死。

伊斯瓦本人也曾与犀牛有过一次毫不美丽的邂逅，不过呢，那次经历，与其说是可怖的，不如说是引人发噱的。

"记得那时是9月份，丛林的茅草已长得十来尺高了。那一对来自澳大利亚的夫妇，对鸟类很感兴趣，一再要求我带他们深入丛林内部去视察。我见他们兴趣浓厚，只好舍命陪君子。来到一个杂草丛生的野地时，我突然觉得两股之间有东西在蠕动,正暗叫不妙时,整个人已被独角犀牛猛力掀起,凌空飞了出去!命不该绝,我掉落之处,是个大泥潭。我从泥潭里奋力爬出来时,那位澳籍太太,早已吓得瘫坐在地,动弹不得;至于那位先生嘛,却已独自逃命去了!你知道吗?事后我们出动了许多人,在偌大的丛林里找了许多个小时,才找到了吓得失魂落魄的他!"

夫妻本是同林鸟,大难来时各自飞,真是一点儿也不错啊!

伫立不动 险中求存

我们随着伊斯瓦,在丛林里走走停停,停停走走,来到一个较为空旷的地方,驻足。蓝天白云,鸟声啁啾,伊斯瓦仰着头,用望远镜看枝头小鸟,然后,再把望远镜递给我们,向我们一一解释枝头鸟儿的种类和特性。正说得热闹时,伊斯瓦突然住口,伸出粗壮的手臂,挡在我们身前,说:"别动!"说时迟,那时快,我看到了一条褐色的蛇,从不远的地方缓缓地爬进林子里去。

我全身因恐惧而起着鸡皮疙瘩,伊斯瓦却若无其事地说道:

"没毒的,不要紧!有一回,我带7个游客出来观鸟,边走边看,突然听到一名游客大声惊喊'蛇!蛇'。我低头一看,天呀!那条粗大的眼镜蛇,正在脚下不远处爬动,如果不小心踏到它,我便没命了!"

"那你当时是怎么应付的?"我急急追问。

"伫立不动,让它爬走。"伊斯瓦镇定地说,"一般情况下，蛇类是不具侵袭性的，只要不去干扰它，便相安无事。有人说，碰到蛇，应该抛掷石头来吓退它，实际上，这是大错特错的。蛇如果被触怒了，会以蛇尾点地，飞射而来，那种快如闪电的速度，让人避无可避；最为可怕的是，蛇性难缠，目的不达，死不罢休，所以说，一旦与它交手，噩运难逃哪！"

回想起在南非逛国家野生动物园，虽然曾经碰到群狮在咫尺之遥的地方来回徘徊的情景，但是，当时人在车上，而导游又带备枪械以应付紧急之需，基本的安全是得到保障的；然而，现在呢，情况完全不一样，我们两手空空地站在几乎将我们淹没的茅草堆里，靠的，仅仅是一双怕起来便会发软发抖的肉腿，万一、万一碰到老虎，怎么办呢？据我所知，在皇家奇特旺公园里，有大约80头老虎在自由地活动着啊！

看到我惊悸不安的脸，伊斯瓦忍不住笑了起来，说：

"一般，观鸟活动有三种不同的安排。如果是大团游客前来，我们通常只带他们在丛林外部随意走走看看，应个虚景而已。如果是像你们一样，只有一两个人，我便会安排到丛林内部好好地看，不过呢，这还不是核心地带，猛虎出现的可能性，少之又少。老实说吧，我在丛林活动了8年多，也只碰过一次而已。"

只碰过一次，然而，那仅仅的一次，却差一点要了他的命。

"那一回，来的两个游客，是澳大利亚的鸟类研究专家，我奉命带他们进入丛林深处观赏鸟类。当我们发现在一棵树上有一种很罕见的鸟类时，大家都兴奋极了，他们两个人拼命拍照,我拿着望远镜仔细地看,看着看着,突然无意识地闻到了一股刺鼻的血腥味,下意识地转过头去看时,居然看到了一头壮硕的老虎,正缓缓地从不远的地方走来,懒洋洋地躺坐在大约一米之遥的大树下。我难以控制地惊叫了一声'老虎'!那两个澳大利亚人,顿时吓得魂飞魄散,一个站在我背后,死命抓着我的衣服,抖得好像一棵被虫蛀空了的老树,另一个呢,理智全无地往后面拔足飞逃。我出尽全身之力,勉强让自己镇定下来,静静地抽出了刀子,盯住它,它如果朝我扑来,我便孤注一掷地与它展开搏杀战。不过呢,我在这时发现,它的眼神,非常严肃,但是,没有凶气。我猜想,它大约刚刚吃了一头鹿,又喝足了鹿血,胃囊饱胀,又因为鹿血而微有醉意,慵懒难动。我静静地与它对峙了十来分钟,之后,它站起身来,慢慢地走开了。倘若当时我们碰到的是一头饿虎,或者,我们三个人都慌里慌张地拔足飞逃而触怒了它,肯定全都会丢失性命的!"说着,伊斯瓦一脸严肃地嘱咐我,"你要永远记得,碰到老虎和狮子,伫立不动,便能险中求存,一跑,全盘皆输!"

伊斯瓦进一步分析道,一般而言,对人类有威胁性的老虎,通常是那些抓不到其他动物果腹的老弱病残之辈,或是携带幼虎而变得侵袭性特强的母虎;至于其他一般的老虎,是不会对人类主动发动袭击的。

从事一份工作而得时时面对死亡的威胁,难道伊斯瓦心中无惧吗?伊斯瓦淡定地说:

"怕,是本能,而我所接受的训练正是要我把这种本能转化为应变的能力。再说,天天在丛林里活动,危险的事情层出不穷，心中一怕，大局便乱，更明确地说，危机处处在、时时有，我早已怕不胜怕了。"

正谈着时，丛林里走过了几只孔雀，那昂首的美姿，那优雅的步履，都使人衷心激赏。

伊斯瓦微笑地说道：

"野兽出没的丛林固然潜藏着令人心惊的危险，但它也同时蕴藏着叫人心醉的美丽。每年的二三月间，是孔雀的求偶期，常常可以看到孔雀展开斑斓的尾屏在林中求偶的美姿。此外，春天时令，嫩草初长，整个大地，好似铺上了地毯，那种绿呵，是从泥土深处一点一点地泌出来的，着着实实给你一种大地回春、万象更新的美好感受；还有哪，丛林里种了许多木棉树，开花时节，满树繁花红彤彤的，绿影红光交相辉映，美得好像童话世界！"

啊，正是这一份又一份使人心醉的美丽，让伊斯瓦无怨无悔地徘徊在危险的边缘；实际上，他的生活，就是一场接一场介乎美丽与危险之间的游戏！

眼前世界　豁然开朗

当天傍晚，伊斯瓦带着我们乘坐训练有素的大象进入丛林，万万想不到的是，形体笨重的大象，走起崎岖不平的山路、软滑潮湿的泥路和杂草丛生的林间小路时，却持平稳重，毫不吃力。有时，山路太斜、泥路太窄、林路多坑，实在担心它爬不上、通不过或是平衡不了，但是，它双眼却眨也不眨，轻轻松松，便跨了过去。有好几次，来到灌木丛生的地方，好似已无路可走了，可是，它长长的鼻子重重一压,大大的象脚重重一踹,眼前障碍,立刻化为乌有。

早上外出观鸟时,走在茅草高长的丛林里,草丛藏着些什么,甚至身旁有些什么东西,都无法看得清楚,一脚高一脚低地走着时,心里发毛,背脊发凉,担心得连自己的心跳都听得一清二楚。然而现在,高高地骑在大象背上,居高临下,眼前世界,豁然开朗。放心又放胆,自然也就能充分地享受遨游丛林之乐了。

丛林里的独角犀牛非常非常多,天气很热,有些犀牛忍受不了高达四十余摄氏度的酷热天气而闷声不吭地把自己浸在池塘里,有些则好似泥雕木塑品般呆呆地伫立在草丛中。坦白地说吧,倘若不是伊斯瓦绘声绘色地告诉了我许多有关它们的"劣行劣迹",现在,即使是在近距离看它们,我也丝毫感受不到它们的危险性呢!

在草丛看到了长满斑点的梅花鹿,有惊艳的欢喜;在泥坑中看到追逐嬉戏的野猪,惊惧于它们眼神的锐利凶狠;在树丛中看到活泼跳跃的猴子和松鼠,欣喜于它们旺盛已极的生命力。

还有哪,那惊人地多、惊人地大的蜂巢,好似累累的果实一般,挂在同一棵树上。嘿,原来蜜蜂也喜欢群体聚居的生活哩!伊斯瓦表示,千万不可小觑这好似不起眼的小蜜蜂,它们如果受到骚扰,会群起攻击,而且报复心极强,死追不放,直到把人蜇死为止。它们的劲敌是熊,偏那熊又喜欢吃蜜糖。只见那粗大的树干全是一条一条深深的抓痕,伊斯瓦告诉我们,那抓痕就是大熊的"杰作",它们一发现蜂巢,便毫不客气地爬上去,一双毛茸茸的大手,一触一捣，蜂巢便一塌糊涂地被它弄个稀烂，由于它毛发丰厚，就算蜜蜂齐起而蜇，也伤不了它一丝一毫。嘿，一物治一物，真是天地不易的真理呵！

平静小河 怒噬人命

次日早上，伊斯瓦偕同我们在小河里撑独木舟，我们又领略了另一种截然不同的情趣。夏天，深度不及一米的河水，清澈晶亮，可以清清楚楚地看到柔软的河床与水底的鹅卵石。撑篙者以桨轻轻一划，独木舟便载着飘满花香的晨风畅快地顺流而下。远处，是起伏不定、连绵不断的山峦，正是：两岸鸟声啼不住，轻舟已过万重山。现在，是旅游淡季，游人寂寥，原本不宽的河面，显得十分空旷，原本那种秀里秀气的美丽，也因此而渗出了几分壮阔苍凉的味儿。难以想象的是，这样一条平静的小河，居然也有狂吼怒噬人命的记录！

谈起这事时，很显然，语调沉重的伊斯瓦余悸犹存：

"这件事，发生在 3 年前的 10 月初。当时，尼泊尔的季风期刚过不久，河水高涨，深达五六米。按照正常的情况，在河上划舟，是最安全不过的，偏偏那七个意大利人累累赘赘地带了许多摄影器材上独木舟，我提出劝告，他们却不肯听从。万万没有想到，我们居然碰上了该死的、可怕的激流，它就像是狂舞于水中的龙卷风，一转一旋之间，整艘独木舟便翻覆了。那七个人都是深谙水性的，可是，意外骤然发生，他们全无心理准备，自然慌张，那两名妇女，死死地抓住我背后的衣服，我们三人齐齐下沉，差点溺毙,这时,我猛力来个鲤鱼翻身,硬生生把她们摆脱了,才得以跃出水面;之后,我再潜入水中,把她们分别救起;其他四人,有三个自行游上了岸,有一个却沉尸水底,返魂乏术!"

欺山莫欺水,诚然!这个黑色的经历,是伊斯瓦一生一世难以摆脱的噩梦!

小河的尽头,由伊斯瓦所安排的牛车早已伫候着。我们就坐着这辆破落简陋却又别有情趣的牛车,颠颠簸簸地沿着牛粪处处的小泥路,返回我们位于丛林的小茅屋。沿途经过塔鲁土著的村庄,无所事事却事事快乐的小孩,赤身露体地拖着长长的鼻涕跑来跑去;全身文满图案的塔鲁土著站在屋外,翻晒满地金黄的玉蜀黍,丰收的富足,不自觉地在她眉眼唇角间溅出恬然的笑意;青春正当的少女,背着一捆捆刚刚从山上砍下的木柴,边走边谈,编贝般的牙齿和额上成排的汗珠晶晶发亮,映照得连太阳都失去了它的亮泽。

伊斯瓦从牛车伸出头去,以塔鲁土语笑着喊道:

"喂,你们一定是太疲倦了呀,那么壮的身体,只砍这一丁点儿木柴!"

佯装生气的少女脸上飞起了两朵可爱的红云,胆子大的,便抗议似的喊道:

"你来,你来背背,看看这柴有多重!"

一片笑声扬起了,牛车慢吞吞地走着,辗过细细碎碎的笑声,也辗过了悠悠长长的岁月,在地上留下了一条沾着风雨尘沙、沾着悲欢苦乐的轨迹……

没有窗口的世界

走入坐落于尼泊尔南部一个塔鲁（Tharu）土著村庄，首先攫住我目光的，是那一座座有门无窗的屋子。这些屋子，全都是以麦秸混合着泥土和牛粪建成的，屋顶呢，通常以稻草或砖瓦覆盖。墙壁不是贫血似的光秃秃的，反之，它丰富而多彩；有的绘上了五颜六色的花卉，有的画着栩栩如生的野兽，有的则贴满了印度教庄严无比的佛像，有几家居然还在佛像的旁边贴着李小龙踢着连环三脚的图片呢！

塔鲁土著怕鬼、怕蛇，他们认为鬼怪和蟒蛇都会趁夜黑风高之际从敞开的窗口爬进屋子去，所以，为了安全起见，所有的屋子都不设窗户，而这无形中却变成了塔鲁土著居所的一大特色。

塔鲁土著在尼泊尔大约有七十几万人，是目前尼泊尔南部最为庞大的土著。尽管外头的世界已起着惊天动地的大变化，可是，迄今为止，尼泊尔的塔鲁土著却依然过着"日出而作，日入而息"那种简朴已极而又与世无争的日子。他们以耕耘为主，狩猎和捕鱼为次。塔鲁村庄的周遭，一亩接一亩的，全是延绵无尽的农田，一年四季，轮番种植稻米、芥菜、玉米、马铃薯和小麦。

那天，到塔鲁村庄逛游时，正是家家炊烟升的傍晚。主妇将玉米磨成粉末，掺水为糊，再加入蔬菜，便是一顿让全家大小果腹的晚餐了。玉米糊淡而无味，不过塔鲁土著都很爱吃辣椒，但见他们一口玉米糊，一口辣椒，吃得津津有味。贫穷的生活，使肉类成了日常餐桌上的"绝缘体"，只有过年过节时，才能稍稍沾点荤味。

有趣的是，塔鲁土著对疟疾有天生的免疫能力，在疟疾四处肆虐的年代里，住在蚊虫飞绕的丛林当中，塔鲁土著竟然没人染上此恶疾。塔鲁土著喜欢喝酒，有人据此推断，也许塔鲁土著血液里的酒精对于疟疾起了自然抗拒的作用，使他们个个好似注射了预防针一样，成了疟疾的"绝缘体"。

和普天之下的女性一样，塔鲁土著也有自己的一套审美标准。过去，女孩一到了10岁，便在身体、手臂和小腿文上各种各样复杂的图案，远远看去，就好像穿着一袭永不褪色的花布衣裳。文身的材料，十分原始，她们将牛粪混合泥土、晒成硬块，用火烤黑，再捣成粉末，掺和水牛的奶水，做成独树一帜的颜料，再以六七根针蘸着这些颜料，在身上一下一下地刺出复杂多变的图案来。追溯塔鲁女性喜欢文身的主因，一位尼泊尔人告诉我，过去，塔鲁土著在丛林中生活，习惯于赤身露体，而文身，便是她们美化胴体的一种原始方式。实际上，迄今为止，仍有好些塔鲁女性保持着赤裸上身的老习惯。不过呢，当她们看到外来游客到村庄里来参观时，总会飞快地跑进屋子里找件宽松的衣服随意套在身上；由此可见，她们已接受了"穿衣乃文明象征"这个概念。

中年的塔鲁妇女，除了一身文得密密麻麻的图案之外，还喜欢在鼻翼上串一些古色古香的饰物，在双耳上戴些累累赘赘的耳环,金光闪烁,有一种俗里俗气的华丽。

当天下午,我们坐在一户塔鲁土著家门前的长凳上,通过一名兼通英语和塔鲁土语的尼泊尔人,和该户人家的老少成员聊了老半天。一家十多口人,包括已经成亲的儿子和儿媳妇,全都亲亲密密地住在一起。他们务农,自给自足。养儿育女是天职,耕耘糊口是职责,没有复杂的人事倾轧,没有阴险的钩心斗角,他们的世界,简单而又快乐。

她心里挂了颗钻石

六月的巴基斯坦,以超乎寻常的酷热,催出了一树又一树热情如火的樱桃,颗颗硕大、艳红、浑圆、毫无瑕疵。无风时,满树皆是安静的甜蜜,像初恋女子风情万种的眼波,那种诱惑,让人心旌动荡;风来时,它不肯静静听风,眼波乱飞,红光乱闪,击破了绿叶的单调,驱逐了夏天的沉闷。

就在这一整排樱桃树下,我看到了她。

不年轻了,直直的头发,不甘寂寞地染成了亮丽的褐色;然而,方形的眼镜却全然框不住眼尾那一团丝毫不肯妥协的皱纹。她有气没力地走着,樱桃树的点点艳红如雨般落在她脸上,为她苍白的脸制造了几分虚假的艳色。

"嗨!"我主动和她搭讪,"您从哪儿来?"

"嗨!"她应道,声音柔和,"我是加拿大籍的日本人。"

一同迈进这家普植樱桃树而又名唤"樱桃"的餐馆,见她无伴,便邀她同坐,她欣然同意。

大家点了一样的菜:炸春卷、烤鸡、菠菜。

现年61岁的铃木富美子,是电气工程师,30年前从日本移居到加拿大去,一直未婚;几年前退休后,便开始周游列国,打发闲暇。去年,到巴基斯坦旅行,与当地人交谈,知道他们严重缺乏师资,于是,便在今年投入义工的行列,到巴基斯坦北部的小村庄服务。然而，到了那儿，她才发现，比师资更为缺乏的，是图书。于是，她积极投入图书提供服务。

"巴基斯坦北部，我落足之处，总共有29所学校，学生总数有4000多名。我帮助他们设立了一所流动图书馆，学童每个月缴交1卢比的图书费，每个月便有4000多卢比（约合新币133元）的图书基金了。流动图书馆每个月一次将图书分别送到散布在多个村庄的29所学校去，月尾再去收回来。"

流动图书馆的设立，全面地为当地的学童积极地培养起读书风气，也为原本许多好学的学生提供了许多便利。唯一让铃木富美子觉得忧心而又操心的是，经费不足，书籍更是不足，于是，她频频自费从加拿大邮购了大量科技方面的书籍。愈购，愈觉不足，尽管这是一个永远也填不满的深渊，可是，铃木富美子还是心甘如饴地往内拼命地填呀填的，填得不亦乐乎。

铃木富美子初到北部村庄时，北部人民生活的极端穷困让她震惊不已。

北方冬长夏短，气候不佳，耕地少，土壤又贫瘠，粮食只有小麦和马铃薯两种；水果呢，就只有苹果和杏子。铃木富美子寄居在农民家里，膳食和他们一样，只吃面饼、喝牦牛奶茶；餐餐如此，天天如是，几个月下来，患上了营养不良症，全身气力好似被吸尘机吸掉一样，一点劲也没有。于是，她只好南下，到物产富饶的小城罕萨，好好休养几天，兼采购干粮。

她苦笑着说：

"过去，被大鱼大肉宠坏了，实在适应不了那种除了面饼和牦奶之外啥也没有的生活。"

这时，我们点的食物端上来了。

老老实实地说吧，这样难吃的食物，一生难得有几回。春卷的皮，厚得好像一堵墙壁，整条浸在一团腻腻的油里，里面裹的居然是马铃薯！菠菜被冤哉枉哉地捣成了烂泥状，阴阴沉沉的深青色，味道好似糜烂的草。烤鸡呢，不明不白地涂上了橙色的腌料，一咬，满嘴都是让舌头打战的怪味。每样东西，我只浅尝一口，便无法再吃了；然而，铃木富美子却吃得津津有味，一边吃一边赞不绝口："嗳，好久好久没有吃过这样美味的东西了！"在这一刻，我完完全全相信，铃木富美子是真的饿坏、饿瘪、饿惨了！

北部村庄给铃木富美子的第二个震惊是：尽管家徒四壁，可是，家长都很注重孩子的教育。山区交通不便，许多孩子都必须走很长的路去上学，可是，大家都毫无怨言。也许正因为太穷了，大家都把希望寄托在教育上，一心认定这是下一代改变生活的唯一途径，所以，孩童的求学率居然高达100%，这和巴基斯坦其他地方适龄学童只有30%去上学的情况相比，不啻有天渊之别。最触动人心的是，那些缴不出学费的父母亲，常常将自家所养的珍贵如金的鸡和在他们眼中犹如珠宝的鸡蛋送到学校去，代替学费。

北部村庄有个叫人极为感动的现象是，地方凝聚力强——许多到外地去深造的学子，都要、都愿回乡工作。

铃木富美子以手托腮，以高度赞许的口吻说道：

"有个家庭，8个孩子全都大学毕业。其中除了念工程学和读会计学的2个孩子留在卡拉奇工作之外，其他6个孩子，全在毕业后返回村庄当教师。坦白说吧，他们如果选择留在大城市谋生，肯定能赚取较高的薪酬，可是，他们却怀着造福家乡的愿望，一一回来了。"

这样的情况，深深地打动了铃木富美子，使她无怨无悔地为推动当地的教育工作而付出、付出、再付出。

我由衷地向她表示钦佩之情，她淡淡地说：

"有些人，喜欢把积蓄用来买钻石，终日戴在身上；我呢，买的也是钻石，不过，是无形的那种——我把它长年长日挂在心上，它永远发亮，永不遗失。"

含笑的雪山

曾经看过克什米尔春、夏、秋、冬四季的照片，不论是哪一季，都美得使人心醉神迷。我是在冬末春初的时节到那儿去的，那种恍若置身世外桃源的感觉，现在回想起来，依然非常的不真切！

我们是在下午5时许由新德里飞抵克什米尔（Kashmir）的政府驻地斯利那加（Srinagar）的。虽然时近傍晚，但天色清亮，暮色全无。一出关口，便看到巴希挺直地站在那儿迎候我们了。

巴希是我们在新德里通过长途电话预先安排好的向导，也是这儿三间船屋的主人。他有着一张诗人般的脸，尖削的下巴被一圈浓浓的胡须密密地封着，圆圆的眼睛黑得漆亮发光，给人的印象是聪明而慧黠的。

巴希的船屋位于内青湖（Nageen Lake，又译尼亘湖）上。计程车跑了大半个小时而才驶近那儿时，我便忍不住赞叹起来：好个人间仙境！

那艘长达22米、以松木建成的船静静地立在澄清的湖水中，船的色泽在淡淡的米黄里带着浅浅的玫瑰红，门和窗都雕上了精细的花纹。令人惊喜的是，船屋对着的，是终年积雪的喜马拉雅山！山势高低起伏，线条极端柔和，乍一看，觉得它像女人的上唇，而此刻，这个巨唇正盈盈含笑哩！

我们提着轻便的行李进入船屋，这艘号称"阿拉伯之夜"的船屋是属于豪华型的，船内有两间附设浴室的客房、一个客厅、一个饭厅、一间厨房，全都铺上了厚厚的地毯，布置的华丽，设备的齐全，令人惊叹不已。由于另一间客房刚好没人住，偌大的一艘船，只有我和日胜两个人。

我们一放下行李，便有卖花的、卖水果的、卖杂货的小船，一艘一艘地靠拢了。我买了一大束亮丽的菊花、一公斤新鲜的胡桃、几个硕大的杧果，全都便宜得令人心花怒放。

才把花插在瓶子里，巴希便带笑地催我们了：

"游艇已准备好了，早点出发，可以多看点东西。"

我抱着那一大包胡桃与日胜先后跳入船屋外面的小艇，巴希也拿着一床厚被尾随而来，就在这时，我忽然忆起了皮包还遗留在房间里，正想折返去拿，巴希却开口说道：

"夫人，你放心好了，我敢向你担保，即使你把金块放在屋子里，也绝对不会有人进去偷的！我们这儿的治安，是出名的好！"他既然那么说，我也不便坚持，但坦白地说，心里还是有点忐忑不安的，像是洞察了我的心事般，他神情安详地说：

"克什米尔和印度的其他地方是全然不同的。你在这里，不会看到乞丐、小偷或强盗，每个人都凭着自己的双手和努力去赚取生活的费用。"

"居民主要从事什么行业呢？"我好奇地插嘴问道。

"农业、手工业，还有旅游业。你晓得吗？我们这单单出租给游客的船屋便有一千几百艘！"

"你搞旅游业有多久啦？"日胜问。

"旅游业在我们家里是祖传的,我16岁出来做,至今已有13年了。"他说,眼神骤然变得朦胧起来,久远的往事,一点一滴地回来了,"我还清楚地记得第一次跟哥哥出来工作的经历,当时,我们带的是一对来自斯里兰卡的夫妇,他们喜欢户外的生活,我们特地带他们到深山去露营。白天,我们在人迹稀少的雪山里滑雪,整个天和地,都是白茫茫的,从山上踏着雪橇飞泻而下的那种感觉是奔放而凄美的。到了夜晚,我们在营帐外生火烤肉,和星星对看,与大自然对话,整个宇宙,都像是属于你的。那一次回来,我便告诉自己,我一定要在有生之年继续把大自然赐给我们的这一份美丽的礼物送给所有外来的游客!"

我静静地听,船慢慢地划,渐渐地,我们进入了一个绿色的世界——湖畔白杨树的树影轻巧地落入水里,把湖水都染绿了。这绿意从湖水中泛滥上来,每一个人的脸,都不由得绿了起来。

这个绿的世界,并不是完全静的。我非常非常喜欢划船时船桨所发出的那种富于诗意的声音:欸乃,欸乃。这种声音配合着啁啾的鸟声,令人觉得世界充满了恬然的美感!

当小舟经过一艘尚未完工的船屋时,巴希突然兴致勃勃地问我们:

"你们要下去看看吗?这是我的第四间船屋。"

我当然有兴趣看。船屋内有两个工人正聚精会神地为一个窗子雕花,凿子一起一落的,娴熟有致,毫不马虎。由于工作烦琐而又尽借助于手艺,因此,耗时弥久。

参观完毕而跨出船屋时,回旋在湖上的风已转成了灰黑色的，呵，夜的大网在不知不觉间已落了下来！

我冷，也饿，于是，便告诉巴希我想回去了。巴希吩咐船夫往回划，内青湖畔的船屋这时全都亮起了灯，饭香菜香，不断地飘溢出来，家的温馨形成了一种难以抗拒的魅力。

我靠在船边，看那船夫"欸乃，欸乃"地划着、划着，突然，两边屋子的灯光全都熄灭了，整个湖面霎时陷入一种伸手不见五指的黑暗里。出于本能，我惊喊一声，巴希镇定的声音立刻传了过来。

"夫人，不必担心，这只是停电罢了，在冬天里电力不足，常会有这种现象的！"

由于天黑、风黑、湖也黑，因此，视力在此刻完全失去了作用。小舟在一团漆黑里缓缓地前进，我胡思乱想，心跳难安，就在这时，突然听到了"嘭"的一声，说时迟，那时快，我全身立刻起了一阵震荡，我死命扳住小舟的边缘以免翻身掉入湖内。震荡过后是突袭而来的头疼，痛楚中只听得两只小舟的船夫"风度极佳"地相互向对方道歉。呵，幸好是舟行速度慢，否则，后果堪虑！

也不知划了多久，才回到了我们的船屋，巴希立刻为我们在全屋各处点上了蜡烛。

我洗了澡出来时，晚餐已放在桌上了。我在摇晃的烛光中凑过脸去看，艳红而泛着油光的是羊肉咖喱，褐色而呈圆球形的是炸羊肉丸，粒粒晶莹的是玉米饭。羊肉是克什米尔人的主食，据说他们能以 50 种不同的方式来烹煮羊肉。我一向不喜欢羊肉，但奇怪的是，这晚的羊肉却没有惯常那股腥臊的味道。饭菜香，加上肚子饿，我吃得十分痛快!

饭后,我和日胜各自捧着一杯烟气袅袅的克什米尔绿茶,坐在船屋顶上,看星星、数星星,那种恬静到极点的心境,是一生难得有几回的!

第二天一早,巴希便来船屋带我们去古玛雪山(Gulmarg)畅玩了。

我这回出来旅行,带的都是夏天单薄的衣服,巴希看了看我的衣着,摇头笑道:

"你这样上去雪山,一定会冷坏的!"

我摊摊手,无可奈何地应道:

"这已是我最'厚'的一套衣服了!"

他沉吟了一下,说:

"不如这样吧,你跟我到家里去,我叫我妻子借你一件羊毛衣。"

"你家离这儿远吗?"

"不,不远。我就住在附近的一间船屋。"

我们随着他,乘着小舟,不一会儿便到了。那是一艘看起来极为简陋的船屋,船身狭窄,乌黑陈旧,似乎住了好多年了。

巴希在小舟上喊了一声,立刻便有一张脸探了出来。那是一张非常白皙、非常干净的脸,白净得使人不由得想起高山上的雪。她穿着宽大无领蝴蝶袖的克什米尔装,也许是常穿常洗,已有几分褪色了。站在船首,她露着腼腆的微笑,伸出瘦长的手,扶我上船。

船屋以内的设备简单得使人惊讶,更明确地说,厅里完全没有家具,只有一张方形的地毯铺在地上,两个四五岁的男孩趴在那儿抢吃饼干。

巴希以克什米尔语向他太太说了几句话,她热切地点着头,然后友善地拉着我的手朝房里走去。房间的角落放着一个巨型的雕花木箱,她从箱里拿出了一件蓝色底子绣着白色小花的克什米尔毛衣,递给我,脸上展现着稚气的笑容。

穿上以后,我告诉巴希,我想和他们夫妇合拍一张照片,立刻,他太太眼里闪出了兴奋难抑的亮光,以快速的动作,又搽了点粉,才笑眯眯地和我一起站在镜头前面。我心里感动地想:这是一个多么容易满足而又多么单纯的人啊!

在由巴希为我们雇来的计程车驶向古玛雪山的当儿,我忍不住问他:

"你是怎样认识你太太的?"

"由父母撮合的。"他坦白地说,"我们这儿社会风气还是很保守,自由恋爱是不被允许的;即使是结婚以后,我也很少带妻子出去。"

"你结婚几年啦?"我随口问道。

"9年了。20岁结婚,我的妻子那时才17岁。刚才你看到那两个小男孩,就是我的孩子啰!"

晓得克什米尔有85%以上的居民是穆斯林,我因此打趣地问巴希:

"你打算娶几房太太呢?"

"如果你已经把最大最美的一朵花摘了下来,你还会要其他的吗?"他幽默地答,唇在笑,眼也在笑,"多妻不是福,多子也不是福,在我来说,一个妻子,两三个孩子已经足够了。"

说到这儿，他顿了顿，又继续说道：

"也许你会觉得奇怪，为什么我把游客的船屋布置得那么美，自己的船屋又那么的简陋，实际上，这里所有的船民过的生活都同样是简单淳朴而充实快乐的。我们虽然没有奢华的享受，但是有干净的居处，有丰美的饮食，生活安定，身体健康，你说，我们还能苛求更多吗？"

谈着谈着，车子慢慢地绕着迂回的山道转上了海拔三千多米的古玛雪山，山风吹进窗子来，我微微地张开口，风沿喉而下，我像在喝着清冽的甘泉，通体舒畅。

也不知绕了多久，车子终于停下来，我跳下了车，眼前这个银白色的世界美得令我张口结舌，良久说不出话来。

虽然同样是雪，但近处和远处的雪景全然不同——近景闹而远景静，显得异样地不调和。

近处的雪，积得很厚，许多人在堆雪人、抛雪球，喧哗的笑声、鲜丽的服饰，使原本气氛寂寥的山头充满了一种活泼的生命力。远处的雪呢，白得发光，亮得耀目。雪上有树，树在哭泣，哭出了一串又一串雪白的泪珠。看着看着，叫人不由得萌生出一种又喜悦又悲凉的情愫来。

我们在山头足足盘桓了一整天，踏雪、看雪、玩雪、赏雪，心里快乐得像拥有了整个世界。

通常外出旅行，不论到什么地方去，我们总是早出晚归，一分一秒都不肯浪费，但是，来到克什米尔，我觉得什么都不做，什么都不想，单单坐在船屋顶端让那山那水流进眼里心里，便是人生至高的享受了，只可惜为了赶时间，我们第三天清晨便得离开这片世外桃源般的人间乐土了！

早上 5 点的雪山,在曚昽的曙光下呈现淡淡的灰蓝色,阴沉抑郁,像我的心境。

当我们乘坐的小舟由一个大湖慢慢地流进另一个大湖时,慵懒的太阳也挣扎着从山坳后面爬出来了,雪山的蓝,霎时被旭阳千道万道的光芒漂白了,美得令人难以逼视!

望着远处含笑的雪山,听着近处啁啾的鸟声,我以坚定的语调告诉自己:

"我会再来,我一定会再来的!"

烙红的铁棒

在一个风也凝结了的下午,我百无聊赖地翻阅报纸,翻着翻着,国际版左下角一则令人触目惊心的小新闻突然跳进了眼帘,将昏昏欲睡的我完完全全唤醒了。

据报道,印度新德里一名毕业于学院的23岁青年因为无法找到工作而残酷地把双手放在火车轨道上,让火车辗断了!别人将他送进医院后,他告诉医生:

"我因没有办法找到工作而得忍辱偷生,我的双手对我来说,是完全没有用的!"

我放下报纸,整颗心被这则使人战栗的新闻压得发疼。一个人,如果不是绝望到了极点,又怎么会违悖常理地如此自我摧残呢?

由他,我突然强烈地忆起了我在新德里一名认识才几天,但在记忆里却永不褪色的朋友——赫鲁夫。

我是到印度去旅行时认识赫鲁夫的,他是新德里一家华人餐馆的侍者兼厨师。

我们下榻于新德里市中心的一所旅店内,附近有着许多大大小小的餐馆与餐室,令人惊讶的是,除了地道的印度餐馆以外,华人餐馆也为数不少。

我和日胜都不喜欢北方的印度咖喱,同时,我们也都很想了解印度的中餐水准,因此,抵达新德里的次日,我们便选了一间环境卫生看起来颇为不错的餐室用午餐。餐室内每张方桌都铺上了白色的桌布，顾客不多，全是印度人。

各种菜式和饮料的价格都整整齐齐地写在墙壁上一块大大的黑板上。我和日胜拣了个位子坐下来，仰头看那写得密密麻麻的菜单，就在这时，一个温文有礼的声音传了过来：

"先生，夫人，请问你们要点些什么？"

我转过头去，站在身后的，是一名肤色白皙、身子瘦小的中年人。在一个黑漆漆的国度里骤然看到这样一个白亮亮的人，我忍不住惊喜地冲口问道：

"咦，你也是华人吗？"

他微微地笑了笑，以流利的英语回答道：

"我来自西藏。"

来自西藏？我好奇地打量着他。他的眼睛很小，微微地弯着，老像在笑；长得秀气，加上一股若隐若现的书卷气，使他看起来好像是立于鸡群的鹤一样，和整间餐室的气氛显得异样不调和。

我们点了一盘炒米粉、一盘姜炒鸡，还有一碗蔬菜汤。趁着等菜的当儿，随意和他聊了起来。他告诉我们，他名唤赫鲁夫，从西藏来印度以后，曾先后在加尔各答、孟买等地住过。

"你还习惯这儿的生活吗？"我问。

"入乡随俗，无可抱怨。"他脸泛微笑地耸了耸肩，一派乐天知命的样子。

发现他英文讲得很好，我忍不住好奇地问道：

"你过去是在哪儿求学的？"

"新德里。"他答，犹豫了一下，又补充了一句，"我是这儿工艺学院毕业的。"

"工艺学院？"我微微地吃了一惊，追问道，"那你是念什么学科的呢？"

"机械工程。"他答，平静的脸上找不到任何激动的涟漪，有的，只是一丝难以捕捉的无可奈何，"毕业以后，我一直找不到本行以内的工作，天天守株待兔，自然也不是办法，就这样，我当上了侍者兼厨师，天天捧菜炒菜，一晃 8 年就过去了。"

我微微地叹了一口气。记得前几天我曾在报纸上看过一篇报道，根据官方统计数字，印度总共有 1500 万人失业，其中 14% 为受高等教育者。

赫鲁夫有工作，自然不能算是失业者，但是，他所学的和他所做的，却是天南地北沾不上一点边儿。国家花了那么多教育经费把他训练成专才，他有心却无法发挥他的专长，这不但是他个人的悲哀，也实在是整个社会的悲哀啊！

"为什么你不试试找别的工作呢？"

"不是没有试，而是年年试仍然找不到！"他说，原先蓄积在他眸子里的笑意骤然没有了，"人总得要生活嘛，能够找到本行的工作固然好，找不到时就得变通变通，我可不愿坐以待毙哪！不过，话说回来，我也并没有放弃希望，我现在每天放工回去，依然读些有关机械工程的书，否则，旷日持久，恐怕过去所学的都会悉数还给学院！"

听这一番话，我心里涌起了一股很复杂的感觉，不是同情，更不是悲悯，而是钦佩，钦佩他不为逆境所屈的精神！就在这时，柜台有人喊他：

"赫鲁夫,赫鲁夫!"

他走过去,以托盘捧来了我们所点的食物。令人啼笑皆非的是,姜炒鸡里没有姜,蔬菜汤内也没有菜,唯一名副其实的是炒米粉。

吃完以后,我们在赫鲁夫的收银盘里给了很多小费,然而,没有想到他却将那卷钞票轻轻拿起来,放在桌上,以不亢不卑的态度说道:

"你们不必给这么多小费的!"

我原想坚持,但他却将托盘拿起,边走边说:

"明天轮到我主炊,你们如果还留在新德里的话,请来尝尝我的手艺。"

第二天早上,我们到旧德里去逛,在短短的几个小时内,我们参观了红堡、庙宇、古坟墓和旧市场。令我印象深刻的,不是红堡那雄伟的气势,也是不庙宇或坟场那幽幽的古气,而是那一堆堆无处不在、无处不睡的印度人。他们无家可归、无工可做,极度的贫苦使他们失去了人性该有的尊严,见到了人——尤其是游客,便伸出颤抖的双手来讨钱,不乞钱时,他们便倒在地上睡觉。这些被生活折磨得生趣全无的人,即使在睡着时,脸上那苦涩的表情依然使人难过得心头发疼。

参观完毕,时近正午,我们唤来一辆三轮机车,离开了有"三多"(苍蝇多、垃圾多、乞丐多)之称的旧德里,返回新德里赫鲁夫工作的小食店用午餐。

小食店只有寥寥两三个顾客,赫鲁夫正坐在柜台前调制饮料,看到我们进来,整张脸都涌起了欢喜的笑意。

一名侍者把菜单拿来给我们,我将它搁在一边,朝赫鲁夫喊道：

"赫鲁夫，你做主替我们煮几个小菜，好吗？"

"好，好！"他高兴地转到厨房去了。

等了大约半个小时，他为我们捧来了一盘豆酱鸡，一碟炒杂菜，还有一碗肉丸汤。

由于没有其他顾客上门，他在我们的再三要求下，坐在一边陪我们谈天。

他烹煮的菜，由于缺乏中菜该有的配料，如姜、葱、蒜等，味道自然不怎么好，但我们看得出，他的确是很用心去煮的。为了不使他失望，我和日胜都装作很开胃的样子，大口大口地夹着吃。他在旁边看着我们，嘴笑，眼也在笑。当他笑时，麇集在眼尾一如网状分布的皱纹也格外地明显。他该是不年轻了，我想。

"你的手艺不错啊！"日胜逗他，"向你妻子学的呀？"

"妻子？"他笑了起来，"我还没结婚哪！"

"咦，西藏不是盛行早婚的吗？"我诧异地问道。

"是的，我是超龄王老五！"他自我打趣地说，顿了一顿，忽又神情凝重地说，"我想，我这一辈子是不会结婚的了！"

原以为他在开玩笑，但看他表情又不像，问他为什么，他正色地说：

"我如果结婚，一定会生儿育女，但我又不想要孩子……"

"孩子很可爱呀！"我忍不住插口说道。

"是啊，就是因为他们很可爱、很无辜，所以我才不愿意把他们带来受苦！"他说，神情慢慢地激动了起来，"我觉得印度的许多问题，都是因为人口的增长没有得到适当的控制而引起的。我学无所用固然不幸，但印度各地不知道还有多少人比我不幸了千倍万倍，他们在茅草搭成的矮屋里成长，没有机会读书，吃不饱，穿不暖，长大了没有工作，没有住处，整个人生都没有希望，他们所过的生活，有些连牲畜都不如！看到这种情况，我为什么还要制造生命来增加国家的负担！"

他的声音里有眼泪。他说的话，句句都是事实，而偏偏每一个事实都令人感到刺心的难过。我一时竟无言以对，静默了一会儿，他又说道：

"我现在每个月可以赚到800卢比（合新币200元），省吃俭用，还能积存一些钱，这些钱我都拿去接济那些贫苦的人，我想，这总比我自己去背上一个家的包袱，让妻儿跟我一起受苦有意义得多了！"

我忽然间有一种要流泪的感觉。浸浴在幸福当中的人，往往不知道幸福的真谛。我成长于一个天堂般的国度里，和天堂国的大部分子民一样，我把日常所享受的一切视为理所当然，然而现在，赫鲁夫却教会了我幸福的真正内涵！

那天，我们和赫鲁夫谈了将近2个小时，意犹未尽，依依惜别。

生命里，有些人的出现像强风里的一朵火苗，一闪即灭；有些人却像一根烙红的铁棒，能在他人的记忆里烙下永不消退的印！

赫鲁夫，肯定的，是属于后者。

他脚板的那层白

到百胜滩去的那天，天气并不很晴朗。

关于百胜滩，我读得很多，听得更多。有人认为来菲律宾而不去百胜滩，犹如入宝山而空手归，但也有人认为这个为菲律宾旅游大力宣传的地方，根本不值得一游。

那天早上，怀着无比兴奋的好奇，我来到了这个离马尼拉约100公里的百胜滩。

它给我的第一感觉是静、是凉。在马尼拉那种令人难以忍受的燥热和无处不在的喧闹里浸了几天，对于百胜滩这类似世外桃源的静和使人舒适的凉，也就有了格外敏锐的感受。

百胜滩平静的河面上，停泊了多艘看起来似乎是摇摇晃晃的小木舟，每只小木舟上都有两名皮肤被晒得乌黑发亮的船夫。

我们在细雨中坐进小舟里，舟上除了在船首船尾撑桨的船夫外，最多只能坐两三个人。

为我们划船的，是兄弟俩。哥哥尼士，一头自然卷曲的头发，毫不相衬地罩在一张憔悴得使人不忍细看的脸孔上。裹在白里泛黄背心内的，是一副在风吹雨打当中磨炼了多年的强健身子；两条肌肉怒张的胳膊，强而有力地抓着船桨，一左一右地摇呀摇的，借以摇出一家大小的粮食。弟弟罗拔有着两撇八字须，须上嘴边，沾满了笑意，神情的乐观，使你感觉，即使是天塌下来他也会愉快地当作被来盖。

"你们撑的船，安全吧？"我半开玩笑地问。

"哎呀！我的祖父、我的父亲都是摇船为生的，技术代代相传，又怎么会不安全！"弟弟罗拔以爽朗的声音开心地答，"再说，我们做这份工作以前，必须带着一只空船进出多次，反复练习一个月，再经过当局审查，合格以后，才能正式载人的！"

开始20分钟那一段行程，平静无波，虽然雨点在水上荡开一个又一个圆圆大大的"酒窝"，但是，风不来，浪也不起。河岸两旁，全是青翠的丛林，高耸入云，形成了两片天然的树墙，虽然在某种程度上遮挡了晴日里曝射下来的毒阳，但在雨天里却阻歇不了那豆般的雨点。

我半坐半躺地靠在小舟上，静静地倾听淙淙水流与啁啾鸟鸣相结合而发出来的优美声响，在城市出生又在城市成长的我，绝对没有想到，天籁的声音，竟如许优美！可惜静享不久，坐在船首的尼士，便转过他那张苍老的脸，严肃地说：

"我们就要进入第一个逆流里了，你们小心坐稳！"

我坐直了身子，说时迟，那时快，才一眨眼，轻巧的小舟已来到了湍急的逆流处了。水势极猛的逆流底下，蕴藏着多块奇形怪状的嶙峋巨石，有的还尖尖地露出清浅的水面。尼士与罗拔飞快地跳下船来，一前一后地将这只载了120公斤重的小舟敏捷地从巨石中央小心翼翼地推过去。雨在下、水在流、石在挡，而他们呢，就在那不管是尖还是圆的石块上又左又右地跳来跳去，使尽力气将小舟从逆着的流水里推上去。我坐在船上，清清楚楚地看到尼士的脚板已因长期浸在水里而变成了一层惨白——一层完全不具血色的白。而当他用力抬起小舟的一刹那，条条如蚯蚓般的青筋明显地爬在他裸露的手臂上。不知怎的，我忽然感到很不忍；这种不忍的感觉，使我的游兴也突然减低了许多。待渡过了这个逆流，我便急急地开口问道：

"还有多久才到？"

"总共还要经过13个逆流，才能看到瀑布！"弟弟轻描淡写地答。

"13个逆流？"我吓了一跳，口笨舌拙地问，"你们，你们，你们这样不是很辛苦吗？"

"为了生活啊，有什么办法！老实说，我们一天也只能进出一次而已，实在是太辛苦了！"

"你们的薪水怎样算呢？"我不揣冒昧地问。

"算的是日薪，有做就有，没做就无。"弟弟罗拔据实以告，"每进出一次，我们可以合赚14比索（合新币4.6元）。"

14比索，够养家吗？我心里想着，顺口问道：

"你结婚了没有？"

"结婚啦！"

"有孩子吗？"

"两个。"

我看着他，颇感意外。他浑身都是令人羡慕的青春气息，居然已有两个孩子了！

看到我眼里的惊奇，他淡淡地笑道：

"这儿的人，都很早婚，我18岁结婚，至今已有3年啰！"说着，他指了指船头，"我哥比我更早结婚，他才30岁，已有7个孩子了！"

天！穷苦人家，偏多儿女，收入菲薄如此，又如何支撑！

"除了摇船，你们还有其他副业吗？"

"不工作时，我们就到附近的海面捕鱼，在屋子后面的空地种菜。捕得的鱼、种得的菜，多少也可以补贴家用。"罗拔边答，边跳进深可及腰的水里，准备迎接第二个逆流。

好不容易通过了这个逆流，我忍不住又问道：

"这份工作这样辛苦，你们以后有改行的打算吗？"

一直沉默不语的尼士，此刻忽然在叹了一口气后开口答道：

"唉，我们读书不多，做什么工作都是一样辛苦，酬劳也都是一样低的！我只希望我的孩子以后能够多念一点书，绝对不要学我一样当船夫了……"

他那曳着的尾音，蕴含了一种对生活的无可奈何，还有一份对孩子的无比疼爱。

雨越下越大，愈降愈密，落在水面所形成的，不再是浅而动人的"酒窝"，而是深而可怖的"窟窿"了。尼士和罗拔就在这一片不见前景的风雨凄迷中，挺直背脊，以一种不向大自然妥协的姿势，将浑身的力气通过粗壮的胳臂，传达到忽左忽右的木桨上，而这艘载重不轻的小木舟，就在他俩吃力的支撑下，在湍急的逆流中缓缓地前进。我在雨透衫裙的哆嗦里，忽然想道，尼士目前7个，以后或许会更多的那群孩子，是否个个都能够从他们父亲这一份虽然辛苦万分但酬劳却无比低微的工作里得到入学的机会而挣出个灿烂的春天来？答案以否定的成分居多——他们的祖父，他们的父亲，不也曾希望他们的下一代不必以摇船为生吗？然而，他们却一代接一代，接连几代都在这儿摇出家人的粮食来；儿多必贱，他们望子成龙、望女成凤的计划和希望，常常因为孩子太多、负担过重而遭破坏，而成泡影！也正因为这样，水上人家世世穷！

　　正想着时，一个大大的浪潮突然迎面卷来，尼士手势稔熟地以桨一挡一撑，小舟从浪头的顶端轻轻地被带了下来，眼看即将与一块突出水面的巨石撞上了，他敏捷地站了起来，用脚猛地在那巨石上踹了踹，船遂斜斜地飞了开去；我在大松一口气的当儿，蓦地又看到了他脚板的那层白，那层使我难过的惨白……

马达山上的奇缘

能够在印尼苏门答腊北部那个小小的山头上邂逅这位年届古稀而历尽沧桑的老人,实实在在是一份奇妙已极的缘分,它奇妙得我每回忆及,总会不由自主地怀疑它的真实性!

9月的马达山(海拔1450米),寒冷无比。我们于傍晚6时许抵达那儿,在旅馆用过晚餐后,我和日胜便披了厚厚的毛衣,走出旅馆,打算徒步到附近的小集市逛逛。

由旅馆向外伸延的那条马路,没设路灯,黑黝黝的,朦胧的月光从树叶的间隙筛落下来,印在凹凸不平的石路上,明一块、暗一块的,给人一种幽冥神秘的感觉。我们慢慢地走,慢慢地吸着空气里那一份沁心的清凉。走了不一会儿,突然听到一阵又一阵欢腾的乐声从不远的地方传来。我们好奇地从大路分岔出来的小路望进去,就在一条泥褐小径的尽头,看到了一间小木屋。屋顶吊着几个五彩的小灯泡,屋内屋外,尽是幢幢人影。肯定的,乐声就是由那儿传出来的。由于附近的一切都沉浸在无边的黑暗中,因此,那间明亮的屋子,也就变得分外惹目了。

基于好奇,我和日胜相偕朝那儿走去。也许是下过雨不久的关系吧,小径显得泥泞不堪。我们小心地跨过一摊又一摊污水,来到了那间"张灯结彩"的小木屋前,好奇地向内张望。屋里是一片热闹,喧哗的笑声把乡村贫乏苍白的夜渲染得瑰丽多彩。就在这时，一名眉目含笑的老人蹒跚地向我们走来。他头上戴着一顶黑色的帽子，身着一件款式过时却熨得挺括的铁灰色大衣。棕黑色的脸，横七竖八的全是岁月所镂刻的痕迹，甚至那双略呈灰色的眼珠，也像是蒙上了岁月的尘埃般，显得有点浑浊。

日胜以马来话向他问好，他略略地打量了我们一下，和气地问道：

"你们是外地来的吧？"

"哦，我们是由新加坡来这儿旅行的。"日胜答，"怎么，你们今晚办喜事啊？"

"是的，我的小女儿今天结婚。"他说，苍老的声音浸在难抑的喜悦里，"难得你们从远方来，请进来坐坐，好吗？"

我们在屋外脱了鞋子，随着他攀上了一道短短的扶梯，进入屋内。满屋子的人都向我们投来了好奇的目光，他对他们扬了扬手，欢愉地说：

"这两位客人，是从新加坡来的。"

我们屈膝在地上坐了下来，立刻，被铺天盖地的缤纷色彩"淹没"了：四面墙壁，都挂上了鲜丽的纱笼布，布上又钉着多朵带叶的红花，淡淡的花香，溢满一室。地板上呢，则铺着一张张青红格子相间的草席。厅的中央靠墙处，放着两张高背雕花藤椅。最令我感到新奇的，是椅子旁边的两根"水果柱子"。这两根长长圆圆、色呈淡黄的"柱子"，据我猜测，大概是取香蕉树干的中心部分而做成的；"柱子"的顶端至末端挂满了各式各样叫得出名字和叫不出名字的水果，红色、青色、橙色、褐色、黄色、紫色，满目璀璨。

我们坐下不久，便有人以托盘送上盛在小巧圆杯里的热茶。老人举起了茶杯，出其不意地以琼语说道：

"请用茶，不要客气！"

我和日胜都吓了一大跳，正要发问，他却凑近我们，说：

"我和你们一样，也是华人，我是属于海南籍的。"

他的肤色、他的五官、他的装束，都给人一种错觉，以为他是土生土长的印尼人。我没有想到，万万没有想到，他竟会是华人！

"我住在这里已有46年了。"他语调深沉地以琼语继续说道，"25岁那年，我从海南岛来这儿谋生，一住就住了几十年，在这里娶妻，在这里生儿育女。这儿，已变成了我真正的家乡了！"

"我父亲的情况也是一样。"日胜告诉他，"他四十多年前由海南岛到马来西亚去工作，在那儿落叶生根……"

"你父亲过去也是住在海南岛的？"他饶有兴趣地问，"叫什么名字呢，他？"

日胜说了。他"啊"了一声，急急地从口袋里掏出一支笔，向我讨了一张纸，在纸上写了三个中文字"林廷石"，递给日胜，问他：

"是这么写吗？"

日胜点点头。他语调急促地再问道：

"他个子不很高，颈上有一颗圆圆的黑痣，对吗？"

日胜又点点头，狐疑地问道：

"怎么，你们认识的？"

"不但认识，而且很熟，我们是住在同一个村子里的人啊！"他神情激动地说，饱经沧桑的眼睛突然闪出了两点晶莹的亮光。他以手背抹了抹眼睛，强自压抑心里翻腾的情感，问："我记得你父亲比我小两岁。我想，他现在大概也退休了吧？"

"他已在4年前病逝了。"日胜答。

他不语，俯头看地，就在这时，两行泪水突然从浑浊的眼睛里缓缓地流了出来，好半晌，才说道：

"世事真是难以预料，四十多年前当我们先后离开海南岛而到外地谋生时，实在没有想到彼此竟不可能再相见。我在马达山住了许多年，一直很少看到华人，更不要说来往了。然而，我做梦也没有想到，你父亲隔了那么多年仍然没有忘记我，特地在我为女儿办喜事时，'遣'你们老远地来向我道贺……"

冥冥中发生的许多事情，有时的确是巧合得难以用语言来解释的，我们和老人的相遇、相识，就是一个很典型的例子。

等激动的情绪平复下来以后，老人才告诉我们，他来印尼以后，一直以务农为生，经济不算宽裕，但也有吃有穿，不饥不寒。28岁那年，他娶了一名印尼女子为妻，生了6个儿女，长子已年届40岁了，今天结婚的，是他最小的一个女儿。

"你的太太呢？"我插口问道。他向坐在角落的一个老妪招了招手，她佝偻着身体走了过来。也许是生育过多，加上生活操劳，她看起来非常苍老。握着我的手，她张开无牙的嘴，露出恳切的笑容，以马来语说道：

"欢迎！欢迎！"

说完又神态腼腆地退回原来的那个角落。老人略带歉意地说：

"她不善交际，请原谅。我们家里就只有她一个人不会讲琼州话，6个孩子在我的教导下，会听，也会讲。"

日胜把他父亲在怡保前后的一切情况简略地告诉了老人，正谈着时，宾客突然热烈地鼓起掌来，我随着他们转头望向房间，啊，原来是一对新人出来了！

新娘穿着一件黑色底子绣以金色图案的低胸窄腰的上衣，配着一条褐色的蜡染纱笼。雪白的颈项戴着一串沉甸甸、亮闪闪的白色珠链，柔黑的头发结成一条粗粗长长的麻花辫子，垂在胸前腰际上。有趣的是，她整条发辫都缀满了朵朵小白花，把春天的灿烂全都不客气地揽到怀里来了。新郎身着一件以同色同质料子制成的礼服，白色衬衣，褐色领带，配以蜡染纱笼，头戴镶上金色花边的帽子。他俩穿的，是印尼人的传统结婚礼服。

高高瘦瘦的新郎扶着娉娉婷婷的新娘，走向那两张高背藤椅，姿态优雅地坐了下来。

众人都把热烈的目光投注到他俩身上，新郎向宾客大方地颔首微笑，新娘则低垂粉颈，一副羞答答的样子。新郎很年轻，新娘更年轻。在灯光底下细细打量她，发现她有着一张很讨人喜欢的脸。不是动人心弦的美丽，不是闪烁夺目的漂亮，而是眉目含娇的俏丽。

刚才，他俩的出现像一道休止符般把满室喧哗的声浪凝住了；现在，他俩坐定后，声浪又一点一点地恢复了。先是细细碎碎的，接着，声音越扩越大，不一会儿，又是满室喧哗、满室热闹了。这时，许多坐在"水果树"旁边的宾客，都纷纷把水果"摘"下来，丢给室内其他宾客，我接到的，是一粒硕大无比的番茄，结实艳红，随口咬，汁液飞溅；看看其他宾客，满嘴也都有淋漓的果汁，谁都不担心衣服会被果汁玷污，流动在空气里的，是一种无拘无束的快活。

"你的女儿，今年几岁啦？"我问老人。

"18岁啦。"老人望着他的女儿，神色在欢欣之中似乎还透着几许的安慰，"总算给她找到了好的归宿。唉，想起过去那一段日子，真的叫人心寒！"

"怎么？"我讶异地看着他。

老人低头呷了一口热茶，清了清喉咙，这才说道：

"她15岁那年，曾经和另外一个男人相恋，二人订婚以后，她才发现他好酒又好赌，因而坚持要退婚。男方心有不甘，找巫师施法，她因此陷入疯狂的状态中，白天痴痴呆呆的，夜里却又无缘无故地哭泣，不但工作丢失了，连三餐和大小便都要人服侍！"

"后来怎么医好的？"我迫不及待地问道。

"我去找了好几位巫师都破除不了这个巫法，真是急得自己都快要疯掉了，后来，幸好找到了一位比对方更厉害的，他自制了几帖草药让我女儿服，说也奇怪，连续服了好几剂以后，便霍然而愈了。"

这真是一个令人毛骨悚然的故事，幸而它是以喜剧收场的，我默默地想。就在这时，娇羞可人的新娘在玉树临风的新郎的扶持下，盈盈地站了起来。在众人的掌声里，新郎手执麦克风，高声地唱起歌来。

老人微笑地向我解释：

"这是我们的风俗，新人必须在宾客前互唱情歌。"

呵，这是多么美丽的风俗啊！虽然我听不懂歌词的内容，但是，曲子那动人的旋律依然使我沉醉。

新郎唱完后，把麦克风交给新娘，新娘双颊绯红地以细而娇的声音为新郎唱出了心中的爱。然后，新郎把插在她身上的一朵花轻轻地取了下来，丢在一位女宾身上，众人立即哗笑起来，那位女宾羞答答地以双手掩住脸部。我想，大概新郎是以这种方式来祝她早日找到如意郎君吧。在众人再三再四的怂恿下，那位女宾接过新郎递来的麦克风，低声唱了一支民谣，然后，再把麦克风连同那朵花交给另一位男宾，众人又是一阵哗笑。如此一位传一位，满室都回旋着或高昂或低柔、或雄浑或娇细的歌声。

正当我沉醉在这一片比酒还醇的欢乐气氛里时，一名男宾突然拿着那朵小白花和麦克风走过来交给我；看到他一脸温和诚挚的笑容，还有响自满屋鼓励性的掌声，我知道，我不能拒绝。接过麦克风，我勉为其难地唱了最近学会的那首《月亮代表我的心》，唱完了站起来想把麦克风交给其他宾客时，我才发现，不但屋子以内密密麻麻地挤满了宾客，甚至屋外的空地，也坐满了迟来的客人。客人携来的礼物，堆积如山。据我估计，今夜受邀而来者，至少有八九十人。由于宾客过多而又全席地而坐，每当有人走动时，总会不小心踏到别人，被踏的不以为忤，而踏人者也脸无歉意。我想，这种情况，这种"情趣"，是参加其他任何地方的婚礼所绝对体会不到的！

重新坐下后，我忍不住对老人说道：

"哇，你女儿的朋友真多！"

"是的，她人缘好，交游广，整个村庄的人都和她有交情。"老人说，脸上每一条深浅不一的皱纹都满满地蕴含着对他女儿的爱，"你晓得吗？这一回她结婚我本来是不要铺张的，但她朋友实在太多了，如果不宴客，她会很失望。为了她，我也只有卖掉一块田来筹备婚礼啦！"

"男方没有给聘金吗？"

"有，只有200元（新币）。200元，拿来装修屋子都不够——你知道啦，根据印尼风俗，男方婚后都是要住女家的！"

"那——为什么你不要求多一点聘金呢？"

他宁可卖掉自己视为第二生命的田地也不肯难为女婿，从这儿，我又看到了父亲对女儿那种不求报偿、无微不至的爱。

到了晚上10点多，有人自厨房端出食物。在老人的指示下，我和日胜是全场宾客当中最先取到食物的。那是一大盘以黄姜炒得香香的玉米饭，上面布满了虾饼、黄瓜和番茄，颜色配搭得很好。我原本以为还有其他肉类和菜肴，但等了一会儿，看到别的宾客都以手抓饭狼吞虎咽地大吃起来了，我这才晓得，婚礼用以飨客的全部食物就只有玉米饭！小村庄村民生活的节俭与困苦，由此可见一斑！（次日在棉兰市场，我发现肉类平均1公斤售价新币8.5元，当地人的月薪一般都低于百元，又如何能够吃得起！）

宾客食毕纷纷站起来向新郎新娘握手，道贺，道别。

我把怡保和新加坡的住址写在一张纸上，递给老人，诚挚地对他说：

"你如果有机会到新马来，请和我们联络。"

老人浑浊的眼睛又再度泛上了泪光，他声音微颤地说：

"除非你们再到印尼来，否则，我们恐怕不会再有相见的机会了！"说着，他突然揽住日胜的肩膀，声音激动地说，"年轻人，我祝福你们！"

我和日胜慢慢地爬下那道短短的扶梯，慢慢地走出那条泥泞的小道。回首望时，看到老人那高大的身影一动不动地钉立在门边的地上，像一个泥塑的雕像。蓦地，我心如铅，我眼如潮……

龙脊山上的黄金梦

迢迢到位于广西龙胜县高达880米的龙脊风景区，主要是为了一睹那层层叠叠连天而去的梯田。万万想不到，此行竟碰上了迄今回想依然觉得难以置信的奇遇。

龙脊风景区坐落于仅仅七百余人口的平安村，通向平安村的，是一条狭窄崎岖的山路。我和日胜一来到山脚，便有几名轿夫不约而同地围了上来，七嘴八舌地劝我们坐轿子。甲说：山路又斜又陡，步行上去，恐怕得花上三四个小时。乙说：上山难，下山更难，一个不小心，便会失足摔跤，危险度极高。丙说：就算安全地上去而又无事地下来，双腿也会酸痛好几天！

我将轿夫的话当成耳边风，慢慢地拾级而上，心里想：危言耸听，还不是为了招揽生意！我一边走，他们一边跟；他们不屈不挠，我不理不睬；走着走着，一个一个知难而退了，最后，只剩下一顶轿子，不疾不缓地、耐心十足地跟、跟、跟。

亦步亦趋的这名轿夫，四十来岁，瘦削而结实的脸庞，像是早春初犁的一亩田，虎虎生气。我回过头对他说："请你不要再跟了，我喜欢步行。"他说："您坐我的轿子吧，为龙脊山的教育做点贡献。"我笑了起来："坐轿子，和教育又有什么关系！"他应："我的两个孩子都在读书，教育费很重，您坐我的轿子，就等于直接赞助我孩子读书！"是他脸上那份乎恳求的表情使我心软了，坐上了轿子。

事后才知道，那山路，确实长，确实崎岖，更要命的是，高得匪夷所思，一个一个连天而去的石阶，越变越窄、越窄越小、越小越斜，举步维艰。然而，尽管轿子长长硬硬的木条深深沉沉地陷入了轿夫两肩的肉里，可是，他们仍然能以矫健的双足，在狭小陡峭的石阶上"蜻蜓点水"式地跑着，感觉，他们仿佛就是脚不着地飞着的。

来到山顶向下俯瞰，整整齐齐仿佛是用刀子切割出来的梯田，安安静静地躺在冬天温柔的阳光里，盎然的绿意，毫不含糊地展示着"人定胜天"的那一份坚毅顽强的斗志。梯田最高处的天，白而亮，干净得纤尘不染，天幕广而阔，有磅礴的浩然大气。灰褐相间的屋舍，一所所恬然地矗立于梯田间；一棵棵树，宛若一朵朵绿色的云，点缀于屋舍田野间。强悍与婉约、刚硬与柔和、浩大与纤细、朴实与绚丽，就如此矛盾地交缠成一幅令人终身难忘的水彩画。

忽然想走进画里歇息，问在一旁等候的轿夫，高山区里可有由壮族经营的小客栈。他一听，双眸便闪出了兴奋的亮光，应道："我便是经营客栈的。待会儿下山时，我带您去看看，您满意，便住下；不满意，便找别家，好吗？"我颔首，心想，他也许是将家里多出的一个房间出租给游客以赚取外快吧！坦白说，这一刻，我考虑的是卫生的问题。

下山时，他抬轿子的脚步，是弹跳式的，我死命抓着轿子的横杆，喊着："喂，慢点，慢一点，别把我摔到山下去！"他并没因此而放慢脚步，一面飞快地逐级而下，一面声音洪亮地应道:"您放心,从没出过意外!"心惊肉跳、颠颠簸簸地到了半山处,他将轿子停放在一边,说:"请跟我来。"

万万想不到,他口中的客栈,竟是一幢令人瞩目的大洋楼!以坚实的杉木建成,楼高三层,总共拥有10个房间,气派很大。我冲口问道:"你在这里打工吗?"他微笑应道:"这旅馆,是我的。"我怀疑双耳出了毛病,但是,看他表情,又不像开玩笑,于是,诧异问道:"你既然拥有这么大的旅馆,为什么还要抬轿子呢?"他坦白地说:"这是我向政府贷款10万元而兴建的,款项必须在十年内还清。在旅游淡季里,旅馆根本没有人住。两个孩子在读书,费用不轻。抬轿子,确保每个月能有几百元收入!"正说话间,轿夫的妻子背着一个竹篓从外面走了进来,竹篓里装满了绿油油的蔬菜,显然刚干完农活从田里回来,腼腆的脸,黧黑而结实,她问我:"住几晚呢?"我反问:"有卫生间吗?"她频频点头:"有,有呀,还有抽水马桶呢!"

初冬,游客寂寥,旅舍的8个房间,全都空置着。来到二楼角落处的 问大房,只 看,便难以遏制地喊了声:"啊!"太美了,实在是太美了!大大的窗口,正正地对着连天而去的梯田。虽是初冬,梯田依然苍翠,阳光在上面铺陈出一片淡绿的温柔,整个大地在无边无际的寂静里奇妙无比地跳跃着一种浩瀚无边的生命力。

住宿费每晚人民币20元(约合新币4元)。

在此,住了两天。

据轿夫暨旅馆东主廖元平告诉我,这个七百余人口的平安村,有个有趣的现象:村民全都姓廖,全都是壮族。

在旅游业未发达之前，村民以务农为生，每人分得半亩田，一年一稻，生活极苦。

廖元平蹙着眉头忆述道：

"稻米好像金子，粒粒省着吃。没米可吃的日子，便靠番薯和芋头。高山区的自然环境限制了我们，梯田面积有限，就算我们肯干、愿干，却也没活可干。"

然而，也正是这种独特的高山环境，给他们的生活带来了梦寐以求的转捩点。

1999年，有关方面修筑了通向山脚的公路，大力发展旅游业，他们的生活因此而起了翻天覆地的变化，得以从贫穷的阴暗角落里走出来。

首先，应运而生的是轿子。竹制的轿子，本钱是人民币250元一顶，抬上两趟便挣回本钱了，难的是如何挤出那笔买轿子的钱。抬轿看似困难，可是，村民自小生长于山区，陡峭的山路对他们而言，和笔直的平路并无差别。一名轿夫告诉我，过去道路未通时，他每回把稻草织成的帽子挑去桂林卖，都得辛辛苦苦地走上两天长长的山路。他说，那时没有路灯，泥路又陡又滑，却也难不倒他；如今抬轿，根本算不上吃力，唯有到了冬天，处处降雪，滑度极高，必须步步为营。

一顶轿子两人共抬，双方的脚步和速度都得配合得恰恰好，此外，两人"做生意的哲学"也得一致才行。廖元平举例说明：有好多次，游客在山脚不肯坐轿子，可是，走了一段山路，却支撑不了而想坐；也有些时候，游客有力上山却没力下山；所以，只要耐着性子静静地跟着游客，迟早会有机会的。可是有时，他想跟，他的搭档却不耐烦、不要跟，白白失去赚钱的大好机会。

根据以往的经验，欧美客人多半不爱乘轿子，而来自新加坡、马来西亚、中国香港和台湾地区的游客则最爱坐；至于内地的游客呢，以北京人和上海人最阔气，乘轿往往不议价。

坐轿子到五百余米的山腰处，来回价格是人民币120元；到八百余米的山顶呢，则收费人民币160元。

谈到游客的态度，廖元平以气愤的口气说道：

"抬轿子，靠的是体力，我们不骗不抢不偷不盗，偏偏有人看不起我们。有一回，一名游客还以鄙夷的口吻挑衅般问道：'5元，给你5元，抬不抬？'真是恶形恶状哪！"

目前在平安村共有轿子八十余顶，逢及春节、劳动节和国庆等旅游旺季，游客络绎不绝，轿夫当然也赚得盆满钵溢了。在旅游淡季里，生意冷落，在城市工作而收入不错的村民，也会本着"守望相助"的精神，在工作归来时，给"守株待兔"的轿夫三四十元，请轿夫将他抬回家去。

然而，对于平安村的村民来说，拥有一顶轿子，只不过是他们一个小小的美梦而已，他们的"黄金梦"是拥有一所旅舍。政府允许他们贷款，于是，胆子大而又肯苦拼的，便咬紧牙根，借贷款项，大兴土木。说来难以置信，小小的村庄，目前共有旅馆五十多所，全都是由当地的壮族人经营的。碰上旅游旺季，可容纳游客三千余人！

当然，世上没有白吃的午餐，当上了旅馆的主人后，背上也就沉沉地驮了重重的债务。廖元平一脸坚毅地对我说道："只要能多挣一点钱，什么活儿我都肯干！"他抬轿，他也搬砖、挑水泥、种稻、种菜。他的妻子呢，也不遑多让,打扫洗刷、种菜种稻、养鸡养猪,忙得好像一架终日旋转不休的风车。她且力大无穷,在山下把我和日胜的行李放入竹篓里,健步如飞地背上山来。坦白说吧,提着那么沉重的行李,我真是寸步难行哪!

这妇人,还有一双烹饪的巧手。当天晚上,为我们煮出了一桌别有风味的菜肴:熏肉、竹筒饭、炒野菌、蒸土鸡,还有自酿的糯米酒。熏肉是壮族人在没有冰箱的情况下保存肉类的独特方法。以盐和胡椒粉将切碎的猪肉腌了,灌入薄薄的肠衣里,两头封密,挂在屋内阴凉的地方,用柴火熏干,长年不坏。竹筒饭是将浸泡过的糯米连同腊肉、香菇、木耳、花生塞进竹筒里,在火上慢烤15分钟,风味绝佳。最特别的那盘唤为"重阳菌"的野生菌类,长在高山松树旁,吸纳松树根部的营养而茁长,具有活血的功能。廖太太欢喜地说道:"龙脊这个高山区,可真是个宝地,长在不同季节的菌类,足足有十多种,任人采摘。多种菌类,多种滋味,宜炒宜汤,养颜健体!"土鸡呢,是自养的,鸡肉的嫩滑达于极致。饭后,泡了自种的龙脊茶,但觉茶香扑鼻、茶味绕舌。廖元平一脸得色地说:"我们这儿有句名言:山有多高,水有多深。我们永远不缺水,而且,高山水质清纯无杂质、水味清甜无杂味,喝了延年益寿呢!"

次日早上,外出散步,看到好些工人以杉木在建造一所新的旅馆。啊,又有一户人家的黄金梦落实了!

平安村,这个位于龙脊的遥远村庄,充满了像阳光般的勃勃生气。村民都有梦,但是,这梦,不是遥不可及的,不是虚无缥缈的,它近在眼前,可触可摸。有了这种美丽的期盼,村民们都活得有滋有味。

记得初来乍到时,看到廖元平的家里有只粗壮的猫儿走来走去,我说:"啊,你还养宠物呢!"廖元平立刻应道:"不是宠物啦,主要是养来抓老鼠的!在我们这个村子里,没有白吃白喝不干活的人,我们当然也不会养白耗粮食的东西。"

好一番精彩绝伦的话!

此刻,从窗口望出去,一级一级的梯田傲然挺立,标志着村民坚如钢铁的意志力,而这意志力,就是"点石成金"的"魔术棒"了!

风雨桥上会侗族

那天早上,在寒冷的晨风里,我们提着简单的行李,走上高脚木楼那道狭窄的木梯。木梯发出了"嘎嘎"的响声,仿佛在欢迎我们的来临。

主人杨玉梅,正笑意盈盈地站在门口处。

乍一看,吓一跳。想象中,从事农耕的侗族人,应是黑黑瘦瘦、干干瘪瘪的。她偏不。长长的脸,白白净净的;纤细的身子套在侗族人偏爱的传统黑色衣裤里,显得修修长长的;明亮清澈的眼神,有着一种洞悉世情的睿智。

住下以后,才发现能干而又聪慧的她,是名副其实的巧妇。

这儿,是广西三江县侗族聚居的程阳村,也是广西的重点名胜区。随着经济的改革开放,许多侗族人都把自己住家多余的房间出租给游客以赚取外快,杨玉梅便是在这种情况下,以每晚20元人民币(约合新币4元)的价格出租空置的房间。

房内,只有简简单单的一张床,一张小几,那种纤尘不染的整洁,让人觉得十分舒服。

杨玉梅将我们安顿好之后,便说:

"我做了些手工艺品,得送到永济风雨桥去卖,你们可要一起去看看?"

啊,风雨桥!我一听,便双眼发亮。这正是我们远道前来程阳村的重点目标之一哪!

程阳永济风雨桥，赫赫有名，被誉为世界四大历史名桥之一，是全国重点保护文物，也是侗族文化在建筑艺术上的结晶。风雨桥，顾名思义，是挡风遮雨以让过路行人歇息的，它也是男女青年谈情说爱、聚会对歌的"社交场所"。在侗族村寨诸多的风雨桥中，程阳风雨桥是最美丽也最精巧的。

兴冲冲地赶去看，忍不住大声喝彩。

真是建筑里的精品。长达六十余米的风雨桥，有5座相连的楼亭，青瓦白檐，飞檐叠起，彩绘精美的侗族图案，古色古香而又富丽堂皇，充分显示了侗族独树一帜的创造力。

手脚勤快的侗族妇女，就在桥上摆卖各式各样五彩缤纷的手工艺品。她们不扰人，也不烦人，只是静静地让笑意流进眼里，一心希望你能驻足，看、买；游客不受干扰，因此便有了一种率性而玩的舒适感。

侗族村寨另一具有代表性的艺术建筑是鼓楼。鼓楼是侗族村民集会、歌舞，以及举行婚祭、庆典的地方。平常，人们在鼓楼里集会，闲话家常，或举办各种文化活动；节日来临，便麇集在鼓楼，唱歌跳舞，热闹非凡。现在，12月，是农闲季节，年轻的母亲，背着、抱着、拖着孩子，三三两两地聚集在鼓楼前面的石凳上，话东道西、说南讲北，说得高兴，便放声大笑，一串串细细碎碎的笑声，像温暖的小雨落在瓦片上。啊，这真是一块人间乐土啊！

逛累了，返回住处。

晚上，与杨玉梅共用晚膳。

主菜是酸鱼、酸肉、酸鸭，而这，正是侗族最传统的食物。她们是以一种独特的配方来进行腌制的——鸭肉、猪肉和鱼肉在风里干透之后,撒上盐粒,置入阔口圆肚的坛子,再加入炒成金黄色的糯米,将坛子封密,两个月后,启封品尝。以这样的方法来腌制鱼肉,可长保不坏,而且越久越好吃。据说有些家庭在经济景况好时,腌制了大量酸肉,一代传一代,慢慢吃,有些酸肉已储存了长长的五六十年,成了千金不易的"古董肉"。

杨玉梅有间储藏室,里面一个一个全都是沉甸甸的坛子。她小心翼翼地打开其中三个坛子,以干净的筷子从里面夹出块状的酸鱼、酸鸭、酸肉;然后,在砧板上切成薄片,用油去煎。酸肉一接触到热油,立刻就氤氤氲氲地飘出气味来,起初糙涩而酸腥,慢慢、慢慢地,便起了魔术般的变化,转成了浓郁丰厚的鲜腴之味,那股不顾一切扑面而来的浓香,简直就是致命的诱惑。

说真的,我从来没有吃过比这更美味的腌肉。虽是腌制的,但是,它既没有腊肉那种"说一不二"的强硬,又没有咸鱼那种"青春永逝"的干瘪;它丰满而柔软,百味麇集,咀嚼时,好似在品味一整个酸甜苦辣的人生。

谈及酸肉的"起源",杨玉梅侃侃地说道:

"以前,侗族村民多从事农耕;干农活,要使力,带一小片酸肉,便可以吃上一大桶饭。此外,村里当时没有电力供应,大家便想出了这个万全的法子来保存食物。"

许多家庭,沿袭传统,腌制酸肉时,下了极多的盐,致使入口的酸肉咸得发苦,风味全无。

可杨玉梅不同,她说:

"现在,大家生活好了,追求口味的精致,我因此大胆地将祖传秘方加以革新,研究出一种腌制的新法子,既能保持肉的鲜味,又能逼出一定的酸味、咸味、甜味。我这儿常有游客下榻,大家尝过之后,都念念难忘;我想,这也算是发扬侗族文化的一种方式吧!"她顿了顿,又说,"前些日子,县里的政府部门来了几十人,指定要由我为他们烹调侗族的传统风味菜呢!"

杨玉梅的话可一点儿也没夸张,离开这儿后,我曾在其他的侗族人家里尝及他们遵照古法腌制的酸肉,死咸死咸的,和啃盐巴并没有两样。实际上,小至饮食习俗,大至文化教育,我们都不能食古不化,必须顺应情况,顺应时代,做出相应的变动。脑子灵活的杨玉梅,便以巧手慧心将"酸肉"这美丽的传统食品加以改革后"发扬光大"。现在,她每年都得腌制好几百斤的酸鱼酸肉,让赞不绝口的游客把无数美言携回家去,她可说是侗族一名没有"委任状"的大使。

饭后,例行停电,整个村子陷入了伸手不见五指的黑暗里。杨玉梅在屋子中央生起了火,大家围坐在火堆旁聊天,火烧得旺旺的,嫣红的火苗,镀着亮灿灿的金色暗影,这里蹿蹿,那里跳跳,活泼又快乐。

根据粗略统计,目前约有一千七百余名侗族人散居于中国各处,他们拥有自己的语言、文化、习俗、饮食习惯。尽管侗族语言在离开了侗族村庄后便毫无用处,可是,家家户户都以侗语为家庭用语。初到程阳村,我好奇地问一名少年:"你会说侗话吗?"他一脸讶异地反问我:"我是侗族人呀,怎么可能不会说侗话?"那神情,就好似我说了什么幼稚可笑的荒唐话。对于他们来说,侗族人说侗话,就好像饿了得吃东西、渴了得喝水一样自然。侗族目前唯一的"隐忧"是,年轻一代的许多人已不会写侗语,侗族书面语的流失,也许只是时间的问题罢了!

杨玉梅的长子陈力伟,现年12岁,在村里念小学,表现优异,墙上挂满了他参加比赛赢回来的奖状。由于杨玉梅家里常常接待来自世界各地的游客,力伟因此比村里同龄的孩子多了几分见识,对于外面辽阔的世界也充满了憧憬。他老老实实地表示,他日学成之后,他希望能永远走出这个以务农为主的贫穷村寨,在外面为自己开拓亮丽的天空。可以预见的是,侗族村寨也和其他少数民族的村庄一样,面对着"日益老化"的窘况。

次日一早,手脚勤快的杨玉梅便背了一个竹篓,说要上山去采摘野茶和油籽,她一面步履轻快地走向门口,一面语调愉快地说道:"明早,我为你们打油茶。"让人忍俊不禁的是,她边走边晃动着手提电话,说:"你们记下我手机的号码吧,有事拨电话找我!"

我们在外面逛足一天,她也在山上忙足一日。

一宿无话。次日,起了个绝早,想看杨玉梅如何打油茶。

打油茶是侗族的另一个传统,非常烦琐。

首先,将高山野生的藤茶和大叶子茶采了晒干,以机器将油籽榨油,再用这清香绝顶的油把茶叶反反复复地炒得香香的,加入盐,加入水,让它滚上20分钟。之后,蒸糯米饭、炸花生米、炸油果、炒地瓜、炒魔芋、切青葱,满满地摆上一桌。

把配料一一加入微咸微苦且微带油腻的热茶里,便可大快朵颐了。在寒冷的冬天里，吃下这样一大碗结结实实的油茶，全身暖乎乎的，十分受用。

打油茶这传统，和侗族的农耕生活，是息息相关的。茶水提神，糯米饱肚，出门前吃一碗油茶，精神抖擞，力大如牛。打油茶因此成了每家每户的媳妇必须精通的"功课"。

由于准备工作繁多，再加上年轻一代受城市生活的影响，爱吃时髦的面包，不喜厚实的油茶，因此，现在许多侗族家庭已渐渐不打油茶了。不过呢，凡喜庆节日，或是个别家庭办喜事，打油茶依然是不可或缺的项目。

"按照传统，办白事是不打油茶的，可是去年，家里老人去世，办完丧事回家后，心里虚得慌，打了油茶，捧着来喝，就好像老人仍然坐在身旁，喝着喝着，一颗心，便慢慢地安定了下来了。"杨玉梅把一勺炸糯米粒舀进了我的油茶里，续道，"瞧，糯米粒原本是小小的，一放进油里去炸，便发得很大，它象征着发大发涨的幸福。"说着，一抹微笑飘上了嘴角，"当然，现在，也有人把这看成是钱财的象征。"

当天晚上，杨玉梅安排了"侗族业余歌舞团"的四名成员到家里来表演。他们穿着颜色鲜丽的传统服饰，弹奏乐器，对唱山歌。啊，生活对于这些以务农为生的侗族人来说，就像是"一加一等于二"那般简单，他们之间，没有斗争，没有倾轧；日出而作，日入而息；农闲时分便歌舞作乐，生活淳朴而快乐。

这个人情味特浓的程阳村，素有"百节之乡"的美誉，他们以各式各样的传统美食来庆祝各种各样的佳节。

次日，杨玉梅一早便来敲我的房门，说：

"今天，村里所有的杨姓家庭过冬，是个大好的日子，我必须回娘家帮忙烹煮菜肴，你们可要随我去看看？"

根据侗族的习俗，村里不同姓氏的人家，会在不同的日子过冬。在同姓人家过冬的这一天，他们会宰猪杀鸡，烹煮数之不尽的美味佳肴，招待其他不同姓氏的好友，在这个日子里，就算是素不相识的人，也可以随意走进大门，大吃大喝。

当我们随着杨玉梅走在路上时，发现处处都膨胀着一种达于极致的欢乐气氛。杨姓人家，户户炊烟生；其他姓氏，纷纷赶往市集，买新鲜水果充作手信。我依侗族风俗，提了几只柚子，外加一包白糖，踏入杨玉梅的娘家，只见她的几个姐妹都在厨房里忙得团团转。土灶上坐着特大的圆锅，里面挤了六只大肥鸡；厨房里堆满了大块大块的肉、大把大把的菜；面盆里有条活鱼，不可思议地肥，至少有八九斤重。我们才一坐下，便有人送上饮料、送上食物，碗碗碟碟，杯杯盘盘，一下子便放满了一桌。杨玉梅的姐姐笑着说："随便吃点东西。下午两点，才吃冬。"

哎哟，"民以食为天"这特质，已被侗族发挥得淋漓尽致了。

次日，在喧腾的喜气和氤氲的香气中离开程阳村，我带走的，除了一份隽永美丽的记忆外，还有一份重访程阳村的强烈意愿……

茫茫草原情

明明知道内蒙古丰饶的草原是辽阔无边的，但是，真正站在草原上，那种无穷无尽的无边无际，还是大大地震撼了我。

一望无际的阔，一望无际的绿。

那绿，宛如一卷慢慢在眼前渐次展开的画，初而嫩绿，继而油绿、翠绿、大绿、浓绿、墨绿，然后，与远处的天连接，变成了淡淡的蓝。风来时，掀起了千层万层变幻不定的波光，远远望去，仿佛大地在欢畅地呼吸。

这里，是内蒙古的希拉穆仁草原。

绿绿的草原上，整齐有序地散布着一个一个圆圆的蒙古包，白色底子绘上蓝色图案，配上一扇一扇喜气洋洋的小门，精致秀气，和草原那种豪放粗犷的气势完全搭不上边儿。这些蒙古包，是专为游客搭建而不是游牧民族原有的。蒙古包里，端端正正地挂着成吉思汗的绘图。

目前，有二百七十余万蒙古族人散居于内蒙古（占内蒙古总人口的13%），许多接受现代生活洗礼的蒙古族人，已完全融入城市生活，在各行各业中大展拳脚，只有大约20%的蒙古族人还从事畜牧业。

过去，这些以传统畜牧业为生的游牧民，带着大批牛羊，随着季节到处迁移，他们幕天席地，过着无拘无束的生活。然而，到了20世纪80年代，他们的生活却起了翻天覆地的变化——国家明文规定：牧民必须在政府所划定的地区内固定放牧，换言之，他们不再享有"四处为家"的自由和权利了。

有关方面实施"划地畜牧"，原因有二：其一是便于管理；其二是借此减低沙尘暴的祸害——牛羊四处跑动，把东南西北的草全都吃光了，沙尘暴一来，风沙满天刮。划地畜牧，可以有计划地保留一些草皮，将沙尘暴的危害减到最低。

有关当局根据牧民家庭人口的多寡来决定所分配土地的大小，牧民可以在此盖房子、养牛养羊、养鸡养鸭。

在希拉穆仁草原上，便有许多过着固定生活的牧民，有趣的是，在砖砌屋子的前面，他们往往还"旧情难忘"地搭建一个圆圆的蒙古包，借以充当客房。新和旧、传统和现代，就如此不着痕迹地融合在一起。

有家牧民，在大门处贴了两张红色的对联：

"家有福星八面照，财如人意四方来。"

觉得十分有趣，不揣冒昧地叩门探访。现年55岁的屋主云爱兰，秉承牧民热诚好客的天性，以满脸恳挚的笑意接待了我。

她正在土灶的大锅里炸面饼，羊油腥膻的味儿飞满一屋，炸好的面饼，粗若拇指，胖胖的，油油的，金光闪烁，摆在桌上，将屋子映照得亮灿灿的，有一种"富贵不请自来"的感觉。

云爱兰一迭声地说道："吃，吃，别客气！"边说边把褐色的砖茶满满地注入瓷碗里。

我坐在收拾得纤尘不染的土炕上，小口小口地吃着炸得香香脆脆的面饼,大口大口地喝着加了盐的咸砖茶,脑子里不由得浮起了另一幅图画:那一年,到撒哈拉大沙漠去旅行,与四处迁移的游牧民族一起住在简陋已极的帐篷里,油和盐,都珍贵如金;油,就只能在进行烙饼之前,用小小的刷子吝吝啬啬地在锅子里刷一刷;盐,也只能稀稀落落地在烙好的面饼上撒上寥寥几粒来调调味。然而,眼前这户牧民,却用上一整锅金黄色的油来炸面饼,用上大匙雪白的盐粒来冲泡砖茶,这样的"挥霍",撒哈拉大沙漠的游牧民族恐怕连做梦都嫌奢侈!

云爱兰对于目前的生活无疑是十分满足的,她笑容满脸地说:

"我打从出世起便随同家人过着逐草而居的游牧生活,几十年来,居无定所,苦不堪言。国家划地放牧后,我不但有了挡风遮雨的屋子,而且,屋内还有着充足的电流供应哪!"说着,她指了指慎重地摆在柜子上的电视机,继续道,"瞧,过去,拥有电视机,根本就是匪夷所思的!现在呢,我的孩子对于电视节目却如数家珍!"

"屋内有自来水供应吗?"我问。

"哦,我在屋子前面打了一口井,离地才3米来深呢,汲上来的水,不但颜色清澈,味道也清甜得很!"

"冬天井水结冰,怎么办?"

"没问题啊,用凿子把冰凿开,不就可以了吗?"她答,爽朗的笑声散得一屋都是。

云爱兰总共养了6头牛,每天将挤出的鲜奶以每公斤人民币1.8元的价格卖给城市的乳制品公司,日子过得惬意而舒服。说来有趣,这6头牛,也给她提供了予取予求的燃料。她表示，牛粪易燃，无臭，散热快，是最好的燃料呢！

除了牛之外，云爱兰也养了好几十头羊，这些羊，只能在政府划定的范围内放牧。和大部分固定放牧的牧民一样，为了保持草原的生态，她刻意将放牧的地方划分为两部分，其中 2/3 开放给羊群徜徉，等草儿被吃得差不多了，才开放另外 1/3 牧地而将原先那块被吃得光秃秃的牧地圈起来，让它好好地"休息"。

划地放牧的生活，就像一加一等于二的算式一样，规规矩矩，一成不变；日子呢，也就过得像钟摆，每天是一式一样的重复。

尽管云爱兰对于划地放牧的生活赞不绝口，可是，也有些牧民未能适应。

一位名字唤作"云孟根朝鲁"的蒙古族人，便坦率地表示，他非常怀念过去那种海阔天空的放牧生活。他说：

"每天一睁开眼，便看到蔚蓝开阔的天空；一合上眼，星星便在眼皮上跳跃，这种与天地合而为一的感觉，舒服而又美好。"

蒙古族人对于大自然的一切，都具有深厚的感情，云孟根朝鲁透露，他们的名字，有很多都取材于大自然。比如说，他的大姐名字"那仁花"，意即"向日葵"；二哥"云宝日朝鲁"，意为"云紫石"；三姐"达仁花"，是"花团锦簇"的意思。至于他自己的名字，则取意于"银石"。

除此以外，蒙古族人也常常借用草原惯见的飞禽走兽来形容他人。比如说，描绘一个人性格剽悍，便说他像"马"；称赞一个人志向远大，就说他像"鹰"；批评一个人表现懦弱,则说他像"羊"。

云孟根朝鲁以前不论上哪儿都以马儿代步,那种飞跃上马的感觉,是他魂牵梦萦的回忆;现在呢,每隔半个月到市集去采购粮食,全以电单车代步。

"过去,在大自然里讨生活,大环境中处处都充满了难以预料的变化,我们每时每刻都处在高度警觉的状况中,触角也因此磨得很利很锐。"云孟根朝鲁说,"现在呢,生活虽然安定,但是,每天的活动都局限在一个小范围内,很有压抑感哪!"

说着,他的目光定定地停驻在蓝空里那一朵一朵飘浮不定的白云上。屋外,孤孤独独地拴着一匹马,神态恹恹的,没神没气,不像活马,倒像木马;也许呵,它也在默默地咀嚼着那如风般逝去的豪迈岁月哪!

有些生于草原的蒙古族人,离不开这个孕育他们成长的地方,便利用草原的天然优势来经营旅游业,把美丽的蒙古文化介绍给国内国外的游客,一石二鸟,一举两得。

我在希拉穆仁草原所下榻的蒙古包,便是由蒙古族人达呼拉所经营的。达呼拉家世世代代都在草原上过着无羁的放牧生涯,他生命的泉源,就系在莽莽的草原上。现在,虽然营生的方式改变了,可是,他依然能够住在草原上传统的蒙古包里;这些蒙古包,是以柳木支撑羊皮搭建的,可耐两三百年。

春夏两季,游人如织,达呼拉和家人就住在凉快的蒙古包里;到了10月,天气渐寒,游客绝迹;入冬之后,草原覆霜,寒气逼人,达呼拉便会和家人迁移到以砖泥搭建的平房去,静静等待次年春天来临。

达呼拉养了几十匹马,每一匹马的习性和个性,他都了如指掌,当他以蒙古语唤着马儿的名字而与它们絮絮地说着话时,马儿长长的脸,流满了无可名状的温柔。

那天下午,大地无语,绿色的风,带着清凉的草香,寂寞地回旋。

达呼拉说:

"来,我带你们骑马去看河边风光。"

河?草原上居然有河?

"是啊,是啊!有道天鹅河,河床宽得看不到对岸,春天时,景致可好了,飞鸟成群,鸟声喧哗。"

一听便动心,噫,当群鸟的影子倒映在河上,连影子也喧哗吧?当然想去看,只是,到河边去的唯一方式是骑马,而我,不敢。

达呼拉笑道:"马有何可怕?你会驾车吗?"

我点头。

他兴致勃勃地说道:

"你听着,骑马和驾车的原理是一样的。汽车靠驾驶盘来控制,马儿则靠缰绳来操纵——你要它向左,缰绳便往左拉;你要它向右,缰绳便往右拉。你如果要换挡,由慢跑变为快跑,只要用马鞭轻轻鞭鞭马儿的屁股,便可以了。要刹车嘛,将缰绳直直地拉着,马儿便会止步不动了。"

听起来的确不难,然而,一骑上马,我的心,却跳得仿佛面对着深不可测的悬崖。达呼拉看到我变幻不定的脸色,忍不住哈哈大笑,说:"来,让我牵你的缰绳吧!"

一路行去,远远近近,重重叠叠,扑面而来、迎风而去,都是绿色、绿色。绿色啊绿色!

中途，看到了一座叠成三角形的石山，高约7米，宽达8米，石头两边，插着两根细细的杆子，杆子上面，挂满了书有经文的五彩旗子。

达呼拉说："瞧，那就是敖包了！"

啊，敖包！我的眼睛，立刻化成了熊熊燃烧的火炬，发光又发亮。曾经在书籍里、在歌曲中千次百次稔熟地与它相遇，现在，它从文字里走了出来，活生生地出现在我面前。

平原广袤无边，和沙漠一样，很容易使人迷失方向，白天还可以靠太阳来辨别方位，可是，在阴天或夜晚，处处都是一片茫然的大，根本分辨不出东南西北。聪明的蒙古族人因此想出了堆叠石头为境域标记的方式，后来，这独特的石堆却逐步演变成了祭祀山神和路神的地方，称为"敖包"。

内蒙古各地都有敖包，"祭敖包"被视为蒙古族最为有趣的民间风俗。

每年，在牧草茂盛、牛羊肥壮的时节里，蒙古族便会举行一年一度人人引颈期待的盛会"那达慕"，牧民从四方八面赶来，在草原上骑马、摔跤、射箭、唱歌、跳舞。盛会最引人瞩目的一项活动，便是神圣而庄严的"祭敖包"了。敖包前面放满了牧民们携来的丰富祭品，喇嘛点香焚火，诵经念咒，祈神降福，保佑人畜两旺。

有趣的是，神圣的敖包，还有一个浪漫的功能：莽莽平原，没有树木、山丘或是较为隐蔽的地方可供男女谈心，许多青年男女，在"那达慕"盛会的敖包前邂逅后，便到敖包前相会、幽会。

此刻,站在既神圣又浪漫,既粗犷又细致,既朴实又绚丽,既抽象又具体的敖包前,我觉得,这个结合了宗教信仰、生活情趣与实用功能于一体的敖包,确实是蒙古族人智慧的结晶。

跳上马,又骑了约莫半个时辰,才来到了天鹅河畔。

一看,便吓了一大跳,嘿,完全不是想象中的那种样子。河很阔,宽达20米,也很长,可达5000米,可是,河床极低,河水浑浊,绿中带黄,看起来一副"营养不良"的样子。河上有寥寥三两只水鸟意兴阑珊地飞旋着。我想,这河,应曾有过光彩照人的日子,也曾有过气象万千的面貌吧?在那牧民还唱着流浪之歌的日子里,这道河,曾经美美地滋润过无数牧民和骏马的肠胃,而万千水鸟也曾以河为镜,照出千娇百媚的姿彩。可是现在,牧民居有定所,家家户户又凿有水井,谁又会不辞劳苦地前来汲水用、舀水喝呢?马、牛、羊有了固定放牧的地方,又哪会迢迢地前来啜啜饮饮呢?没人眷顾,马亦不来,这河,该是为那一去不返的繁华兴盛而消瘦,为那无法消受的寂寞而憔悴吧?

骑马回程时,碰上一桩趣事。

在寂静的草原上,当我的马在一团团绿影当中彳亍彳亍时,突然有个惊慌狂乱的尖叫声由远而近地传来,回头去看,有一匹马,犹如出弦的箭,向前飞蹿,马上的女子,边哭边喊:"停,停!啊,啊,停呵停……"反应敏捷的达呼拉,立刻朝那女子扬声喊道:"拉直缰绳,拉直、拉直缰绳!"女子哭着应道:"我不会拉!我不会……"这时,后面追来了一名骑士。达呼拉看到有人尾随"照顾",紧绷着的脸才缓和了下来，少顷，竟然兀自笑了起来，问我："你可知道刚才那匹马为什么急急飞奔回去吗？"我耸耸肩表示不知，他强忍笑意，解释道："它最近爱上一匹雌马，难分难舍。刚才载人出游，雌马没有去，它大约是情思难熬，所以，半途折返。"一听这话，我拉着缰绳的手，立刻沁出了冷汗，啊，衷心希望我的"坐骑"是患着"爱情免疫症"的！忐忑不安地骑着、骑着，终于，返回下榻处，大大地松了一口气。

下午，几名英姿飒爽的蒙古族青年在草原上表演精湛的骑马术。有人在地上放了一张薄薄的钞票，一名青年以闪电般的速度策马飞驰过来，再以迅雷不及掩耳的速度从马背上弯下大半个身子捡拾草地上那张薄薄的钞票，动作敏捷，身子灵活，出手准确；整个过程，快得凝成一团白光，令人拍案叫绝。坦白说吧，如果练艺不精而从马上摔下来，后果将是不堪设想的！

对于过惯游牧生活的蒙古族人来说，马不但是他们谋生的工具，也是他们忠实的良伴、贴心的知己、嬉戏的友伴。一个对马驾驭自如而又能在马上玩出多种花样的蒙古族人，往往被视为"巴特尔"（蒙古语"英雄"的意思）。

达呼拉说：

"马是英勇的象征，蒙古族人是绝对不吃马肉的，绝不！"

吃不成马肉，我却尝到了被蒙古族人列为"饮食一绝"的"手扒肉"。手扒肉是蒙古游牧民族千百年来的传统食品，他们常常在放牧之余，围坐在蒙古包内，以大碗喝饮马奶酒，以大刀切食手扒肉，海阔天空地说东话西。

蒙古族人饲养小羊，方式独特。小羊断奶之后，饲养者每隔10天便让小羊舐食细盐，据说盐不但可以很好地帮助小羊成长，且咸味会慢慢渗透入羊肉之内。通常的做法是，将膘肥肉嫩的小羊洗净斩块，不加任何作料，以白水清煮，熟后捞出，盛盘上桌，以蒙古刀边割边吃，肉质之鲜嫩，达于极致。

关于手扒肉，还有一个可爱的传说。据说有些蒙古族人吃完了手扒肉之后，故意将嘴上的油腻拭抹在衣袖或胸襟上，再招摇过市，借此显示家境的富裕。

这夜，月色温柔得像情人的眼波。我一面以刀切食手扒肉，一面看额上睡着长长皱纹的老人，以比他更老的马头琴拉出一串一串活泼的音符，无忧无虑的小伙子以豪迈的歌声唱出雄浑的草原曲，而婀娜多姿的蒙古族姑娘呵，就舞出了柔若无骨的美丽……啊，草原之夜，竟如一坛美酒，将人灌得醺醺然、飘飘然！

后记

　　我是在20世纪90年代东欧门户刚刚开放的时候,分别到捷克、波兰、保加利亚、匈牙利、罗马尼亚、南斯拉夫等国家去旅行的。在游客不多的当时,我看到的是东欧曙光初露的实况,我也看到了人们在贫穷夹缝里苦苦挣扎的情况。通过旅途上邂逅的许多人物,加上自我的观察,我翔实记录了当时蒙着黑纱的东欧面貌。

　　时转序移,东欧诸国已经起了天翻地覆的变化,不但生活形态、经济状况(文中的货币换算是根据当时的汇率计算的)、思想意识不一样了,甚至连政治版图,也有了改变,比如偌大的南斯拉夫,就在1991年解体,分成了七个国家。

　　然而,不管发生什么变化,历史,永远是一面值得我们借鉴的镜子。

　　游记,就为每一个不同时代的生活面貌做了最忠实的反映。

　　走进过去,是为了更好地了解未来。

尤今小语系列图书推荐

《倾听呼吸的声音：回首岁月，种一株快乐的树》
尤今 著　海天出版社　定价：32.00元

本书分为两篇：
上篇"回首岁月"主要介绍了尤今对于父母等长辈的哀思、感恩之情；
下篇"种一株快乐的树"主要介绍了尤今对于子女教育的一些期望和一点体会。平实处见真情、平凡处见温情。

《清风徐来：在门外挂串风铃，叮叮咚咚》
尤今 著　海天出版社　定价：32.00元

本书分为四篇：
第一篇"石头很快乐"和第二篇"在门外挂串风铃"主要介绍了一些小故事以及尤今从中得出生活的感悟；第三篇"纸盒里的爱"主要探讨了爱情与婚姻的一点启示；第四篇"人生如文学"则作者是从文学创作的角度谈处世的哲理。

《把自己放进汤里：欢喜的豆花，抑郁的茄子》
尤今 著　海天出版社　定价：32.00元

这是一本关于美食的散文集，全书通过对于各种美食的描写，揭示出浓浓的亲情、乡情以及言简意赅的做人道理。欢喜的豆花、抑郁的茄子……只要你细细咀嚼，就会发现：每道食物，道道都蕴含着深入浅出的人生哲学。

《走路的云：用脚步丈量世界，品味生命》
尤今 著　海天出版社　定价：32.00元

本书是新加坡著名作家尤今的旅行散文集，主要介绍了作者环游世界的一些见闻和感悟，其中重点介绍了巴基斯坦与伊朗的旅行故事和感悟。以旅行来感受生命，以异域文明来观照中华文明。

作者简介

尤今，新加坡著名女作家，南洋大学中文系荣誉学士，被媒体誉为"新马三毛"，其作品风格细腻、真实、真诚、真挚地反映了现实生活里的人，现实生活里的事。其部分作品收录于中国与新加坡的语文教材或课外读物，也入选许多大学研究生的研读本。梁羽生先生曾评价其作品："古人说王维的诗是'诗中有画'，我似乎也可以说尤今的小说是'小说中有游记'。"尤今环游世界将近100个国家和地区，并已出版小说、散文、小品、游记150余篇，获奖无数。

台湾著名诗人余光中的文化散文集
——余光中文化小语系列

内容介绍

"本套书里面收集的三十八篇文章,有的可称正论,有的看似序言实为书评,有的却是文类的探讨,艺术的赏析,不过大体上都可以泛称评论。紧随《蓝墨水的下游》之后,十年来我的正论散评大致都收罗在此了。"

《李白与爱伦·坡的时差:余光中文化随笔》
海天出版社　出版时间:2014.11
RMB:39.80元

《心花怒放的烟火:余光中"序体文"集》
海天出版社　出版时间:2014.11
RMB:39.80元

作者简介

余光中,台湾诗人、作家。祖籍福建泉州,1928年生于南京,1947年考入金陵大学外语系,1948年随父母迁至香港,次年赴台,就读于台湾大学外文系,后赴美进修,获爱荷华大学艺术硕士学位。返台后,历任多所知名大学教授。一生从事诗、散文、评论、翻译,自称为写作的四度空间。多次获文学大奖,被誉为当代中国散文八大家之一。

瀚·心灵系列图书推荐
——徐竹心灵小语系列

《放得下，生活无牵挂》

［台湾］徐竹◎著　海天出版社　出版时间：2014.11　定价：32.00元

每一段时间，我们都需要停下来好好检视我们的生活，才能帮助自己拥有更快乐、健全的人生。也许我们曾犯了错，导致一段不堪的岁月，但并不是注定未来就会一直如此。我们无法改变过去，不如就改变未来吧。

《要想拥有安然自在的心，就不要为难自己》

［台湾］徐竹◎著　海天出版社　出版时间：2014.11　定价：32.00元

没有什么困难是不可征服的。可悲的是，来自我们内心的负面作用，使我们无法安然自在。当你不再为琐事而为难自己时，就会发现其实自己不必完美，就可以拥有圆满富足的幸福人生！

《生活简单就是幸福：让烦恼舍离的五种练习》

［台湾］徐竹◎著　海天出版社　出版时间：2014.11　定价：32.00元

要让自己幸福快乐很容易，只要在面临抉择时专心致志，不要把思绪束缚在琐细而无意义的事情上，你就能迅速做出对自己最有意义的判断。其实人生的阻碍都是我们自己一手造成的，让我们断绝烦恼，迈向简单幸福的生活。

《一个人的极致幸福：从爱上自己开始》

［台湾］徐竹◎著　海天出版社　出版时间：2014.11　定价：32.00元

只要我们懂得适时地放下，凝视自己的内心，以满足的眼光看待周边的每一件事物，如此一来，无论是处于什么样的位置，都将能受到幸福的围绕，处处都是极致幸福的所在。

作者简介

徐竹

淡江大学大众传播学系肄业，工作经历非常丰富，曾端过盘子、卖过流行服饰、做过半宝石饰品设计，亦是儿童作品编剧、新闻杂志社会记者、BAZAAR杂志采编、女性杂志主编、动画公司编剧等，已出版过的书籍有爱情小说、小品、心理励志以及少年小说、童话等。得奖记录："大墩文学奖""梦花文学奖""好书大家读"等。